Wir wünschen dir und deinen Lieben
frohe Festtage und einen guten Rutsch!
Deine Sternensand-Autoren ♡

Smilla Johanson

Stefanie Scheunich

La. Rachor

P. Hain

Carolin

Maya Shepherd

Nicole Schuhmacher

J. Bernett

JRGOR

Stefanie Kaser

F.

co-lich
Bettina

R. Meißner

Farley

Weihnachtsstern & Winterglitzern (Anthologie)

Die stille Zeit des Jahres regt nicht nur zum Nachdenken an – in unseren Sternensand-Welten geschehen auch so manch magische, fantastische, grausame, unerwartete und romantische Ereignisse. Tauche ein in unsere winterlichen und weihnachtlichen Kurzgeschichten, die mit epischen Schlachten, mystischen Wesen, ergreifenden Liebesgeschichten, tragischen Charakteren oder unerwarteten Schicksalen punkten. Allesamt verknüpft mit Büchern aus dem Sternensand Verlag, jedoch unabhängig lesbar und damit perfekt geeignet, um unsere Autoren kennenzulernen.

Die Autoren

C. M. Spoerri (Hrsg.)

B. E. Pfeiffer

Carolin Emrich

Fanny Bechert

J. K. Bloom

Jamie L. Farley

Jasmin Romana Welsch

Jessica Bernett

Maya Shepherd

Miriam Rademacher

Mirjam H. Hüberli

Nicole Schuhmacher

Philina Hain

Regina Meißner

Smilla Johansson

Stefanie Karau

Stefanie Scheurich

WEIHNACHTSSTERN & WINTERGLITZERN

Anthologie

www.sternensand-verlag.ch I info@sternensand-verlag.ch

1. Auflage, Dezember 2020
© Sternensand Verlag GmbH, Zürich 2020
Umschlaggestaltung: Alexander Kopainski
Lektorat / Korrektorat: Sternensand Verlag GmbH I Martina König
Korrektorat 2: Sternensand Verlag GmbH I Jennifer Papendick
Satz: Sternensand Verlag GmbH
Druck und Bindung: Smilkov Print Ltd.

ISBN-13: 978-3-03896-165-9
ISBN-10: 3-03896-165-9

WENN DIE NÄCHTE LÄNGER DAUERN
UND FLOCKEN DURCH DEN HIMMEL FEGEN,
LASS WEIHNACHTSSTERNE FÜR DICH ZAUBERN
UND WINTERGLITZERN AUF DICH REGNEN.

C.

Vorwort

Feiert mit euren Charakteren Weihnachten oder ein Winterfest.
Das war die Vorgabe für unsere Sternensand-Autoren. Entstanden ist eine unglaubliche Vielfalt an Geschichten, die von düster bis romantisch und humorvoll bis magisch reicht. Allesamt unabhängig von den zugehörigen Büchern lesbar. Zu Beginn jeder Geschichte findest du nähere Informationen dazu.

Tauche ein in fesselnde Welten und lerne unsere Autoren kennen.

Viel Vergnügen,
Corinne Spörri (Herausgeberin)

INHALTSVERZEICHNIS

B. E. Pfeiffer: Winterfest in Opal   S. 11

C. M. Spoerri: Das Fest der Liebe   S. 27

Carolin Emrich: The way to find Christmas   S. 47

Fanny Bechert: Don't shoot me, Santa   S. 65

J. K. Bloom: Rote Weihnachten   S. 87

Jamie L. Farley: Das Sternenlichtfest   S. 107

Jasmin Romana Welsch: Teach me Evig Christmas   S. 129

Jessica Bernett: Mittwinterrabe   S. 175

Maya Shepherd: Der fünfte Dezember   S. 197

Miriam Rademacher: Großonkel Tibbys letztes Fest   S. 211

Mirjam H. Hüberli: Glitzern tut allenfalls der Regen   S. 223

Nicole Schuhmacher: Jägerweihnacht   S. 243

Philina Hain: Wenn Lichterketten Schatten werfen   S. 265

Regina Meißner: Das verlorene Weihnachtsfest   S. 283

Smilla Johansson: Durch die dunkelsten Täler Hels   S. 303

Stefanie Karau: Im Auge der weißen Vipera   S. 323

Stefanie Scheurich: Verdammt weihnachtlich   S. 243

B. E. Pfeiffer

Informationen zur Kurzgeschichte:

Taucht ein in ein märchenhaftes Setting mit winterlicher Stimmung und einer Prinzessin, der ein ganz besonderes Geschenk gemacht wird. Diese Kurzgeschichte erzählt eine Vorgeschichte zum ›Fluch des dunklen Prinzen‹ und ist daher spoilerfrei zu lesen.

Über die Autorin:

Bettina Pfeiffer wurde 1984 in Graz geboren und lebt heute mit ihrem Mann und ihren beiden Kindern in Baden bei Wien.

Seit ihrer Kindheit liebt sie es, sich Geschichten auszudenken. Besonders als Ausgleich zu ihrem Zahlen-orientierten Hauptjob taucht sie gerne in magische Welten ab und begann schließlich, diese aufzuschreiben. So entstand recht schnell die Idee für die »Weltportale« und andere magische Geschichten im Genre Fantasy/Romantasy.

Inspiration findet sie dafür immer wieder durch ihre Kinder, mit denen sie gerne auf abenteuerliche Entdeckungsreisen geht.

Winterfest in Opal

Eine Frau rempelte mich an. Ich verlor auf den feuchten Straßen fast das Gleichgewicht und wäre gestürzt, hätte Dawain mich nicht davor bewahrt.

»Pass doch auf!«, brüllte er der schwer beladenen Frau nach, die sich nicht einmal zu uns umdrehte.

»Sie erkennt mich eben nicht«, erklärte ich versöhnlich.

In der einfachen grauen Kleidung, die ich für meinen heimlichen Besuch auf dem Wintermarkt angelegt hatte, sah ich aus wie eine Bürgerliche. Und das war gut so, denn ich wollte nicht, dass jemand ahnte, wer ich wirklich war.

Obwohl ich mir vermutlich nicht viele Sorgen machen musste, als Kronprinzessin Opals in der Hauptstadt Saphir erkannt zu werden. Schließlich hatte ich äußerlich keine Ähnlichkeit mit der Königsfamilie, von meiner Mutter vielleicht abgesehen. Aber die stammte aus Otia, dem Land des Feuers.

»Ich verstehe ohnehin nicht, was Ihr hier wollt, Prinzessin«, brummte Dawain.

Er war mein Leibwächter, seitdem ich laufen gelernt hatte. Aber schon vor langer Zeit war er zu meinem wichtigsten Vertrauten geworden. Er hörte mir aufmerksam zu und gab mir Ratschläge, unterwies mich in der Kampfkunst, obwohl das eigentlich nicht zum Unterricht einer Prinzessin gehörte. Zwar war Dawain meistens mürrisch, aber im Grunde seines Herzens war er ein guter Mensch.

»Doch, du weißt es sehr wohl«, erwiderte ich leise und senkte meinen Kopf, als ein paar Wachen des Schlosses an uns vorbeimarschierten.

»Ich habe nicht gesagt, dass ich es nicht weiß«, meinte Dawain genauso leise. »Nur, dass ich es nicht verstehe.«

»Nun«, setzte ich an und stieß dann den Atem aus. »Ich hoffe, etwas zu finden, das mir Antworten liefert.«

»Und wie lautet die Frage, Prinzessin?«, hakte er nach.

Damit traf er einen wunden Punkt. Ich konnte es selbst nicht sagen. Wollte ich einfach nur wissen, warum ich als Kronprinzessin Opals nicht aussah, als würde ich zur königlichen Familie gehören? Mit meinen dunkelbraunen Haaren stach ich bei jedem Familienporträt heraus, weil mein Vater und meine Geschwister die typischen pastellfarbenen Haare besaßen, die in diesem Land vorherrschten.

Vielleicht wollte ich auch wissen, woher meine magische Begabung stammte, die es weder in Opal noch in Otia gab. Nur in Padum verfügten die Menschen über Magie. In jedem anderen Land galt Zauberei, die nicht aus Padum stammte, als etwas Dämonisches.

Deswegen haderte ich damit, dass sie mir wohl in die Wiege gelegt worden war. Mir, der ohnehin als unpassend befundenen Kronprinzessin, die bisher jeden Bewerber um ihre Hand mit ihrem Wissensdurst und ihrer Vorliebe für das Reiten in Hosen in die Flucht geschlagen hatte.

»Ihr denkt schon wieder zu viel nach«, meinte Dawain schließlich. »Macht nicht so ein Gesicht. Ich sagte doch bereits, dass Ihr eine wunderbare Königin sein werdet. Das Volk liebt Euch.«

»Weil es nichts von dem weiß«, murmelte ich und deutete auf meine zitternden Finger. Rote Funken tanzten darüber und knisterten in der kühlen Luft, bis ich meine Hände unter dem Umhang verbarg. Tränen brannten in meinen Augen und ich biss mir auf die Unterlippe.

Dawain seufzte. »Nun gut. Ich weiß nicht, wie die Händler des Wintermarktes Euch helfen sollen, aber wenn Ihr dann wieder lächelt, begleite ich Euch, ohne zu murren.«

»Und sonst würdest du fluchend neben mir her schreiten?«, warf ich ein und konnte ein schwaches Lächeln nicht unterdrücken.

»Auch wenn Eure Mutter mir gern vorwirft, keine Manieren zu besitzen, so versichere ich Euch, ich würde mich gut benehmen. Nur die Sinnhaftigkeit dieses Ausflugs ständig infrage stellen.«

Seine Miene war ernst, dennoch wusste ich, dass er all das sagte, um mich abzulenken. »Danke, Dawain. Vielleicht lasse ich dich dein Geschenk zum Winterfest doch selbst aussuchen.«

Er rollte mit den Augen. »Ihr müsst mir nichts schenken, Hoheit. Diese Tradition ist ohnehin etwas, das ich nicht verstehe, schließlich stammt sie nicht aus Opal und wird dennoch hier gefeiert.«

»Ich denke, ein Fest der Hoffnung und Besinnung kann jedes Königreich gebrauchen«, erwiderte ich. »Immerhin steht Padum wohl erneut knapp vor einem Krieg mit Triton und somit sind auch wir als seine Verbündeten ein weiteres Mal in einen Konflikt verwickelt. Da kann eine Erinnerung an Liebe und Freundschaft, für die dieses Fest steht, nicht schaden.«

Dawain hob einen Mundwinkel. »Wohl wahr, Prinzessin. Mit Eurer Weitsicht habt Ihr bewiesen, dass Ihr eine gute Monarchin wärt.«

Ich gab keine Antwort, sondern erwiderte das schiefe Lächeln, das er mir schenkte. Es war einer jener seltenen Momente, in denen ich ihm gern geglaubt hätte. Aber ich wusste nun einmal, dass mit mir etwas nicht stimmen konnte, und ich hoffte, auf dem Markt tatsächlich etwas, oder vielmehr jemanden, zu finden, der mir helfen würde.

Also zog ich mir die Kapuze wieder tiefer ins Gesicht und schritt neben Dawain die Straßen entlang. Mit seinen vergleichsweise warmen Temperaturen in dieser Jahreszeit rund um das Winterfest, das in Padum gefeiert wurde, lockte Saphir fahrende Händler vieler Königreiche zu sich. Hier konnten sie ihre Waren noch anbieten, während in anderen Reichen nur noch lokale Bauern Lebensmittel verkauften.

Wie gern hätte ich die Königreiche bereist, ihre Kulturen und Traditionen verstanden. Besonders Padum hatte es mir angetan. Es hieß, Magie floss in den Adern jedes Padumers, und ich hatte von Legenden gehört, die ich gern näher ergründet hätte. Aber meine Eltern nahmen mich kaum auf diplomatische Reisen mit und sonst gab es keine Gelegenheit, Saphir zu verlassen.

Als wir den Marktplatz erreichten, stockte mir der Atem. Bereits im Vorjahr hatte man Ställe, die rund um den Platz aufgebaut worden waren, verlegen müssen. Jetzt gab es noch nicht einmal wackelige Verschläge für die Zugtiere der Händler, weil es noch mehr Stände gab.

Gerüche nach gewürztem Wein und zuckrigem Gebäck mischten sich mit jenen von zu vielen Menschen an einem Ort. Die Böden hatte man zwar mit Stroh bedeckt, aber auch dieses wirkte schmutzig und von Flüssigkeit durchtränkt. Ich wollte lieber nicht wissen, worum es sich dabei handelte.

Obwohl es erst Vormittag war, tummelten sich bereits Hunderte Menschen in den Gassen zwischen den Ständen. Die meisten Händler stammten aus Opal und hatten die Dinge, die sie anboten, selbst auf ihren Reisen gekauft. Bei ihnen wollte ich nicht wirklich Ausschau halten. Mein Ziel waren die Händler anderer Reiche.

Ich stieß den Atem aus. Es würde ewig dauern, alle Stände abzulaufen, und vielleicht war es aussichtslos. Dennoch wollte ich es versuchen.

»Bleibt bitte immer in meiner Nähe, Prinzessin«, sagte Dawain eindringlich. »Ich fürchte, ich werde Euch sonst in dem Gewimmel nicht wiederfinden.«

Es wäre einfacher gewesen, wenn ich mich bei ihm hätte unterhaken können. Aber mein Leibwächter wahrte selbst hier, wo uns niemand erkennen würde, den Abstand und schritt hinter mir her. Nur wenn mir jemand zu nahe kam, schirmte er mich ab oder schob die Person aus dem Weg. Trotzdem wurde ich immer wieder angerempelt, was daran lag, dass bereits viele Marktbesucher von dem warmen Gewürzwein, den man in dieser Zeit gern zubereitete, betrunken waren.

Ich wusste nicht, wonach genau ich Ausschau hielt, ließ meinen Blick über die unzähligen Stände schweifen, bis er an einem dunkelgrauen Zelt hängen blieb. Kein Schild pries die Ware an, die der Händler zum Verkauf anbot. Also blieb ich vor dem Eingang stehen und wandte mich zu Dawain um. Seine Miene war noch grimmiger als für gewöhnlich und sein Kiefer mahlte.

»Du weißt, was für ein Händler das ist«, sagte ich leise.

»Ja«, erwiderte er finster. »Und Ihr solltet hier nicht einkehren.«

Zum ersten Mal wollte er nach meinem Arm greifen, aber ich wich ihm aus. »Erklärst du mir auch, warum?«, forderte ich ihn auf.

»Hier wird Magie gewirkt. Dunkle Magie aus Padum«, meinte Dawain. »Dort sitzt eine Frau, die sich selbst als weise bezeichnet und Euch für viel Geld die Zukunft voraussagt.«

»Es klingt, als würdest du nicht daran glauben«, stellte ich überrascht fest.

»Weil niemand die Zukunft prophezeien kann«, erklärte Dawain. »Selbst die Leute von Padum nicht. Ich weiß es, weil …«

»Weil?«, hakte ich nach, nachdem er schweigend zum Zelteingang gestarrt hatte.

»Weil mir jemand einst eine Zukunft weissagte, die es nie geben wird«, murmelte er und schloss seine Lider. »Aber ich nehme an, Ihr wollt dennoch in dieses Zelt, um Antworten zu finden.«

Ich nickte und schrie leise auf, als die Plane zurückgeschlagen wurde und eine Frau mit feuerrotem Haar und leuchtend grünen Augen, die tiefschwarz geschminkt waren, heraustrat. Sie trug ein weites schwarzes Kleid, das ihr viel zu lang war und dessen Saum sich mit Schlamm vollgesogen hatte.

Einen Moment sah sie Dawain an, dann wandte sie sich mir zu und neigte ihren Kopf. »Willkommen, Prinzessin Celeste. Bitte, tretet ein.«

»Woher weißt du, wer ich bin?«, fragte ich atemlos und rührte mich nicht.

»Die Geister haben es mir verraten«, erwiderte sie, während sie sich aufrichtete und die Zeltplane beiseite schob. »Bitte, kommt. Wir haben nicht den ganzen Tag Zeit.«

Ich warf Dawain einen unsicheren Blick zu. Er hatte die Arme verschränkt und blieb dicht bei mir. Doch die Frau schnalzte nur mit der Zunge.

»Du weißt sehr wohl, dass sie allein eintreten muss, Dawain. Du kennst die Regeln.«

Mein Leibwächter knurrte und ich musterte ihn verstohlen. Auch seinen Namen kannte sie und ich fragte mich, wieso.

»Dann hoffe ich für dich, dass du ihr kein Haar krümmst«, brummte er. »Ich warte hier und werde dich finden, egal, wo du dich versteckst, wenn du ihr Leid zufügst.«

»Aber, aber«, sagte die Frau und hob ihre Mundwinkel zu einem gewinnenden Lächeln. »Ich füge niemandem Leid zu. Alles, was ich mache, ist, Suchenden zu offenbaren, was sie wissen wollen. Deswegen hat die Magie die Prinzessin zu mir geführt.«

Eigentlich hatte ich erwartet, dass Dawain ihr widersprach. Aber er schwieg und presste seine Kiefer fest aufeinander. Dann wandte er sich an mich. »Ich warte hier auf Euch, Prinzessin.«

Ein mulmiges Gefühl beschlich mich, dennoch trat ich in das Zelt ein, weil ich mir hier Antworten auf meine Fragen erhoffte.

Nachdem meine Augen sich an die Lichtverhältnisse gewöhnt hatten, klappte mein Mund auf. Im Inneren des Zeltes erstreckte sich ein Raum, der an den Thronsaal meines Vaters erinnerte. Wandteppiche, unzählige Kerzenhalter und Möbel aus dunklem Holz verliehen diesem Ort eine Eleganz, die ich nicht erwartet hatte.

»Aber wie kann dieser Raum so groß sein?«, fragte ich mich selbst und schreckte zurück, als vor mir ein runder Tisch und zwei mit Samt bezogene Sessel aus dem Boden traten.

»Magie, Hoheit«, erklärte die Frau mit einem wissenden Lächeln. »Dieselbe, die Euch zu mir geführt hat.«

»Und die dir sagte, wer ich bin, obwohl ich in schäbiger Kleidung durch die Stadt laufe?«

»Prinzessin, vieles ist nicht so, wie es auf den ersten Blick scheint. Um Euch das zu erklären, haben die Geister mir aufgetragen, Euch ihre Worte zu übermitteln.«

Sie setzte sich auf einen Sessel und deutete mir, mich ebenfalls niederzulassen. Zögerlich folgte ich ihrem Beispiel und versank in dem viel zu weichen Kissen. Schweigend betrachteten wir einander, bis ich den Atem ausstieß.

»Ich nehme an, du verlangst die Bezahlung vor dieser Sitzung?«

»Zwei Goldstücke, um Eure Zukunft zu entschlüsseln, Hoheit«, erwiderte sie und legte ihre Hand geöffnet vor sich auf den Tisch.

Seufzend griff ich in meinen Beutel und zog die beiden Münzen heraus. »Ein stolzer Preis.«

»Die Geister werden das Geld einem guten Zweck zuführen. Sie verlangen nie mehr, als der Suchende geben kann«, erklärte sie und ihre Stimme klang, als wäre sie dabei, einzuschlafen.

Als ich ihr ins Gesicht sah, erkannte ich, dass die ehemals grünen Augen jetzt gräulich wirkten und ihr Blick ins Leere ging. Sie schloss die Finger um das Gold und als sie die Hand erneut öffnete, war es verschwunden.

Wieder schwieg sie und ich nahm meinen Mut zusammen. »Meine Frage lautet …«

»Schhh«, unterbrach sie mich. »Die Geister kennen die Frage, die Ihr stellen wollt. Doch sie sagen, es ist nicht jene, die Ihr stellen solltet. Denn Ihr habt bereits Nachforschungen betrieben und bald wird sich dieses Schicksal offenbaren.«

»Welches Schicksal?«, hakte ich nach, nachdem sie wieder mehrere Atemzüge lang kein Wort gesagt hatte.

»Das Schicksal von Euch und dem Prinzen ...«, murmelte die Frau.

»Ihr müsst einen zweiten Blick riskieren. Der Prinz ist Eure Bestimmung, Ihr werdet ihn an seinen Augen erkennen. Augen, so grün wie der Wald und das Leben, nicht wie das Chaos und der Zorn.«

»Es gibt keinen Prinzen in meinem Leben«, erwiderte ich und verschränkte die Arme. »Falls du damit meinst, dass man mir Bewerber schicken wird ...«

»Keine Bewerber. Wenn das nächste Winterfest ins Land zieht, werdet Ihr nicht länger zweifeln, denn dann habt Ihr die Antworten auf all Eure Fragen gefunden.«

Ich schüttelte ungläubig den Kopf. »Und dieser Prinz ... wenn er kein Bewerber ist, den meine Eltern einladen, um mich kennenzulernen ... Wer ist er dann?«

Die Frau kniff die Augen zusammen und seufzte. »Opal und Padum sind schon lange verbunden, Prinzessin. Ihr werdet diese Verbindung stärken. Wählt den richtigen Prinzen und seht ihm nach, dass er manchmal ein wenig abweisend wirkt. Sein Leben war nicht immer leicht, ebenso wenig wie Eures. Aber ich kann es nur wiederholen: Er ist Euer Schicksal und Ihr seid das seine.«

»Ich glaube nicht an diese Art von Schicksal«, erwiderte ich und erhob mich. »Dawain hatte recht, das hier war Zeitverschwendung.«

»Prinzessin!«, rief die Frau mich zurück, bevor ich den Ausgang des Zeltes erreicht hatte. »Ich weiß, Ihr werdet diesen Rat nicht befolgen. Aber haltet Euch von Spiegeln fern. Denn auch ohne Euch in Gefahr zu bringen, werdet Ihr dem Prinzen begegnen. Und vertraut Eurem Leibwächter. Er ist ein aufrichtiger Mann.«

Ich schnaubte. »Auf die Frage, die ich eigentlich stellen will, näm-lich, warum ich mit Magie belastet bin, willst du mir keine Antwort geben?«, versuchte ich es erneut.

»Ihr kennt die Antwort bereits«, sagte sie erschöpft. »Haltet Euch von Spiegeln fern. Das ist mein Rat. Und seht zweimal hin, wenn Euch Worte verunsichern, damit Ihr erkennt, was Euer Schicksal ist.«

»Der Prinz mit den grünen Augen?« Ich lachte freudlos. »Ich werde es mir merken. Leb wohl, und ein frohes Winterfest.«

»Die Geister mögen Euch schützen, Prinzessin«, sagte sie, aber ich winkte nur ab und verließ das Zelt.

Als ich hinaustrat, schlug mir eiskalter Wind entgegen und ich hob meinen Arm vor das Gesicht. Kaum war der Wind abgeklungen, nahm ich wieder die Geräusche des Marktes wahr und hielt nach Da-wain Ausschau.

Er stand vor einem Tisch und betrachtete die Dolche, die in Otia, dem Land des Feuers, aus dem auch meine Mutter stammte, ge-schmiedet worden waren. Als er mich bemerkte, ließ er die Waffe sinken und wandte sich mir zu.

»Habt Ihr gefunden, was Ihr gesucht habt?«, fragte er leise und sah mich besorgt an.

»Nein«, erwiderte ich und deutete auf den Tisch. »Welcher gefällt dir?«

»Sie sind zu teuer, Prinzessin«, meinte er und wollte sich abwen-den. Aber ich fasste ihn am Unterarm und hielt ihn zurück.

»Sag mir, welcher dir gefällt, und er soll dein Geschenk für das Winterfest sein.«

»Ich habe doch erklärt, dass Ihr mir nichts schenken sollt …«

»Und doch möchte ich es«, entgegnete ich. »Weil du nicht nur mein Leibwächter, sondern auch mein bester Freund bist. Ich vertraue dir.«

Dawain brummte, dann deutete er auf einen Dolch mit einem von Leder umwickelten Griff. Ich kaufte ihn und ließ ihn verpacken, dann traten wir den Rückweg zum Schloss an.

»Verratet Ihr mir, was die Zauberin Euch erzählt hat?«

»Sie meinte, ich würde einen Prinzen treffen, der mein Schicksal sei. Und so wie ich es verstanden habe, stammt er aus Padum und besitzt grüne Augen. Und beim nächsten Winterfest werden wohl alle meine Zweifel beseitigt sein.«

Ich lachte und erwartete, dass auch Dawain einstimmen würde. Aber er musterte mich nur ernst.

»Warum siehst du mich so an? Warst nicht du es, der meinte, diese Weissagungen seien Unsinn? Ich stimme dir jetzt zu. So etwas sagt sie vermutlich zu jeder Frau ...«

»Mag sein«, murmelte er und beließ es dabei.

Erst als wir das Schlosstor beinahe erreicht hatten, ergriff er wieder das Wort. »Wohin auch immer Euer Weg Euch führt, ich bleibe an Eurer Seite. Das habe ich geschworen, als ich in den Dienst Eures Vaters getreten bin, und diesen Schwur werde ich halten.«

Ich lächelte und ergriff seine Hand. »Das bedeutet mir viel, Dawain. Aber so wie ich es sehe, werde ich hier nie fortkommen und die Welt sehen. Also wird mein Weg mich wohl höchstens zum Markt führen.«

»Oh, wir werden sehen«, erwiderte er und streckte seinen Arm aus, damit ich vor ihm durch das Tor schritt.

Und während ich die roten Schleifen betrachtete, die man überall im Hof als Dekoration für die anstehenden Feierlichkeiten angebracht hatte, fragte ich mich, ob ich nächstes Jahr um diese Zeit tatsächlich einen Prinzen kennen würde, der mein Schicksal war. Einen Prinzen mit grünen Augen …

DAS BUCH ZUR KURZGESCHICHTE

Der Fluch des dunklen Prinzen

Als Taschenbuch & E-Book, Einzelband
Märchen, Erotik (ab 17 Jahren empfohlen)

Ein Fluch, der ein Königreich ins Verderben stürzen könnte.
Eine Prinzessin, die um Hilfe fleht.
Und ein Prinz, dem alle Mittel recht sind, nach der Krone zu greifen.

Für Prinz Liam bedeuten Gefühle Schwäche, daher holt er sich nur Mägde ins Bett, die ihm ein schnelles Vergnügen bieten können. Er ist der dunkle Prinz, der Zweitgeborene, auf dem ein grausamer Fluch lastet, denn sein Schicksal soll es sein, das Land zu verwüsten, um den Thron zu erringen. Die Untertanen fürchten ihn und seine mächtige Magie – keine gute Voraussetzung, um König zu werden. Liam sucht daher nach einer Möglichkeit, den Fluch zu umgehen und dennoch die Krone für sich zu gewinnen, doch dabei muss er gegen seinen Bruder bestehen. Als eines Tages Prinzessin Celeste aus dem verbündeten Königreich an den Hof kommt, gipfelt der brüderliche Wettstreit darin, dass sie beide um die Gunst der Prinzessin buhlen. Nur besitzt diese eine Waffe, gegen die selbst ein dunkler Prinz nicht gefeit ist: Liebe.

C. M. SPOERRI

Informationen zur Kurzgeschichte:

Maryo Vadorís ist ein Elf und sein e Aufgabe lautet, die Elfenprinzessin zu beschützen, denn er ist ihr Leibwächter. Begleitet ihn auf einer Jagd der etwas anderen Art. Hierbei handelt es sich um eine Vorgeschichte zu der High-Fantasy-Reihe ›Die Legenden von Karinth‹. Die Kurzgeschichte ist spoilerfrei zu lesen, da sie vor allen bisher erschienenen Büchern dieser Fantasy-Welt spielt.

Die Geschichten aus diesem Universum sind in sich abgeschlossene Abenteuer und dadurch unabhängig lesbar. Wer dennoch eine zeitliche Reihenfolge der bisher erschienenen Bücher möchte: Der rote Tarkar (Einzelband), Die Legenden von Karinth (4-teilige Reihe), Alia (5-teilige Reihe), Die Greifen-Saga (3-teilige Reihe), Damaris (4-teilige Reihe).

Über die Autorin:

C.M. Spoerri wurde 1983 geboren und lebt in der Schweiz. Sie studierte Psychologie und promovierte im Frühling 2013 in Klinischer Psychologie und Psychotherapie. Seit Ende 2014 hat sie sich jedoch voll und ganz dem Schreiben gewidmet. Ihre Fantasy-Jugendromane (›Alia-Saga‹, ›Greifen-Saga‹) wurden bereits tausendfach verkauft, zudem schreibt sie erfolgreich Liebesromane. Im Herbst 2015 gründete sie mit ihrem Mann den Sternensand Verlag.

DAS FEST DER LIEBE

Ich rolle mich ab, schlittere durch den vereisten Schnee und springe wieder auf die Beine, um im nächsten Moment herumzuwirbeln und dem Eber, der wutschnaubend auf mich losgestürmt ist, einen zweiten Pfeil in die Flanke zu schießen. Er besitzt die Größe eines ausgewachsenen Stieres – nichts Seltenes hier in den Wäldern von Westend. Dennoch war ich überrascht über seine Statur, als ich ihn endlich fand.

Nachdem ich eine Stunde lang der Fährte gefolgt war, entdeckte ich ihn schließlich auf der Suche nach Futter bei einer Lichtung, wo er den Schnee mit seinen beeindruckenden Hauern mühelos zur Seite schob, um an Wurzeln oder Gräser zu gelangen. Mein erster Pfeil traf ihn in die Brust, allerdings war ich nicht darauf vorbereitet, dass diese Kreatur anscheinend eine Haut aus Stahl besitzt. Die Spitze des Geschosses drang gerade mal einen Fingerbreit in seinen

Körper, nicht genug, um ihn ernsthaft zu verletzen – aber genug, um ihn wütend nach seinem Angreifer herumfahren zu lassen.

»Verdammtes Biest«, murmle ich, während ich den dritten Pfeil spanne und auf das Tier ziele.

Der Eber hat scharf gebremst und dabei mit seinen Hufen eine stattliche Schneise in den gefrorenen Boden gegraben. Er wirft den bulligen Kopf herum und die dunklen Augen fixieren mich für den Bruchteil eines Herzschlags. Sein Atem bildet in der kalten Luft Dampfwolken, die ihn noch zorniger erscheinen lassen.

Ich spanne die Sehne meines Bogens und schieße, doch im selben Moment zuckt sein Kopf zurück und er stößt einen röchelnden Laut aus. Mein Geschoss trifft ihn nur neben dem Ohr, denn im Auge, auf das ich gezielt habe, steckt ein anderer Pfeil. Mit blauen Federn bestückt, was mich laut stöhnen lässt.

»Diese verfluchte Prinzessin …«, knurre ich und lasse den Bogen sinken, denn der Eber wälzt sich bereits in seinem Todeskampf auf dem Boden, zuckt noch einmal, ehe er mit einem letzten Grunzen seine Seele den Waldgeistern übergibt.

Ich wende den Blick von dem toten Tier ab und lenke ihn stattdessen in die Baumkronen, denn der Pfeil ist eindeutig von oben auf das Biest heruntergeschossen.

Keine Sekunde später entdecke ich sie, wie sie elegant von einem Ast zum nächsten springt und sich schließlich in den Schnee fallen lässt, um anmutig auf beiden Beinen zu landen. Ihr schlanker Körper steckt in einer engen Lederrüstung, die für die Jagd und sicherlich nicht für eine Elfenprinzessin bestimmt ist.

Aber Amyéna besaß schon immer ihren eigenen Kopf und ich habe es aufgegeben, ihr die Regeln des Königshauses herunterzubeten. Meine Aufgabe ist es, für ihr Wohl zu sorgen, nicht mehr und nicht weniger.

Und gerade diese Tatsache ist der Grund, wieso ich sie nun finster mustere, während sie mit einem Lächeln auf mich zukommt.

Nur am Rande wurmt es mich, dass ich nicht bemerkt habe, wie sie mir gefolgt ist – was ganz klar auf meinen Unterricht zurückzuführen ist, den ich ihr im Schleichen erteilt habe.

Gute Schüler sind Fluch und Segen zugleich, vor allem wenn sie so attraktiv wie die Elfenprinzessin aussehen …

»Das war knapp«, meint sie und zupft einen nicht vorhandenen Fussel von ihrem blauen Umhang.

»Knapp?«, wiederhole ich in sarkastischem Tonfall, während ich die Mundwinkel nach unten ziehe. »Ihr meintet wohl: unnötig.« Ich deute mit dem Bogen auf das tote Tier. »Ich wäre allein mit ihm klargekommen, das ist Euch bewusst, oder?«

Mit der freien Hand löse ich den Knoten, zu dem ich mein langes Haar immer binde, wenn ich auf der Jagd bin, sodass es mir nicht ins Gesicht fällt. Normalerweise trage ich es offen und habe vorn ein paar praktische feine Zöpfe geflochten, mit denen ich es rasch nach hinten zusammennehmen kann. Jetzt aber schüttle ich meine dunklen Strähnen, fahre mit den Fingern hindurch und streiche sie zurück.

Amyénas Augen gleiten zwischen dem Eber und mir hin und her – und bleiben an mir hängen. »Gern geschehen«, sagt sie schulterzuckend. »Was töten wir als Nächstes?«

Ich schnaube unwirsch. »Ihr tötet gar nichts mehr, Prinzessin. Ihr kehrt jetzt in Eure königlichen Gemächer zurück und strickt einen Pullover oder häkelt eine Decke.«

Ihr glockenhelles Lachen lässt mich die Augenbrauen zusammenziehen.

Scheiße, ich mag es, wenn sie lacht …

Und genau das ist mein Problem. Ich sollte nicht von diesem anmutigen Gesicht, den funkelnden Augen und dem wohlgeformten Körper derart angezogen werden. Dürfte nicht in diesem Tonfall mit ihr sprechen, den sie mir nur erlaubt, da sie weiß, dass ich mich um sie sorge. Ja, ich bin ihr Leibwächter – aber meine Aufsichtspflicht befiehlt mir lediglich, ihre Unversehrtheit sicherzustellen. Nicht, dieses Ziehen im Herzen zu verspüren, wenn sie sich auch nur eine Sekunde in Gefahr begibt.

»Maryo Vadorís«, spricht sie in tadelndem Tonfall, »wenn ich nicht wüsste, dass du hinter deiner finsteren Miene und deinen flapsigen Worten ein großes Herz verbirgst, würde ich dir jetzt eine Ohrfeige verpassen.«

»Tut Euch keinen Zwang an, Hoheit.« Ich verschränke die Arme vor der Brust, was sich mit einem Bogen in der Hand etwas unbequem darstellt.

Amyéna lacht erneut und hebt tatsächlich den Arm, aber ihre Finger legen sich hauchzart an meine Wange, ehe sie diese tätschelt. Trotzdem fahre ich unter ihrer Berührung zusammen, als hätte sie mich geschlagen.

Verflucht, wie sehr ich ihre Nähe genieße …

Meine Hand zuckt, will ihr langes dunkles Haar berühren, es ihr hinter die spitzen Elfenohren streichen, die Finger in ihren Nacken legen. Da ich für einen Elfen eine stattliche Körpergröße aufweise, müsste sie sich auf die Zehenspitzen stellen, um meinem Gesicht nahe zu sein. Um mich zu …

Rasch verdränge ich die aufkommenden Gefühle und Gedanken, die vollkommen fehl am Platz sind. Stattdessen ergreife ich ihre Finger und löse sie von meiner Wange. Ihre Haut ist warm, ebenso wie meine – wir brauchen keine Handschuhe, da wir als Elfen genügend

Körperwärme besitzen, um selbst in solch einem harten Winter nicht allzu rasch zu frieren.

»Euch ist hoffentlich klar, dass Ihr gegen sämtliche Hofprotokolle verstoßen habt, indem Ihr mir gefolgt seid?«, sage ich in strengem Tonfall. »Allein und nur mit einem Bogen bewaffnet?«

»Wieso denn? Du hast mich doch gebeten, mitzukommen. Vergessen?« Ihre dunklen Augen blitzen schalkhaft. »Du wolltest meine Schießkünste testen – und so wie ich das sehe, habe ich den Test mit Bravour bestanden.«

Sie schenkt mir ein Grinsen und ich knurre leise in mich hinein, da sie genau weiß, dass ich ihre Lüge decken werde, sollte jemand Fragen stellen.

»Also?«, fragt sie und legt den Kopf schief. »Was möchtest du noch von mir sehen?«

»Was ich von Euch …« Ich räuspere mich, da ich die Worte, die mir auf der Zunge liegen, nicht aussprechen darf, wenn ich nicht doch noch eine Ohrfeige kassieren will. »Wir sollten in die Stadt zurückkehren«, sage ich ausweichend. »Ich werde jemanden schicken lassen, um den Eber zu holen, und Euch zurückbegleiten.«

»Ach komm schon …« Sie schiebt schmollend die Unterlippe nach vorn und sieht dadurch zum Anbeißen aus.

Es kostet mich viel Kraft, sie nicht an mich zu ziehen und auf diesen herrlichen Mund zu küssen. Niemand würde es bezeugen, niemand mich dafür verurteilen, dass ich meine zukünftige Königin mehr liebe, als es für einen Untertanen und Soldaten angemessen ist.

»Nein.« Ich schüttle energisch den Kopf. »Wir gehen jetzt zurück in den Palast. Es dämmert bald und Ihr müsst Euch noch für die Feier heute Abend vorbereiten.«

Amyéna verdreht die Augen. »Du bist so ein Spielverderber …«

»Und Ihr eine störrische Prinzessin – jeder hat sein Päckchen zu tragen.« Ich versenke meinen Blick in ihrem. »Kommt jetzt.«

Ohne mich noch einmal nach ihr umzudrehen, stapfe ich in die Richtung davon, aus der ich gekommen bin. Ein leises Seufzen hinter meinem Rücken verrät mir, dass sie meiner Aufforderung Folge leistet. Ich lasse sie zu mir aufschließen, damit ich sie im Blick habe und beschützen kann, sollte es nötig sein.

Die Wälder sind zu dieser kalten Jahreszeit zwar etwas friedlicher, dennoch treiben sich durch den Hundertjährigen Krieg, der bis vor Kurzem noch das Land in Aufruhr versetzte, Söldner und andere Banditen herum. Wir Elfen haben uns in die Wälder zurückgezogen, aber das hindert dieses Menschenpack nicht daran, unsere Herrschaftsgebiete zu betreten. Es wird wohl noch eine Weile dauern, bis in Altra wieder Ruhe einkehrt. Und bis dahin werde ich Amyénas Wohl mit meinem Leben verteidigen, so wie ich es ihrer Mutter, der Elfenkönigin von Westend, schwor, als ich zum Leibwächter der Prinzessin ernannt wurde. Eine Aufgabe, die mir schon mehr als einmal schlaflose Nächte bescherte. Wenn ich daran denke, dass ich Tausende von Jahren alt werden kann, muss ich mich aber wohl damit arrangieren.

Wir sprechen auf dem Rückweg nicht viel. Mir ist klar, dass Amyéna immer noch schmollt und meine Fürsorge als übertrieben ansieht. Doch das ist *ihr* Problem, nicht meines.

Ich will lieber nicht der Königin gegenübertreten und erklären, wieso wir zu spät zum Wintermondfest kommen. Dem Fest, das allen Elfen heilig ist, da wir damit unserem Gott Ferys dafür danken, dass er uns ein weiteres Jahr seine Gnade zuteilwerden ließ.

Es wird auch ›Fest der Liebe‹ genannt, da viele Pärchen sich heute Abend finden werden, die zusammen die Nacht verbringen. Auch ich habe schon das eine oder andere Mal mit einer Elfin mehr als nur einen Krug Wein geteilt – aber das war vor meiner Zeit als Amyénas Leibwächter. Die Prinzessin ist an diesem Fest unentbehrlich, da sie als Thronfolgerin die Fackel tragen und den Scheiterhaufen entzünden muss, der seit einer Woche auf dem Hauptplatz aufgetürmt wird.

»Prinzessin«, ertönt es, als wir die Elfenstadt erreichen, und ich erkenne Raelys Avarí, den Hauptmann der Königinnen-Garde, der uns eiligen Schrittes entgegenkommt. Das rotblonde Haar, das er zu einem Zopf zusammengebunden hat, weht wie ein Banner hinter ihm her. »Wir hatten schon Sorge, dass ...« Seine goldgesprenkelten Augen gleiten zu mir und er entspannt sich sichtlich. »Ah, Maryo. Ich wusste nicht, dass sie mit dir unterwegs ist. Nächstes Mal gibst du mir bitte Bescheid. Ich dachte, du gehst allein jagen.«

»Das dachte ich auch«, brumme ich und werfe Amyéna einen scharfen Blick zu, den sie mit einem unschuldigen Lächeln pariert. »Schick ein paar Männer aus, die unseren Spuren folgen – wir haben einen stattlichen Eber erlegt, der ...«

»Ich. *Ich* habe ihn erlegt«, korrigiert mich die Prinzessin mit hochgezogenen Augenbrauen.

»Die *Prinzessin* hat ihn erlegt.« Ich seufze und schüttle den Kopf. »Wie auch immer, sie sollen ihn herbringen, er wird die Krönung unseres Festmahls heute Abend. Aber nur, wenn er nicht vorher von Wölfen gefressen wird.«

Raelys mustert mich stirnrunzelnd, nickt aber. »Wird gemacht.« Dann gleitet sein Blick zu Amyéna. »Prinzessin«, er verbeugt sich formvollendet und erinnert mich damit daran, dass ich mich in ihrer Gegenwart viel zu salopp benehme, »Ihr werdet in Euren Gemächern erwartet.«

»Danke, Hauptmann«, sagt sie in ebenfalls förmlichem Tonfall, ehe sie mich von der Seite ansieht. »Begleitest du mich, Maryo?«

Mir liegt ein Nein auf der Zunge, da ich lieber noch ein wenig mit meinem Freund plaudern würde. Aber die Bitte einer Prinzessin ist gleichzeitig ein Befehl, also nicke ich ergeben und folge ihr hinter die Stadtmauern.

Als ich vor einigen Jahrzehnten die Elfenstadt das erste Mal betrat, war ich erstaunt von ihrer schlichten Eleganz. Die mehrstöckigen Gebäude mit den weitläufigen Balkonen sind aus hellem Stein pyramidenförmig erbaut, jeweils mit einer vergoldeten Spitze. An den Seiten der Pyramiden rinnen in warmen Jahreszeiten feine Wasserfälle herunter, versammeln sich zu kleinen Flüssen, die sich zwischen den Häusern hindurchschlängeln. Da es Winter ist, sind die meisten von ihnen zu Eis erstarrt und bilden bizarre Skulpturen. Brücken verbinden die Straßen, auf denen sich meist viele Elfen tummeln.

Jetzt jedoch sind alle mit den Vorbereitungen des Festes heute Abend beschäftigt und kaum einer treibt sich auf den Straßen herum, sodass Amyéna und ich unbehelligt zum Palast gelangen, der von einem weitläufigen Platz mittels einer Treppe erreichbar ist. Hier wird die Zeremonie stattfinden.

Während wir die Stufen den Hügel hinauf erklimmen, um die ganz in Gold gekleidete Hauptpyramide zu erreichen, bricht Amyéna ihr Schweigen.

»Weißt du, ich habe heute Abend ein Geschenk für dich«, sagt sie, ohne mich anzusehen.

Ich runzle verblüfft die Stirn und werfe ihr einen Seitenblick zu. »Ein Geschenk?«

Zwar ist es üblich, dass die Elfen sich beim Wintermondfest gegenseitig Dinge schenken, aber im Grunde nur, wenn sie sich näherstehen. Was man von Amyéna und mir nicht wirklich behaupten kann.

»Ja.« Das Lächeln, das sie mir zuwirft, ist strahlend. »Schenkst du mir auch etwas?«

»Ich …« Ich räuspere mich und fahre mir ein wenig unbeholfen mit der Hand durch das Haar.

Sie lacht leise. »Das war ein Scherz, natürlich musst du mir nichts schenken.«

»Ihr mir auch nicht«, murmle ich.

»Ich weiß.« Sie wirft mir einen verschwörerischen Blick zu. »Aber du bist nicht nur mein Leibwächter, sondern auch mein Freund. Mein … bester Freund, wenn ich das so sagen darf.«

»Ihr seid die Prinzessin, Ihr dürft beinahe alles, solange es nicht Euer Leben in Gefahr bringt«, brumme ich. Als ich ihren Blick auffange, merke ich, dass ich etwas Falsches gesagt habe, und beiße mir auf die Unterlippe. »Entschuldigt, das war …«

»Ehrlich? Direkt?« In ihre Augen tritt ein trauriger Ausdruck. »Du hast ja recht, ich *bin* die Prinzessin. Trotzdem wünschte ich mir manchmal, wir könnten einfach als Freunde zusammen unterwegs sein. So wie andere Elfen. Dann wäre alles so viel unkomplizierter und schöner.«

Ich nicke verständnisvoll und berühre ihren Arm. Nur kurz, nur flüchtig, aber sie dankt es mir mit einem Lächeln, das einen Teil ihres Strahlens zurückbringt, bis wir die oberste Stufe erreicht haben.

Sie schüttelt den Kopf, als wolle sie einen Gedanken loswerden, ehe sie mich ansieht. »Ich muss jetzt gehen, wir sehen uns später bei der Feier.«

Ich blicke ihr nach, wie sie raschen Schrittes im Palast verschwindet.

Als der Abend anbricht, habe auch ich mich umgezogen und trage meine Leibwächteruniform, allerdings jene, die speziell für Feiertage hergestellt wurde. Sie besteht aus dicker schwarzer Seide, kombiniert mit einem ebenso schwarzen Umhang, der die Kälte des Abends von mir fernhält, denn es wird ziemlich sicher eiskalt.

Während ich vor Amyénas Gemächern warte, um sie zum Fest zu begleiten, überlege ich, was sie mir wohl schenken könnte. Vielleicht irgendein Schmuckstück oder Gold? Letzteres kann ich gut gebrauchen, da ich als Leibwächter nicht viel verdiene. Dafür hat die Königin mir kostenloses Essen und ein Gemach in der Nähe von Amyéna zur Verfügung gestellt.

Als sich die Tür zum Prinzessinnenzimmer öffnet, muss ich mich zusammenreißen, um keinen erstaunten Laut auszustoßen.

War sie schon immer eine Augenweide, so sieht sie nun einfach zum Niederknien aus. Amyénas zarter Leib steckt in einem Traum aus Blau, einer Art Tunika, die von einem goldenen Gürtel zusammengehalten wird und knapp bis über ihren Po geht. Darunter erkenne ich eng anliegende dunkle Hosen sowie feste Stiefel, die jedoch einen Absatz besitzen und ihre Beine noch länger wirken lassen. Ein wallender dunkelblauer Umhang mit weißem Pelzkragen vervollständigt ihre Aufmachung. Das Haar wurde in geschmeidige Locken gelegt, die nur von einem hauchzarten goldenen Reif daran gehindert werden, ihr in die Stirn zu fallen. Dies ist der einzige Schmuck, den sie trägt, neben den fünf Armreifen an ihrem Handgelenk, die sie von ihrem verstorbenen Vater geschenkt bekam.

»Du siehst wunderschön aus«, sage ich ehrlich verblüfft und korrigiere meine unangemessene Anrede sofort. »Entschuldigt. *Ihr.* Ihr seht wunderschön aus.«

Amyéna schenkt mir ein breites Lächeln, während sie ihren Blick über meinen Körper schweifen lässt. »Deine Festtagskleidung steht dir auch ausnehmend gut«, antwortet sie und sieht mir dann wieder in die Augen. »Bereit?«

Ich nicke und spüre beim Schlucken, dass mein Mund staubtrocken ist. »Nach Euch«, sage ich mit belegter Stimme und folge ihr aus dem Palast.

Oben an der Treppe, die vom Hügel zum Festplatz hinunterführt, treffen wir auf die Königin, welche sich ebenfalls in Schale geworfen hat. Anders als ihre Tochter trägt sie ihr schwarzes Haar zu einer kunstvollen Hochsteckfrisur geflochten und ihr Körper, dessen vorteilhafte Rundungen Amyéna von ihr geerbt hat, ist in eine scharlachrote Robe gekleidet.

Wie immer überkommt mich bei ihrem Anblick eine tiefe Ehrfurcht und ich senke achtungsvoll den Blick.

Ihr Diener reicht Amyéna eine Fackel, die bereits brennt. Seite an Seite schreiten Mutter und Tochter zum Platz hinunter, auf dem sich alle Elfen versammelt haben. Festliche Musik erklingt und ich verspüre eine Gänsehaut. Sosehr ich mich in dieser Gesellschaft manchmal fehl am Platz fühle, so sehr mag ich die Feste, die hier gefeiert werden. Und die Wintermondfeier ist immer etwas Besonderes, da sie zeigt, dass wir Elfen zusammenhalten. Es ist das einzige Fest, an dem die Königin teilnimmt und sich unter das gewöhnliche Volk mischt.

Unten angekommen, schreitet Amyéna zielstrebig zum Scheiterhaufen, der neben einem etwa zehn Schritt breiten Springbrunnen steht, dessen Wasser nun im Winter ebenfalls gefroren ist. Ich folge ihr auf den Fersen, um in ihrer Nähe zu bleiben.

Die Königin hält eine Ansprache, aber ich lausche ihren Worten kaum. Mein Blick ist einzig auf Amyéna gerichtet – und auf die Elfen, die ihr am nächsten stehen, um eingreifen zu können, sollte jemand die erlaubte Distanz zur Königstochter überschreiten.

Als die Königin geendet hat, entzündet Amyéna unter dem lauten Jubel des Volkes den Scheiterhaufen. Jetzt beginnt die eigentliche Feier. Eine, die bis in die Morgenstunden dauern wird.

Ich erkenne, dass unser Eber bereits über einem Feuer brät, überall werden Getränke und Essen verkauft und die Elfen tanzen um den Scheiterhaufen herum, jubeln unserem Gott zu, lachen und singen. Amyéna und ich befinden uns zwar mitten unter den Feiernden, allerdings in einem mit Bändern abgegrenzten Bereich, den weder sie noch ich verlassen dürfen.

Die Königin bleibt nur eine Stunde, ehe sie sich in den Palast zurückzieht. Nicht aber, ohne mir vorher einzubläuen, Amyéna noch vor Mitternacht zurück in ihre Gemächer zu begleiten.

Nachdem sie weg ist, kommt es mir vor, als wäre die Prinzessin gelöster. Sie lacht und lässt sich von einem Diener, der sich mit uns in dem abgegrenzten Bereich befindet, reichlich Wein nachschenken. Sie tanzt und beobachtet die anderen Elfen, die uns immer mal wieder zuprosten und Lobeslieder auf das Königshaus singen. Amyénas Augen leuchten vor Freude und ihr Lachen hallt über den Jubel der Feiernden.

Sie so unbeschwert zu erleben, erfüllt mein Herz mit Glück und Wehmut gleichermaßen. Ich muss an ihre Worte denken.

Ja, wenn sie keine Prinzessin wäre, würde ich nun nicht mit ihr hinter der Barriere stehen, sondern sie zum Tanz auffordern und sie später dazu überreden, in meine Gemächer mitzukommen. Dann müsste ich nicht fürchten, dass mir am nächsten Tag der Kopf abgeschlagen wird. Wir könnten Spaß haben, uns küssen, miteinander glücklich sein. So wie die anderen Elfen, die diese Nacht der Liebe in vollen Zügen ausschöpfen.

Aber so bleibt mir nur, mit verschränkten Armen in ihrer Nähe zu stehen und dafür zu sorgen, dass die feiernden Elfen ihre guten Manieren nicht vergessen. Unter ›Spaß‹ verstehe ich definitiv etwas anderes.

»Maryo, schau nischt scho grimmisch«, ruft sie mir zu, während sie im Rhythmus der Musik vor mir tanzt und den Kelch in die Höhe hält.

Mir fällt auf, dass ihre Aussprache etwas verwaschen klingt. Wie viel Wein hat sie schon getrunken? Ich hätte besser auf *sie* und weniger auf ihre Umgebung achten sollen.

Rasch trete ich einen Schritt auf sie zu und ergreife den Kelch, den sie in ihren schlanken Fingern hält. »Ich glaube, Ihr hattet genug für heute«, murmle ich.

Sie entreißt mir das Gefäß und verschüttet dabei einiges auf den Boden, doch sie lacht nur und sieht mich mit leuchtenden Augen an. »Du bischt nischt mein Vater, Maryschoo«, murrt sie. »Isch darf scho viel trinken, wie isch will.«

»Wie Ihr meint«, knurre ich und mustere sie stirnrunzelnd.

»Komm, tansch mit mir«, fordert sie mich auf und schwenkt erneut ihren Kelch im Takt der Musik.

»Ihr wisst, dass mir das verboten ist«, erwidere ich, ehe ich die Kiefer zusammenpresse.

»Verboten, verboten«, trällert sie. »Allesch ischt verboten ...«

Gut, sie ist wirklich betrunken. Und benimmt sich gerade nicht mehr wie eine Prinzessin. Besser, ich bringe sie zurück in den Palast, ehe es Gerede gibt.

»Kommt mit«, versuche ich einen zweiten Anlauf. »Das Fest ist für Euch vorbei.«

»Isch gehe nischt!«, entgegnet sie in bestimmtem Tonfall. »Isch darf bisch Mitternacht bleiben.«

Grollend hole ich Luft und versuche, mich zusammenzureißen. Dann kommt mir eine Idee. »Ich habe ein Geschenk für Euch«, sage ich verschwörerisch. »Aber das kann ich Euch nicht hier vor allen Elfen geben.«

»Ein … Gessssschenk?« Ihre Augen werden groß. »Isch dachte …
Oh, mein Gessschenk wollte isch dir noch geben!« Ehe ich es mich
versehe, drückt sie sich an mich, schlingt die Arme um meinen Nacken und formt mit ihren Lippen einen Kussmund. »Jetzt bin isch
betrunken genug«, lallt sie und ihr Atem, der nach Wein riecht, um-
fängt mich. »Ein Kuschhh. Dasch ischt mein Gessschenk.«

Gerade noch rechtzeitig kann ich mein Gesicht wegdrehen, sodass
ihre Lippen nur meine Wange treffen, und damit eine Katastrophe
verhindern.

Was denkt sich die Prinzessin nur dabei, mich – ihren Leibwächter!
– vor aller Augen zu küssen?!

»Genug«, keuche ich und schiebe sie sanft, aber bestimmt von mir
weg. »Wir gehen.«

»Du willscht nicht küschhhen?«, höre ich sie hinter mir schmollen.

Wenn sie wüsste …

Ich knirsche mit den Zähnen und schlucke meine Antwort herunter. Sie würde alles zwischen uns noch komplizierter machen.

Dieses vermaledeite Fest! Dass Elfen zusammenkommen, gut und
schön, aber dass alle in romantischer Stimmung sind, ist nicht gerade
förderlich für meine Enthaltsamkeit ihr gegenüber!

So rasch ich kann, ziehe ich sie die Stufen zum Palast hinauf und
zurück zu ihrem Zimmer. Dort öffne ich die Tür mit Schwung und
verfrachte sie hinein, ehe ich ihr folge und das Schloss hinter mir ein-
rasten höre.

Geschafft. Wir sind allein.

Amyéna denkt jedoch nicht daran, so schnell aufzugeben. Sie wendet sich zu mir herum. »Du schuldescht mir eine Antwort«, verlangt
sie. »Wiescho willscht du misch nischt küsssschen?«

»Weil Ihr die Prinzessin seid«, erwidere ich und ergreife ihre Schulter, um sie auf Abstand zu halten, da sie bereits wieder Anstalten

macht, auf mich zuzukommen. »Und betrunken. Keine gute Kombination, wenn ich morgen noch leben will.«

»Bedrunschen, jahaaa«, lallt sie grinsend.

Ich schüttle den Kopf. »Legt Euch hin, Ihr solltet Euren Rausch ausschlafen. Ich lasse einen Diener rufen, der Euch aus den Kleidern hilft und …«

»Nö.« Ihre Stimme ist mit einem Mal schwach. »Bleib hier.«

»Ich …« *Verdammt noch eins! Das hat mir gerade noch gefehlt!* »In Ordnung.« Fahrig wische ich mir über die Stirn und bemerke, dass meine Finger zittern. »Geht voran in Euer Zimmer, ich komme nach.«

Sie wankt ein wenig, was mich dazu veranlasst, sie wieder festzuhalten. Als sie ihre Hände um meinen Nacken schlingt, hebe ich sie kurzerhand auf meine Arme und trage sie ins Schlafzimmer. Wenn sie in diesem Zustand hinfallen und sich verletzen würde, könnte ich mir das nicht verzeihen.

»Danke«, murmelt sie an meinem Ohr und ihre Lippen berühren mich dabei fast, was mich erschaudern lässt.

»Nichts zu danken«, antworte ich mit rauer Stimme, ehe ich sie auf ihr Bett lege und notdürftig zudecke.

Ich werde nachher wirklich eine Dienerin rufen müssen, die sie angemessen kleidet, damit sie in Ruhe schlafen kann.

»Bleibsch«, nuschelt sie im Halbschlaf und ihre Augenlider flattern.

Ich nicke und setze mich auf den Bettrand.

Mir ist bewusst, wieso sie so viel getrunken hat, obwohl sie ganz augenscheinlich keinen Alkohol verträgt. Sie fühlt sich in diesem goldenen Käfig gefangen.

Wenn ich nur irgendetwas für sie tun könnte. Aber ich bin ebenso machtlos wie sie. Sie ist eine Prinzessin und ihr Schicksal ist es nun mal, hier im Palast darauf zu warten, dass sie einen Gemahl findet und irgendwann selbst über das Elfenvolk herrschen kann.

Ein Leben, das ich nicht mit ihr tauschen möchte …

»Was ischt dein Geschenk?«, höre ich sie plötzlich leise fragen.

»Mein …«

»Weischt du waschhh?« Sie öffnet ihre Augen nicht, drückt ihre Wange nur stärker ins Kissen. »Isch wünsche mir nur deine Tschuneigung …«

Ich betrachte sie eine Weile schweigend, bemerke, wie sie immer mehr in den Schlaf fällt.

Als ich sicher bin, dass sie tief und fest schläft, hole ich leise Luft und streiche ihr mit dem Finger über die Wange. Sie zuckt nicht einmal mit der Wimper, scheint mich wirklich nicht mehr zu hören.

Also kann ich die Worte sagen, die mir in jedem anderen Moment zum Verhängnis werden würden.

Ich bringe mein Gesicht nahe an ihres, fahre federleicht mit den Lippen über ihre Schläfe. »Meine Zuneigung? Die gehört Euch doch schon längst, Prinzessin …«

Sanft drücke ich ihr einen Kuss auf die Stirn und weiß im selben Moment, dass ich einen gewaltigen Fehler gemacht habe. Denn ich werde in dieser Nacht keine Ruhe finden. Ihr umwerfender Geruch und ihre warme Haut werden mich im Schlaf verfolgen …

Scheiße!

DAS BUCH ZUR KURZGESCHICHTE

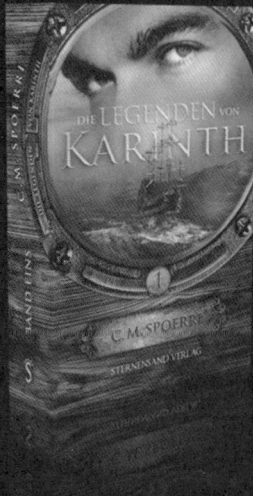

Die Legenden von Karinth

Als Taschenbuch, Schuber & E-Book, 4-teilige Reihe
High Fantasy

»Bringt die Prinzessin zurück!« So lautet der Befehl der Elfenkönigin, nachdem ihre Tochter aus der Elfenstadt geflohen ist. Für Leibwächter Maryo Vadorís eine auf den ersten Blick nicht unlösbare Aufgabe. Allerdings soll er den frischgebackenen Gemahl der Prinzessin mitnehmen, den er zutiefst verachtet. Als sein Weg auch noch den der Magierin Edana kreuzt, stellt der Elf fest, dass die Suche nach seiner Prinzessin doch nicht so einfach wird wie anfangs vermutet. In Edana steckt mehr, als sie ihm zunächst weismachen will, und womöglich könnte ihr Geheimnis Maryo sogar helfen, denn seine Reise verschlägt ihn auf einen unbekannten Kontinent: Karinth.

CAROLIN EMRICH

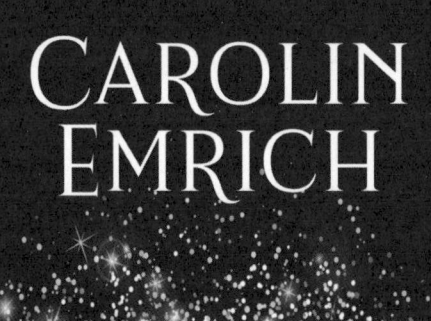

Informationen zur Kurzgeschichte:

Erfahrt, wie Mareike mit ihren Freunden Weihnachten feiert. Diese Geschichte spielt zeitlich nach ›The way to find dreams‹, dem vierten Band der ›The way to find‹-Reihe. Allerdings lässt sie sich unabhängig lesen, da sie aus Sicht der Protagonistin von Band 1 (›The way to find love‹) geschrieben ist. Alle Bände der Reihe stellen in sich abgeschlossene Liebesgeschichten dar, es wird jedoch empfohlen, mit Band 1 zu starten.

Über die Autorin:

Carolin Emrich wurde 1992 in Kassel geboren. Schon als kleines Mädchen bat sie ihre Mutter, ihr nicht nur vorzulesen, sondern ihr auch das Lesen beizubringen. Sobald sie dieses beherrschte, gab es kein Halten mehr. Stapelweise wurden die Bücher verschlungen und bald schon begann sie, eigene kleine Geschichten zu Papier zu bringen. Im Alter von 15 Jahren verschlug es sie auf eine Fanfiction-Plattform, wo sie auch heute noch ihr Unwesen treibt. Im Herbst 2015 reifte dann die Idee heran, ein Buch zu schreiben. Aber vorher stellte sich die Frage: Kann ich das überhaupt? Um dieser auf den Grund zu gehen, begann sie zu plotten, und schrieb daraufhin ihr Fantasy-Debüt »Elfenwächter«.

Beruflich schloss Carolin Emrich im Juli 2015 ihre Ausbildung zur Industriemechanikerin erfolgreich ab.

THE WAY TO FIND
CHRISTMAS

Mareike

Der zweite Weihnachtsfeiertag gehörte schon seit Jahren meiner besten Freundin Alina. Sie und ihr großer Bruder Aaron quartierten ihre Eltern aus, luden Freunde zum Glühwein ein und kochten für uns. Das war jedes Jahr ein großes Spektakel.

Da ich letztes Jahr gerade wieder Single gewesen war und Ablenkung gebraucht hatte, war ich so bescheuert gewesen, beim Kochen zu helfen. Und das hatte so gut geklappt, dass ich dieses Jahr bereits um acht Uhr mit zwei vollen Tüten in die Küche der Familie Spöckinger stolzierte.

»Guten Morgen!«, rief ich.

Alina bedachte mich mit einem skeptischen Blick und strich sich die langen blondierten Haare über die Schulter. Für sie war es viel zu früh.

»Wolltest du nicht schon eher hier sein?«, begrüßte mich Aaron, der gerade zur Hintertür reinkam. Er wuschelte sich durch die ebenfalls blonden Haare und wischte damit ein paar Schneeflocken weg, die sich bis in die Küche gehalten hatten.

»Es schneit«, rief Michelle, die hinter ihm reinkam. Die Kleine war sechs Jahre alt und die Tochter von Aarons Freundin Sina. Sie waren gerade im Garten gewesen, um nach dem Schnee zu sehen. Als wenn das Fenster dafür nicht ausreichte. Sina selbst sah ich nicht, aber da oben irgendwo Wasser lief, vermutete ich, dass sie das sein könnte.

Süß fand ich Michelle ja, aber es war noch immer ungewohnt, Aaron mit einem kleinen Kind oder auch nur einer Freundin zu sehen, mit der er es tatsächlich ernst zu meinen schien. Und ich hatte wirklich Jahre damit zugebracht, jede seiner Bekanntschaften oder Beziehungen zu analysieren.

»Ich hatte dir geschrieben, ob du mir beim Tragen hilfst. Selbst schuld«, erinnerte ich ihn.

Er lachte nur, zog Michelle die Jacke aus und bat sie, die Schuhe in den Flur zu tragen, damit nichts dreckig wurde. Draußen schneite es zwar, aber die Temperaturen der letzten Tage hatten den Boden zu sehr erwärmt, als dass der Schnee jetzt liegen bleiben würde.

Den ganzen Vormittag verbrachten Alina und ich damit, das Essen vorzubereiten. Das Himbeersorbet war zuerst dran, da es vier Stunden kaltgestellt werden musste. Dann marinierten wir die Ente für den Hauptgang. Die Vorspeise konnten wir zwischendurch machen.

Alles in allem war es sehr entspannend, wie wir dieses Jahr arbeiteten, und so konnte ich mir vorstellen, dass wir es nächstes Jahr noch einmal machen konnten. Alina und ich hatten aber auch sehr lange Erfahrung darin, gemeinsam zu kochen und zu backen.

»Kommt Basti heute auch?«, wollte sie wissen, als wir gerade so weit alles erledigt hatten, damit die erste Ladung in die Spülmaschine konnte.

Ich zuckte bei der Erwähnung meines Freundes mit den Schultern. »Gesagt hat er es, Lars wird ihn bestimmt mitbringen.«

Lars war Alinas Freund und er und Basti waren Mitbewohner. Erst damals in der betreuten Wohneinrichtung und jetzt teilten sie sich wieder eine Wohnung, da sie alleine nicht hätten ausziehen können.

»Benimmt er sich?«, hakte sie nach.

»Ja. Dafür sorge ich.«

Damit spielte meine beste Freundin auf die angespannte Stimmung zwischen ihrem Bruder und meinem Freund an, an der ich nicht ganz unschuldig war. Man hatte es zeitweise als kompliziert bezeichnen können.

Lars und Basti erschienen pünktlich, draußen schneite es nach wie vor und so langsam konnte sich der Boden nicht mehr gegen die weißen Flocken wehren und auf den Wiesen hatte sich eine leichte Decke gebildet. Alina und ihr Freund versuchten, mit Michelle einen kleinen Schneemann im Garten zu bauen.

Basti kam direkt mit mir rein, da es mir draußen zu kalt war. Er hängte seine Jacke im Flur auf und zog sich die Mütze vom Kopf. Mit ausgestrecktem Arm forderte er mich auf, näher zu kommen. Ich grinste und tat ihm den Gefallen nur zu gerne. Wir hatten uns die ganze Woche noch nicht gesehen, da er an den anderen Weihnachtstagen verplant gewesen war.

Als wir direkt voreinanderstanden, fuhr ich ihm durch die kurzen braunen Haare.

»Das Kleid gefällt mir. Ist das neu?«, erkundigte er sich und strich an meiner Hüfte über den grünen Stoff.

»Ja. Irgendwie hatte ich Lust auf ein Weihnachtsoutfit.« Ich kopierte seine Geste, nur etwas weiter oben an meinen Seiten.

»Schön. Ich mag dich in Kleidern.«

Er beugte sich gerade vor, um mich zu küssen, als wir von einer Stimme unterbrochen wurden.

»Hat eigentlich jemand an Wein gedacht?«

Ich drehte mich langsam, aber ohne von meinem Freund wegzutreten, zur Küche, in deren Tür Aaron auftauchte.

»Scheiße«, war meine einzige Feststellung dazu. »Den hab ich vergessen.« Jetzt trat ich doch zurück, damit ich auf Aaron zugehen und ihm gegen den Arm schlagen konnte. »Und das ist deine Schuld. Ich habe dich heute Morgen gebeten, mir beim Tragen zu helfen. Hast du nicht. Da wäre dir vielleicht eher aufgefallen, dass er fehlt.«

Der Bruder meiner besten Freundin hob abwehrend die Hände. »Vergiss es, das auf mich abzuwälzen. Sag mir lieber, wo ich an einem sechsundzwanzigsten Dezember Wein herbekomme.«

»Eine Flasche haben wir noch kalt stehen«, merkte Basti an. »Die gehört Lars. Was auch immer er damit vorhatte, aber er wird es mir wohl verzeihen.«

Aaron wirkte ein wenig unsicher, was er tun sollte, ehe er sich an Basti wandte. »Würdest du sie holen?«

»Hab keinen Führerschein. Wenn ich jetzt mit dem Bus losmuss …«

Aaron ging an uns vorbei und griff in den Schlüsselkasten. »Dann komm mit. Das sollte am schnellsten gehen.«

»Ich decke den Tisch«, sagte ich ein wenig überfordert mit der Situation.

»Bis gleich«, verabschiedete sich Basti, drückte mir einen schnellen Kuss auf die Lippen und huschte dann hinter Aaron zur Tür raus.

»Was bitte war das denn jetzt?«, murmelte ich zu mir selbst, ehe ich in die Küche ging, um das Geschirr zu holen.

Sie kamen beide völlig unversehrt wieder und schienen sich sogar ein wenig unterhalten zu haben, was ich als Weihnachtswunder verbuchte.

Das Essen, das folgte, war der absolute Wahnsinn. Es schmeckte allen und am Ende hatte jeder mehr gegessen, als geplant gewesen war. Aber das kannte man ja von Weihnachten.

Am Nachmittag kamen ein paar Freunde vorbei, aber den Abend wollten wir zu sechst ausklingen lassen. Aaron hatte Michelle eine Geschichte vorgelesen und lag nun völlig fertig neben Sina auf dem Sofa. Er schlief beim Vorlesen immer selbst ein, hatte sich heute allerdings retten können. Dafür war er jetzt ständig am Gähnen und würde sicher nicht mehr lange unten bleiben.

»Darf ich mal etwas erzählen?«, fragte Alina, als gerade Werbepause war. Wir hatten einen Weihnachtsfilm laufen, der mich an eine Adaption zu Charles Dickens' Weihnachtsgeschichte erinnerte.

»Du fragst doch sonst nicht. Was ist falsch mit dir?«, fragte ihr Bruder, während er sich in eine sitzende Position kämpfte.

»Lars und ich haben beschlossen, zusammenzuziehen«, verkündete sie schließlich.

Das Grinsen in ihrem Gesicht war nicht zu übersehen und sie griff nach der Hand ihres Freundes, der sie mit einem leichten Schmunzeln bedachte. Unübersehbar, wie sehr es Lars gefiel, dass sie sich so freute. Die beiden waren perfekt, total verliebt und das war die beste Nachricht des heutigen Tages.

»Ah echt? Cool.« Aaron griff nach seinem Glas und suchte den Tisch nach der Colaflasche ab. Irgendwie waren wir nach dem Glühwein am Nachmittag wieder bei Softdrinks gelandet. Ein untrügliches Zeichen dafür, dass wir alt wurden.

Alina nickte. »Ja, gerade wenn die Saison wieder losgeht, dann sehen wir uns manchmal eine Woche gar nicht, weil ich Training habe und er Spätschicht, und am Wochenende hat Lars ja auch oft nicht frei.« Alina zuckte mit den Schultern. »Da wäre es cool, sich wenigstens irgendwann zwischendurch zu sehen. Und wenn es nur ein paar Minuten sind.«

Da mochte etwas dran sein, ja. Sie sahen sich teilweise wirklich wenig und Alina jammerte gar nicht so selten deswegen.

»Also ziehst du aus der WG aus oder wie habt ihr das vor?«, erkundigte sich Aaron bei Lars.

Dieser nickte und fuhr sich durch die blonden Haare. Er war kein Mann vieler Worte und manchmal war mir seine schweigsame Art selbst nach anderthalb Jahren an der Seite meiner besten Freundin noch unheimlich. Schließlich warf er einen Blick zu Basti. »Ja. Wir haben schon mal hypothetisch darüber gesprochen. Wird schon irgendwie.«

Mein Freund nickte. »Ich muss mal sehen, wie ich es mache. Vielleicht suche ich mir einen neuen Mitbewohner oder ...« Er stockte, dann sah er mich an. »Vielleicht möchtest du ja zu mir ziehen.«

Ich hatte mit allem gerechnet, nur nicht damit. Das war ... Keine Ahnung, das kam plötzlich. Ich hatte noch immer nicht das Gefühl, dass unsere Beziehung wieder an einem Punkt war, wo das eine richtige Entscheidung sein könnte.

»Meinst du, das ist eine gute Idee?«, wollte ich leise wissen.

Basti starrte mich sprachlos an. Ich konnte deutlich sehen, wie Enttäuschung in seinem Blick flackerte. Dabei sollte er doch froh sein, dass hier wenigstens eine vernünftig handelte.

»Dann nicht«, sagte er knapp und wollte sich schon wieder auf den Film konzentrieren, als Aaron nach der Fernbedienung griff und den Fernseher ausschaltete. Mit einem Klappern warf er sie zurück auf den Tisch, dass sich alle zu ihm drehten.

»Ganz ehrlich, Mareike, mich kotzt das an. Jaja, ich weiß, es ist Weihnachten und ich sollte den Mund halten, des lieben Friedens willen und so«, Aaron machte eine beschwichtigende Handbewegung in Alinas Richtung, »aber ich hab keinen Bock mehr, mir das anzugucken. Du hast dich in den letzten Jahren in eine Richtung entwickelt, die ich gar nicht nachvollziehen kann. Ich sehe euch zwei wirklich nicht oft zusammen, aber, und hey, das sage ich, Basti reißt sich den Arsch für dich auf und was machst du? Stößt ihn wieder und wieder von dir. Wenn du dir nicht sicher bist, lass es ganz bleiben. Alles andere ist verdammt unfair. In meinen Augen bist du total undankbar geworden. Wie lange läuft das mit euch jetzt? Zwei Jahre? Drei? So ein Hin und Her um gar nichts. Werd dir mal klar darüber, was du eigentlich willst.«

Wow. Ich war mir sicher, noch nie erlebt zu haben, dass Aaron mich so angegangen war. Er hatte mir schon einmal die Meinung zu dem Thema gesagt, aber das war ruhiger gewesen, tiefsinniger.

»Du hast keine Ahnung!«, fauchte ich ihn an, bevor Alina etwas sagen konnte, die schon so aussah, als würde sie ihren Bruder auf der Stelle umbringen wollen.

»Und warum nicht?«, machte Aaron ungerührt weiter. »Wir sind deine besten Freunde. Wenn dich irgendjemand verstehen würde, dann wir. Du versuchst es ja nicht mal.«

Das war fies und damit hatte er unrecht. Es fiel mir einfach unfassbar schwer, erneut mein Herz zu riskieren.

Als ich Luft holte, zitterte meine Unterlippe. Ich war so wütend. Auf Aaron, dass er einfach solche Dinge sagte, ohne den Hintergrund zu kennen. Auf Basti, dass ich so eine Angst hatte, mich fallen zu lassen, und auf mich, dass ich es einfach nicht schaffte, rechtzeitig anzusprechen, wenn mich etwas bedrückte.

»Ich hab nach wie vor das Gefühl, dass ich dich nicht verdient habe«, brachte ich leise raus.

»Was?«, kam es zweistimmig von Alina und Basti.

Jetzt hatte ich einmal angefangen, also musste es auch weitergehen, auch wenn ich Publikum nicht leiden konnte. »Ich war so beschissen zu dir und hab so oft Dinge gesagt und getan, die einfach nicht okay waren. Die du gar nicht verzeihen solltest, und doch hast du es. Und jetzt sitzt du hier und fragst mich, ob ich bei dir einziehen will, als wäre alles wieder okay zwischen uns, als könntest du dir wirklich ein Für-Immer mit mir vorstellen. Das kauf ich dir einfach nicht ab. Da wird etwas Besseres kommen und bevor es dann zu sehr wehtut, investiere ich einfach nicht alles.«

Wenigstens hatte ich es geschafft, meine Tränen wieder niederzuringen. Das Letzte, was ich tun würde, war, hier vor den anderen zu heulen.

»Gott, Mareike, du bist so doof«, sagte Basti mit einem Stöhnen. Er packte mich bei den Schultern und drehte mich zu sich um. Bevor ich etwas erwidern konnte, fuhr er schon fort. »Glaubst du wirklich, ich würde dich nach dem ganzen Scheiß, den wir durchhaben, freiwillig gehen lassen?«

Das war ja genau das, was ich mir nie so recht beantworten konnte. Meiner Meinung nach hätte er das schon längst tun sollen.

Er seufzte, als würde er ahnen, was ich darüber dachte. »Vielleicht sage ich es dir nicht oft genug und vielleicht bin ich nicht der Beste darin, es dir zu zeigen, aber ich liebe dich. Du bist kein Ersatz für etwas. Ich bin nicht wieder mit dir zusammen, weil ich gerade keine bessere Alternative hatte, sondern weil es das ist, was ich will. Ich will dich und niemand anderen.«

Er sah mich so durchdringend an, dass ich mich fast schämte, ihm so etwas unterstellt zu haben.

»Dieses ganze Auf-Abstand-Halten machst du nur, weil du unsicher bist?«, fragte er ruhiger.

»Das klingt so dumm, wenn du es aussprichst«, murmelte ich, als ich wieder Worte über meine Zunge brachte.

Basti schüttelte sanft den Kopf. »Nein, gar nicht. Es ist okay, mal zu zweifeln. Aber rede gefälligst mit mir.«

Mit einem Seufzen musste ich ihm recht geben. »Ja. Ich dachte, es hagelt eh nur Vorwürfe, warum ich dir nicht vertraue und so.«

Basti nickte langsam, während ich erklärte. »Da hast du recht. Wir haben beide Fehler gemacht, doch wenn wir jetzt nicht daraus lernen und die Vergangenheit dann ruhen lassen, hat das hier keine Chance. Und das wäre verdammt schade, denn eigentlich finde ich uns total toll zusammen. Und falls ich es noch mal sagen soll: Ich liebe dich. Sehr.«

Noch immer war er nicht näher gekommen oder hatte mich an sich gezogen.

»Ich liebe dich auch«, sagte ich schließlich leise, weil es alles war, was ich erwidern konnte.

Bevor ich mich umsehen und mir die Peinlichkeit unseres Auftritts bewusst werden konnte, ließ ich mich in seine Arme fallen.

Aaron griff nach der Fernbedienung und deutete damit auf uns. »Ich mache den Film jetzt wieder an und ihr zwei solltet danach endlich reden. Und zwar richtig miteinander, nicht jeder für sich.«

Ich sah ihn nicht an, doch ich wusste, dass er recht hatte. Das taten wir einfach viel zu selten und obwohl ich mir dessen bewusst war und Basti sicher auch, tappten wir immer wieder in diese Falle.

Obwohl wir auch bei mir ein paar Häuser weiter hätten übernachten können, wollte Basti, dass wir zu ihm fuhren. Und bevor wir uns mit dem Bus rumärgern mussten, bot Alina an, uns zu fahren.

Ich verstand den Wirbel nicht, aber vielleicht wollte ich auch nur wieder ausweichen. Bei meinen Eltern in meinem Kinderzimmer ließ es sich schlechter über die wirklich wichtigen Dinge reden als in einer leeren Wohnung. Lars würde bei Alina bleiben, das war schon vorher so abgesprochen gewesen.

Basti griff nach meiner Hand, als er die Haustür aufgeschlossen hatte, und zog mich die Treppenstufen zu seiner Wohnung hoch. Ich stellte mir vor, wie es aussehen würde, wenn auf dem Klingelschild nicht mehr Wagner/Hoffmann stand, sondern Sommer/Hoffmann. Der Gedanke war viel weniger unbehaglich, als ich befürchtet hatte.

Basti nahm mir die Jacke ab, was mich schon stutzig machte, denn das war nicht sein Ding. Er war einfach kein Gentleman. Während sich andere Männer mit einer Umarmung oder einem Kuss am Bus von ihren Freundinnen verabschiedeten und ihnen eine gute Nacht wünschten, haute er Sprüche raus wie: »Schick mir ein Foto, wenn du es dir später selbst machst, und denk an mich. Oder ruf mich dabei an.«

Aber genau diese Unverfrorenheit war es gewesen, die mir so imponiert hatte. Und ich hatte seinen Anruf in der Nacht entgegengenommen. Es war eins der heißesten Telefonate meines Lebens gewesen.

»Was schaust du so gedankenverloren?«, fragte er, da ich immer noch genau dort stand, wo er mir gerade aus der Jacke geholfen hatte.

»Ich dachte gerade an Telefonsex mit dir.«

Er schmunzelte. »Dafür müsstest du nach Hause fahren und ich denke doch, dass du echten Sex vorziehen würdest, hm?«

Auf jeden Fall. Ich wollte nur ihn, warum sabotierte ich uns dann immer wieder?

»Wenn ich dich jetzt bitte, einfach den Mund zu halten und mich ausreden zu lassen, klappt das nicht, oder?« Er sah direkt skeptisch drein.

Hatte er das tatsächlich gefragt?

»Nein.«

Basti rollte mit den Augen, aber er lächelte dabei. Das war ein Spiel zwischen uns, seit wir uns kannten. Immer wenn er wollte, dass ich ihn erst ausreden ließ, konnte ich es eh nicht. Ich war ja so schon die Meisterin im Unterbrechen.

»Du musst Ja sagen«, korrigierte er mich. »Wenn du eine negative Äußerung bestätigen willst, heißt es Ja und nicht Nein. Ja, ich kann die Klappe nie halten.«

»Du bist ein Klugscheißer«, stellte ich klar.

»Ist mein zweiter Vorname.«

Wir lächelten uns an und gerade jetzt hatte ich wieder das Gefühl, als hätten wir die Zeit zurückgedreht, und es erschien mir wieder so locker und problemlos zwischen uns wie damals, als wir uns erst wenige Wochen gekannt hatten. Wir hatten uns nur erzählt, was für uns wichtig gewesen war, und den Raum dazwischen mit Witzen und Abenteuern gefüllt. Den Sommer brachen wir nachts ins Schwimmbad ein und betranken uns in kleinen Sportkneipen, weil dort keiner unsere Ausweise sehen wollte. Wir hatten Sex in fremden Betten und machten aus unserer Liebe ein großes Geheimnis, das nur uns gehörte. Dass es so nicht immer bleiben konnte, war uns klar gewesen, doch der Alltag hatte einige sehr hohe Hürden aufgeworfen.

»Versuchst du es wenigstens?«, bat mein Freund.

Als ich nickte, hob er in einer abwartenden Geste die Hand und verschwand in seinem Zimmer. Ich hörte ihn kramen und er hatte etwas zwischen den Fingern, als er wieder vor mir stand.

»Okay, wie mache ich das jetzt am besten, ohne dass du ausflippst?«, murmelte er und es war klar, dass er mit sich selbst redete.

Seine freie Hand strich über sein Kinn. Vereinzelte braune Bartstoppeln waren zu sehen. Anscheinend hatte er sich heute Morgen nicht rasiert, aber das wuchs bei ihm eh so unregelmäßig und löchrig, dass es nicht unbedingt notwendig war.

»Ich verspreche, nichts Voreiliges zu sagen«, beteuerte ich, aber es änderte nichts daran, dass er von einem Fuß auf den anderen trat.

»Gut, dann …«

Er nahm die Hand hoch, drehte die Handfläche nach oben und öffnete langsam die Finger.

Ach du Scheiße.

»Oh mein Gott«, sagte ich und schlug mir gleich beide Hände vor den Mund.

»Stopp. Falsche Assoziation. Lass mich ausreden.« Er hob die freie Hand und wartete auf mein Nicken. »Das ist kein Verlobungsring. Es wäre vielleicht irgendwann mal einer gewesen, aber jetzt ist er einfach nur ein Beweis dafür, dass du mir alles bedeutest und dass ich nicht plane, dich irgendwann wieder gehen zu lassen. Du bist die Erste, an die ich mich wende, wenn ich ein Problem habe, du bist die Einzige, die wirklich gesehen hat, wie schlecht es mir gehen kann. Du kennst alle meine Geheimnisse. Ich wüsste nicht, wo ich heute wäre, wenn du mich nicht aus diesem selbstzerstörerischen Sumpf gezogen hättest.«

Er wurde immer leiser und wackeliger, während er sprach, und ich wusste, wenn er jetzt wirklich anfangen sollte, zu heulen, würde ich das auch. Das hielt ich nämlich nicht aus.

»Fädel ihn auf eine Kette oder leg ihn irgendwo hin, wo du immer drauf aufpassen kannst. Ich will nie wieder, dass du so an meinen Gefühlen für dich zweifelst oder denkst, du wärst nicht gut genug, okay? Du bist das Beste, was mir je passiert ist.«

Sein Lächeln war ein wenig schief, aber mir wollte partout nichts einfallen, um die Situation mit einem Witz aufzulockern, also ließ ich mich einfach in seine Arme fallen und hielt ihn fest. Oder er mich? Ich wusste es nicht, aber das war bis jetzt das Wundervollste, was Basti je für mich getan hatte.

Er hatte diesen Ring besorgt, obwohl ich ihn auf Abstand gehalten hatte, um ihn mir irgendwann zu geben. Er glaubte an uns, an ein Wir, und daran, dass wir es schaffen konnten. Was auch immer passierte.

Draußen segelten Schneeflocken zu Boden und sorgten dafür, dass wenigstens der zweite Weihnachtsfeiertag ein weißer Weihnachtstag wurde. Im Fenster der Nachbarn hing ein Engel und spendete uns sanftes warmweißes Licht, während wir Arm in Arm im Flur standen und einfach die zufriedene Stille zwischen uns genossen, sie inhalierten und den Moment für stressige Zeiten speicherten.

Sie würden kommen, ganz sicher, aber zusammen standen wir das durch.

Fanny Bechert

Informationen zur Kurzgeschichte:

Spielt Weihnachten überhaupt noch eine Rolle, wenn die Welt von blutrünstigen, zombieähnlichen Bestien heimgesucht wird? Findet es in dieser Kurzgeschichte heraus. Sie stellt eine Vorgeschichte zur zweiteiligen Reihe ›Countdown to Noah‹ dar und lässt sich demnach spoilerfrei lesen.

Über die Autorin:

Wenn man die 1986 geborene Autorin Fanny Bechert fragt, wie sie zum Schreiben kam, bekommt man neben einem verschmitzten Grinsen die Antwort: »aus Versehen«.

Als Kind träumte sie davon, Schauspielerin zu werden. Sie spielte Theater, schrieb kleine Geschichten und liebte es, in die Welten ihrer Fantasie abzutauchen. Dann kam der Tag der Berufswahl – und sie wurde Physiotherapeutin. Bereut hat sie diesen Schritt nie, ihre Berufung fand sie jedoch erst zehn Jahre später. Als passionierte Tagträumerin begann sie irgendwann, vereinzelte Fantasy-Episoden aufzuschreiben, die sich später ›aus Versehen‹ zu ihrem Debütroman ›Elesztrah‹ zusammenfügten.

Heute ist sie ihrem Kindheitstraum näher, als sie es je erwartet hätte. Während sie in ihren eigenen Büchern in ständig neue Rollen schlüpft, haucht sie auch fremden Charakteren Leben ein, indem sie ihnen als Hörbuchsprecherin ihre Stimme verleiht.

Don't shoot me, Santa

Mein Name ist Cassidy Dawson. Ich lebe in einer Welt, in der Menschen zu wilden Bestien, sogenannten Noahs, mutiert sind. Kräftig, schnell, triebgesteuert und mit einem unersättlichen Appetit auf Menschenfleisch ausgestattet, sind wir selbst zu unserem größten Feind geworden.

Bis vor drei Monaten kam ich ganz gut in dieser Welt zurecht. Doch dann wurde unser Dorf von Noahs überrannt und jeder, der darin lebte, entweder gefressen oder infiziert.

Jeder, außer meiner Schwester Claire und mir. Selbst unsere Eltern wurden Opfer des Angriffs. Es war der schlimmste Tag in meinem Leben.

Und heute würde wohl der zweitschlimmste werden. Denn heute ist Weihnachten.

»Claire, mach mal auf, bitte«, rufe ich in unterdrückter Lautstärke. Mit dem Fuß stoße ich dreimal gegen die Tür der kleinen Hütte, die wir seit ein paar Tagen bewohnen, während ich einen Stapel gesammeltes Holz auf den Armen balanciere. Es war gar nicht so leicht, das Zeug unter der dünnen Schneedecke zu finden, und ich kann nur hoffen, dass es nicht zu nass ist.

Drinnen tut sich nichts.

»Claire?«, versuche ich es noch einmal. Es ist noch früh am Morgen, vielleicht ist sie wieder eingeschlafen. Ich warte kurz und lasse dann das Holz neben der Tür fallen.

Leise öffne ich.

Claire liegt tatsächlich auf dem Bett. Sie hat mir den Rücken zugewandt, aber ich bin sicher, dass sie nicht schläft. Unterdrückte Schluchzer kommen aus ihrer Richtung und ihr kleiner Körper zittert bei jedem Atemzug.

Dass sie weint, kommt öfter vor. Als Elfjährige steckt man es nicht so leicht weg, die Eltern zu verlieren und plötzlich nahezu allein klarkommen zu müssen.

Als Siebzehnjährige übrigens auch nicht, wie ich aus Erfahrung weiß.

Trotzdem hält sie sich in der letzten Zeit tapfer. So aufgelöst wie jetzt habe ich sie seit Wochen nicht gesehen.

Ich gehe zu ihr und setze mich auf die Bettkante. »Hey, Schwesterherz, wieso ist das Frühstück noch nicht fertig?«, versuche ich, sie zu necken.

Nicht, dass wir noch irgendetwas hätten, das wir essen könnten …

Als sie nicht auf mich eingeht, streiche ich ihr sanft über den bebenden Rücken. »Was ist los?«

Sie sagt etwas, schluchzt dabei aber so heftig, dass ich sie kaum verstehe. Worte wie ›Mama‹, ›sinnlos‹ und ›vermissen‹ dringen durch.

Und ein weiteres, das dafür sorgt, dass auch ich einen dicken Kloß im Hals bekomme: ›Weihnachten‹.

Ich ziehe meine Schwester an mich. »Beruhige dich«, säusle ich, während ich sie hin und her wiege und vergeblich versuche, meine eigenen Tränen wegzublinzeln.

»Ich vermisse sie so sehr«, bringt Claire schließlich einen ganzen Satz zustande. »Wir haben nichts mehr, Cassy, nichts. Keine Familie, kein Zuhause, nicht mal Weihnachten.«

»Aber das stimmt nicht.« Ich umarme sie noch fester. »Wir haben uns. Wir haben diese Hütte. Und wir werden Weihnachten genauso feiern, wie wir es immer getan haben.«

Nicht, dass ich auch nur den Hauch einer Ahnung hätte, wie ich das anstellen soll. Aber zumindest sorgen meine Worte dafür, dass Claire sich ein wenig beruhigt.

»Pass auf, ich hole jetzt das Holz von draußen rein und während du dich um das Feuer und frisches Wasser kümmerst, besorge ich alles, was man für ein schönes Weihnachtsfest braucht. Wie klingt das?«

»Das klingt … unmöglich«, schluchzt sie, ist aber schon wieder etwas gefasster.

Ich grinse sie an. »Für andere vielleicht. Aber nicht für mich. Ich bin schließlich eine Dawson.«

»Das ist die bescheuertste Idee, die du jemals gehabt hast«, flüstere ich mir selbst zu, als ich wenig später auf das verlassen wirkende Dorf zuschleiche.

Wir sind hier vor ein paar Tagen schon vorbeigekommen, haben es aber links liegen gelassen und stattdessen die kleine Hütte als Unterkunft auserkoren. Dörfer sind in der Regel ein Magnet für Ärger, sei es durch Noahs oder umherziehende Banditen.

Gleichzeitig ist dieses hier meine einzige Chance, Zeug zu sammeln, das für ein bisschen weihnachtliches Feeling sorgt. Außerdem hoffe ich, noch irgendetwas Essbares zu finden. Unsere Vorräte sind aufgebraucht und meine Kaninchenfalle scheint nicht zu funktionieren …

Versteckt hinter einem nahe gelegenen Felsen beobachte ich die kleine Siedlung, die genauso tot wirkt, wie wir unser eigenes Dorf zurückgelassen haben. Allerdings kann ich nur einen Teil davon beobachten. Die zweite Hälfte wird von der großen Kirche abgeschirmt, um die herum das Dorf wohl einst gebaut wurde.

Ich lausche noch einmal angestrengt, kann aber nichts Alarmierendes hören. Also mache ich mich auf den Weg zu dem ersten Haus.

In Gedanken gehe ich durch, wonach ich suchen muss. Wir brauchen Dekorationen – ein paar Girlanden, Christbaumkugeln oder Holzfiguren. Dann natürlich einen Weihnachtsbaum. Vielleicht finde ich so ein altes Teil aus Plastik, das von früher übrig geblieben ist. Und natürlich brauchen wir Geschenke und die entsprechende Verpackung. Tja, und einen Festtagsbraten.

»Diese ganze Aktion ist so dämlich«, murmle ich, als mir bewusst wird, dass ich diese Sachen niemals zusammenbekomme. Aber ich muss es versuchen. Für Claire – und auch ein Stück weit für mich selbst.

Ich steuere gezielt Dachböden, Küchen und Keller an, während ich die Häuser nach und nach durchsuche, werfe aber auch einen Blick in das eine oder andere Schlaf- oder Kinderzimmer. Im sechsten Haus nehme ich mir Zeit für eine Bestandsaufnahme und begutachte meine bisherige Beute. Zum Dekorieren habe ich einiges gesammelt, sogar zwei Paar dieser überdimensionierten Weihnachtssocken, die wir an den Kamin hängen können. Allerdings bleiben sie nach aktuellem Stand leer, genau wie unsere Mägen.

Was habe ich auch erwartet? So wie es hier aussieht, lebt schon lange keiner mehr in diesem Dorf und ich bin bestimmt nicht die Erste, die es plündert. Wenn ich wenigstens etwas Mehl und Zucker finden würde, könnten wir uns so was wie ein Brot backen. Aber auch in der Küche dieses Hauses ist alles vergammelt oder geleert.

Halt! Ganz hinten in einem der unteren Schränke finde ich tatsächlich eine Tüte getrockneter Erbsen. Geschmacklich kein Vergleich zu Gänsebraten, aber sie werden uns zumindest satt machen.

Als ich wieder nach draußen trete, atme ich tief die frische Luft ein. Nach dem abgestandenen Geruch in den Häusern ist das eine echte Wohltat.

Ich muss lächeln. Da liegt ein Duft in der Luft, der mich an früher erinnert. Es riecht nach Winter, nach Neuschnee und … nach angeheiztem Kamin?

Sofort drücke ich mich an die Hauswand und sehe mich panisch um. Ich bin zu weit entfernt, als dass dieser Geruch von unserer Hütte stammen kann. Was bedeutet …

Mein Blick schweift über den Himmel, über die Dächer der Gebäude in meiner Nähe. Und tatsächlich entdecke ich eine einzelne Rauchsäule, die sich idyllisch in den blauen Himmel schlängelt.

Einerseits lässt mich das aufatmen. Noahs entzünden keine Kamine. Heißt also, hier leben Menschen. Andererseits muss das nichts Gutes bedeuten. In der heutigen Zeit ist nicht jeder, der kein Noah ist, automatisch ein Freund. Vielmehr ist es jemand, der dir die ohnehin knappen Ressourcen streitig machen will. Und das macht ihn eigentlich sofort zu einem Feind.

Einen Moment stehe ich wie festgefroren da und starre den Kaminrauch an, der sanfte Linien zieht. Ein Teil von mir will sofort abhauen, bevor ich entdeckt werde. Ein anderer, der naive und hoffnungsvolle, möchte nachsehen, wer hier lebt. Vielleicht ist es eine nette Familie, die uns ein bisschen Essen abgeben kann.

Vielleicht ist es aber auch eine Horde Banditen, die über weiblichen Besuch höchst erfreut ist.

Ich beschließe, das Risiko einzugehen. Claire ist ohnehin in sicherer Entfernung. Und ich bin verdammt gut im Schleichen. Die werden nicht mal merken, dass ich da bin, solange ich es nicht will.

Auf meinem Weg zu dem bewohnten Haus halte ich die Augen nach Spuren im Schnee offen, die mir Auskunft geben könnten, wie viele Menschen mich erwarten. Doch meine Schuhabdrücke sind die einzigen. Ich werde mir etwas einfallen lassen müssen, damit sie mir nicht folgen können …

Vorsichtig nähere ich mich dem Haus mit dem qualmenden Schornstein und umrunde es. Doch bis auf den aufsteigenden Rauch gibt es keinerlei Anzeichen dafür, dass hier jemand lebt. Es ist fast unheimlich still.

An der Rückseite trete ich an eines der Fenster und kann in eine kleine Küche spähen. Ich bin schon kurz davor, zu glauben, ich würde mir den Rauch nur einbilden, doch dann erblicke ich eine Gestalt, die an dem Esstisch in der Mitte des Raumes sitzt. Sie hat mir den Rücken zugewandt, ich kann nur von der Statur, Körperhaltung und den weißen Haaren schließen, dass es sich um einen alten Mann handelt.

Leise Schluckgeräusche dringen zu mir und ohne dass ich erkenne, was er isst, läuft mir das Wasser im Mund zusammen. Auch mein Bauch ist der Meinung, mitteilen zu müssen, was für eine wunderbare Idee es wäre, ihn zu füllen.

Das Knurren meines verräterischen Magens ist so laut, dass der Alte sich abrupt aufrichtet und erstarrt. Ich wiederum tauche ab und presse mich unter dem Fenster gegen die Hauswand.

Mein Herz rast. Der Alte wirkt zwar nicht sonderlich gefährlich und körperlich kaum in der Verfassung, es mit einem durchaus kräftigen Mädchen aufzunehmen. Aber weiß ich denn, ob er allein ist? Oder gar bewaffnet?

Ich verharre ein paar Sekunden, kann aber keine Geräusche aus dem Haus hören. Kein Scharren eines zurückgeschobenen Stuhls, keine Schritte, kein Dielenknarren.

Dafür erlöst mich ein weiteres Schluckgeräusch. Erleichtert atme ich aus. Mir war schon duselig vom Luftanhalten.

Vorsichtig schiebe ich mich wieder nach oben. Ich will nur schauen, ob der Alte eine Waffe bei sich trägt, dann nehme ich mir die anderen Fenster vor.

»Scheiße«, hauche ich leise.

Die Küche ist leer.

In derselben Sekunde öffnet sich ein Fenster im oberen Stockwerk. Sofort ist mir klar, was passiert ist. Der Alte hat mich sehr wohl bemerkt und seinen Mitbewohnern Bescheid gegeben! Und jetzt bin ich am Arsch.

Ich wirble herum, will losrennen, als mich eine kratzige Stimme nach wenigen Schritten erstarren lässt.

»Keine Bewegung, Fräulein, oder ich knall dich ab!«

Ich schaue über meine Schulter und erblicke den Alten am Fenster. Von vorn wirkt er völlig verwahrlost und eher lachhaft als einschüchternd. Die Flinte in seiner Hand dagegen, die auf mich gerichtet ist, lässt mir das Blut in den Adern gefrieren.

Warum er noch nicht abgedrückt hat, ist mir ein Rätsel. Ich an seiner Stelle hätte es getan. Ich würde jeden umnieten, der sich uns auch nur auf zehn Meter nähert!

Schnell hebe ich die Hände, um ihm zu zeigen, dass ich unbewaffnet bin. »Bitte, nicht schießen! Ich will Ihnen nichts tun!«

Er schnaubt abschätzig. »Wo sind die anderen?«

»Ich ... bin allein.« Ich werde dem Typen wohl kaum auf die Nase binden, dass in einer Hütte einige hundert Meter entfernt ein wehrloses kleines Mädchen auf mich wartet.

»Wer's glaubt!« Er stützt das Gewehr an seine Schulter, drückt ein Auge an das Zielfernrohr und ...

Ein lauter Knall zerreißt die Stille. Ich presse die Lider zusammen, schlinge meine Arme um mich und warte auf den Schmerz, der mir sagen wird, an welcher Stelle die Kugel mich getroffen hat. Aber er bleibt aus.

»Nächster Versuch«, sagt er in bellendem Ton. »Wo sind die anderen?«

»Bitte«, stammle ich. »Ich gehöre keinem Vagabundentrupp an oder so.«

Er lädt durch und ich reiße meine Arme erneut hoch.

»Ich bin nur mit meiner Schwester unterwegs, ich schwöre!«

Er glaubt mir nicht, das sehe ich ihm an.

Tränen steigen mir in die Augen, mein Körper beginnt, unkontrolliert zu zittern, und mein Herz schlägt so stark, dass mir fast die Brust zerspringt. Jeden Moment mache ich mir in die Hose, so eine Scheiß-angst habe ich vor dem, was gleich passiert.

»Meine Schwester wartet auf mich«, plappere ich gedankenlos wei-ter. »Ich habe nur nach Geschenken gesucht, nach Christbaumkugeln und nach etwas zu essen. Weil doch Weihnachten ist! Bitte erschie-ßen Sie mich nicht.« Ich zerre den Rucksack von meinen Schultern und öffne ihn, wobei ich in meiner Hektik etwas länger brauche, um den rostigen Reißverschluss aufzubekommen. »Mehr habe ich nicht mitgenommen und das kann ich gern hierlassen«, beteure ich, als ich den Inhalt in den Schnee kippe. Dabei weiß ich gar nicht, ob der Alte mich überhaupt versteht, so sehr überschlägt sich meine Stimme.

Wieder hebt er das Gewehr und nimmt mich ins Visier.

Das war's. Schluss. Aus. Vorbei.

Ich habe es gerade drei Monate geschafft, ohne den Schutz meiner Eltern zu überleben. Und es ist noch nicht mal ein Noah, der mich in einem glorreichen Kampf um Leben und Tod in Stücke reißt. Es ist ein alter Mann, der sich von einem Mädchen bedroht fühlt.

Es ist einfach so sinnlos.

Gerade als ich mich wimmernd auf den Boden sinken lassen will, fängt der Alte an, lauthals zu lachen.

»Das ist ja zuckersüß«, bringt er keuchend hervor. »Alles wertloser Plunder … Für ein Weihnachtsfest für sie und ihre Schwester … Ich hau mich weg!«

Ich wage es nicht, mich zu rühren, hebe nur den Kopf ein wenig, um ihn ansehen zu können. Er hat das Gewehr sinken lassen und klopft mit einer Hand auf die Fensterbank, während er weiter schal-lend lacht.

»Nimm dein Zeug und verschwinde.«

Ich bücke mich und während ich meine Sachen wieder in den Rucksack stopfe, merke ich, dass mir meine Jeans kalt und nass an den Beinen klebt. Oh Gott, ich habe mir wirklich vor Angst in die Hose gepinkelt! Verflucht … Ich bin ein viel zu großes Weichei, um in dieser Welt klarzukommen. Ich muss meine Ängste in den Griff bekommen, verdammt. Es heißt so oder so ›Leben oder sterben‹, ob ich dabei durchdrehe oder nicht. Ich muss Herrin der Lage bleiben!

Und ich werde jetzt damit anfangen …

»Darf ich kurz zu Ihnen hineinkommen und meine Hose trock…«

Sein Lachen bricht abrupt ab. »Nein.«

Ich verziehe mein Gesicht und funkle ihn böse an. »Aber es ist Ihre Schuld, dass …«

»Nein!« Er holt das Gewehr wieder nach oben. »Verschwinde.«

Meine Beine zittern unter dem Drang, davonzulaufen. Aber ich bleibe standhaft.

»Hätten Sie dann wenigstens etwas zu essen für zwei hungrige Kinder?«, brülle ich ihm entgegen und bin erstaunt, wie viel Kraft meine Stimme schon wieder hat.

Zwei Schüsse fallen und begleiten seine Worte. »Verschwinde endlich!«

»Bitte, okay! Aber wenn wir draufgehen, geht das auf Ihr Konto!«

Ich drehe mich um und gehe davon.

Meine Worte bewirken nichts bei ihm. Aber wenn ich ihm damit wenigstens ein schlechtes Gewissen gemacht habe, reicht mir das.

Es ist kläglich, was ich Claire vorweisen kann, als ich wieder in unsere Hütte komme. Trotzdem freut sie sich über die paar Sachen und beginnt sofort, die Hütte mit den Dekorationen zu bestücken, während ich mich aus meiner Hose schäle und mit einer heißen Tasse Wasser vor den Kamin setze.

Meine Augen brennen, was ich Claire gegenüber dem Kaminrauch zuschiebe. Doch eigentlich ist es Enttäuschung, die mir die Tränen in die Augen treibt. Darüber, was für ein Schisser ich bin, und über meine Unfähigkeit. Wenn ich es noch nicht mal schaffe, für meine Schwester ein Weihnachtsfest auszurichten, wie soll ich mich dann den Rest ihres Lebens um sie kümmern? Ich kann mich ja nicht mal um mich selbst kümmern, wie meine vollgepinkelte Hose beweist. Am liebsten würde ich das Ding einfach ins Feuer werfen.

Claire kommt zu mir und schüttet die Erbsen in den Topf, der über dem Feuer hängt. Von ihrer traurigen Stimmung am Morgen ist nichts mehr zu merken. Sie tänzelt herum, schmückt und summt ein Weihnachtslied nach dem anderen.

Der Kloß in meinem Hals wird immer größer und es gelingt mir nur noch schwer, nicht loszuheulen. Diese Lieder haben wir ein Jahr zuvor noch mit Mama und Papa gesungen, am Esstisch in unserem warmen Häuschen. Und jetzt …

»Willst du die Suppe machen oder soll ich?«, fragt Claire.

Ich bringe nicht mehr als ein dumpfes »Mach ruhig« hervor, was kurzzeitig einen Schatten auf ihre fröhliche Miene wirft. Doch dann summt sie weiter, während sie ein paar getrocknete Kräuter ins Wasser gibt und fleißig rührt.

Etwas später ist meine Hose wieder trocken. Claire und ich sitzen jede mit einer Schüssel Erbsenbrei in der Hand vor dem Kamin.

»Weißt du noch, wie Mama mal mit uns Plätzchen backen wollte und wir den rohen Teig schon vorher aufgefuttert haben?«, fragt Claire plötzlich.

Ich muss unweigerlich grinsen. »Oh ja ... Und was wir dann für Bauchschmerzen hatten! Oh, oder als Papa den Weihnachtsmann gespielt hat und ...«

Ein Wort gibt das andere und schon bald überschlagen wir uns fast, uns einander die schönsten Weihnachtserinnerungen zu erzählen. Es tut uns beiden gut und ich habe fast das Gefühl, Mama und Papa wären bei uns.

Ein plötzliches Rumpeln vor der Hütte lässt uns gleichzeitig verstummen. Ich lausche, kann aber nichts weiter hören als das Knistern des Kamins. Vielleicht ist nur irgendwo in der Nähe Schnee von einem Ast gefallen und ...

Halt! Da war doch eindeutig ein Schatten, der vor dem Fenster vorbeigehuscht ist. Oder spielt das Zwielicht, das mittlerweile draußen herrscht, mir Streiche?

Dann bricht ein wahres Donnergrollen über uns herein, als mehrere Fäuste immer wieder gegen die Tür krachen.

Claire gibt einen spitzen Schrei von sich, während ich schon aufspringe und zur Tür hechte, um die Verriegelung zu überprüfen.

»Wer ist da?«, rufe ich, in der Hoffnung, es mit Banditen zu tun zu haben. Doch das Knurren und Keifen, das mir antwortet, macht klar, wer uns besucht: Noahs.

Scheiße, wo kommen die her? Und wie haben sie uns gefunden?

Die Schüsse des Alten fallen mir ein, und meine feuchte Hose, die mit Sicherheit eine Duftspur hinterlassen hat.

Kacke ...

Das Donnern gegen das Holz vor mir wird lauter, als sich die Biester mit ihrem ganzen Gewicht gegen die Tür werfen. Schon zeigen sich die ersten Splitter und Risse.

Anders als bei dem Alten im Dorf behalte ich jetzt einen kühlen Kopf. Schließlich ist es nicht das erste Mal, dass wir vor Noahs davonlaufen müssen. »Sachen schnappen und weg!«, brülle ich Claire zu.

So schnell ich kann, schnappe ich mir meinen Rucksack und stopfe das bisschen, was wir besitzen, hinein.

»Der Brei«, höre ich Claire jammern, die sich gerade ihre dicke Jacke überstülpt.

Wir haben kaum etwas davon gegessen und mein Magen rebelliert dagegen, ihn hierzulassen. Aber es geht nicht anders.

»Keine Zeit!«

Auch ich streife meinen Parka über, schwinge den Rucksack auf meine Schultern und greife nach Claires Hand. Ich ziehe sie mit mir zu einem der hinteren Fenster. Ein lauter Schrei entfährt mir, als ich es gerade öffnen will und sich ein weiterer Noah von außen gegen die Scheibe wirft.

Ich weiche zurück, pralle mit Claire zusammen und es kracht laut.

Die Ursache sind nicht wir, sondern die berstende Tür, durch die nun gleich zwei Noahs ins Haus gestolpert kommen. Es sind zwei Männer, beide recht jung und in dreckige, zerschlissene Sachen gekleidet. Ihre Gesichter sind zu wilden Fratzen verzerrt, die im Licht des Kaminfeuers noch grausiger wirken. Sie bleiben stehen, sehen sich um und als uns der eine entdeckt, gibt er ein aggressives Bellen von sich.

Es vermischt sich mit dem panischen Schreien von Claire, das nicht mehr verstummen will, während ich nach einer Möglichkeit suche, uns aus dieser Lage zu befreien.

Ich greife nach einer der Schüsseln mit Erbsenbrei und schleudere sie dem Noah entgegen. Das Zeug klatscht gegen seine Brust, macht aber keinerlei Eindruck auf ihn.

Blind vor Panik schnappe ich mir den nächstbesten Gegenstand, einen Stuhl. Ich richte seine Beine nach vorn und stürme auf die Noahs zu. Dabei brülle ich genauso wie sie, teils um mir Luft zu machen, teils um sie zurückzuschrecken. Es funktioniert nicht – genauso wenig wie mein kompletter Angriff.

Ich pralle gegen den Noah, der zwischen die Stuhlbeine gerät und zumindest ein Stück zurückstolpert. Ich springe ebenfalls wieder nach hinten, denn er hat bereits ausgeholt und schlägt nach mir. Seine Finger wirken im Zwielicht wie raubtierhafte Krallen, denen ich keinesfalls zu nahe kommen will. Ein Kratzer könnte schon ausreichen, mich bei ihm mit dem Noah-Virus anzustecken, der mich ebenfalls zu so einer Bestie werden lässt. Nicht auszudenken, was das bedeuten würde!

Ich spüre Claire in meinem Rücken, die sich immer noch schreiend an mich klammert, als ob ich sie beschützen könnte.

Aber das kann ich nicht.

Wir stehen mindestens drei Noahs gegenüber, ohne Waffe, ohne Fluchtweg. Es ist vorbei.

Der Noah, den ich gerade abgewehrt habe, schleudert den Stuhl beiseite und duckt sich zum Sprung.

»Nehmt mich, aber lasst meine Schwester!«, will ich brüllen, bringe aber nur ein Wimmern hervor.

Es würde auch nichts nützen. Mit Noahs zu verhandeln, ist genauso, wie mit einem wilden Wolf zu sprechen – völlig sinnlos.

Das Letzte, was ich tun kann, ist, die Augen zu schließen und zu hoffen, dass es schnell geht. Schnell und schmerzlos.

Ich spiele sogar mit dem Gedanken, Claire nach vorn zu stoßen. Nicht, damit die Noahs sie statt meiner zerfleischen, sondern damit sie nicht mit ansehen muss, wie die Bestien das mit mir machen.

Der Noah brüllt.

Claire schreit.

Meine Knie wollen nachgeben.

Und es knallt. Zwei Mal.

Mit einem Schlag verstummen die Bestien und auch Claires Schreie verklingen. Ich höre, wie der Noah, der hinter der Hütte herumgeschlichen ist, nun um das Haus herumprescht. Es ertönt noch ein Knall, dann herrscht Stille. Nicht einmal ein Atmen ist zu hören, denn meine Schwester und ich halten beide die Luft an.

Bevor meine Lungen platzen, stoße ich die Luft aus und schlage gleichzeitig die Augen auf.

Direkt vor meinen Füßen liegt einer der Noahs. Mein Blick bleibt an seinem Kopf hängen – zumindest an dem, was davon übrig ist. Ein großes Loch klafft in seinem Schädel, der ehemalige Inhalt klebt auf dem Boden und an meinen Beinen.

Ein Stück weiter liegt das zweite Biest, ebenso kopflos wie das erste. Und dahinter, in der offenen Tür und mit erhobenem Gewehr, steht der Alte.

»Sie«, stoße ich nur aus. Zu mehr bin ich nicht fähig, bevor meine Beine mir endgültig den Dienst versagen und die Welt um mich schwarz wird.

»Dashing through the snow in a one-horse open sleigh …«, trällern Claire und Old Bailey gemeinsam, während ich die letzten Kugeln an den Tannenbaum hänge, den der Alte in seinem großen Wohnzimmer aufgestellt hat. Ich setze mich zu ihnen, wippe mit dem Kopf zu ihrem schiefen Gesang und applaudiere, als das Lied zu Ende ist.

Als Claire in der Küche verschwindet, um die Kaninchensuppe noch einmal abzuschmecken, wende ich mich an Old Bailey. »Ich kann Ihnen gar nicht genug dafür danken, was Sie für uns getan haben. Vor allem für Claire …«

Der Alte winkt ab, als wäre es eine Kleinigkeit. Dabei hat er uns verdammt noch mal das Leben gerettet!

Und Weihnachten noch dazu. Als wäre er Santa Claus persönlich, schießt es mir durch den Kopf. Okay, eine etwas grummelige Version von Santa Claus, mit einer Schrotflinte …

»Du hast mir einfach leidgetan«, reißt mich Old Bailey aus meinen Gedanken. Er deutet auf eine gerahmte Fotografie, die auf dem Kaminsims steht. Darauf sind eine Frau und ein kleiner Junge abgebildet. Seine Familie?

»Ich hatte einen Enkel, vor langer Zeit. Wenn er noch leben würde, wäre er wohl in deinem Alter. Und er hätte in dieselbe Situation geraten können wie ihr. Es war nicht richtig, dich wegzujagen.«

Einen Moment starrt der Alte mit traurigem Gesicht auf das Feuer und auch mir steigen die Tränen in die Augen. Ich sehe seinen Schmerz nicht nur, ich kann ihn fühlen. Es ist der gleiche, den Claire und ich in uns tragen.

Old Bailey räuspert sich. »Und außerdem ist Weihnachten, Zeit der Liebe und all dem Quatsch.« Er schenkt mir ein nervöses Lächeln.

»Danke«, sage ich mit belegter Stimme. »Für alles.«

Mein Blick schweift durch den Raum, über die Girlanden, die Pyramide, die Kerzen, bis hin zu dem geschmückten Weihnachtsbaum mit den Geschenken darunter. Wieder schnürt sich meine Brust zu, dieses Mal jedoch nicht aus Angst, sondern vor Rührung.

Ich habe keine Ahnung, wie der Alte es geschafft hat, all das hier aufzubauen und trotzdem rechtzeitig bei unserer Hütte anzukommen, um uns das größte Geschenk der Welt zu machen: unser Leben.

Noch einmal betrachte ich das Foto. »Haben Sie sie an die Noahs verloren?«

Er zuckt die Achseln. »Vermutlich …« Dann erhebt er sich. »Aber lass uns die trüben Gedanken beiseiteschieben. Ich kenne ein kleines Mädchen, das ein paar glückliche Stunden verdient.«

Ich sehe ihm nach, wie er schwerfällig in die Küche stapft. Kaum zu glauben, dass er vor wenigen Stunden drei Noahs im Alleingang erlegt hat. Er wirkt so zerbrechlich. Vielleicht hat ihn aber auch das Gespräch so ausgelaugt.

Für einen kurzen Augenblick schließe ich die Augen und genieße einfach nur den Moment. Ich spüre die wohlige Wärme des Feuers, rieche das gute Essen aus der Küche und höre Claires Lachen, das ich so vermisst habe. Dann folge ich den beiden.

Wir werden eine wunderbare Zeit bei dem Alten haben. Er wird uns zu essen geben, uns mit neuer Kleidung versorgen und Claire für kurze Zeit die Familie ersetzen, die wir verloren haben.

Für sehr, sehr kurze Zeit. Denn nur wenige Tage später wird Old Bailey sterben. Nicht durch einen Noah, nicht durch Menschenhand. Er wird sich abends in sein Bett legen, einschlafen und nicht mehr aufwachen – der schönste Tod, den sich ein Mensch wünschen kann.

Vielleicht hätte er noch etwas länger durchgehalten, wenn er gewusst hätte, dass sein Enkel noch lebt. Ich hätte es ihm gegönnt, zu sehen, was für ein mutiger junger Mann aus ihm geworden ist.

Woher ich das weiß?

Weil ich ihm sechs Monate später gegenüberstehen werde, während er mit einem Gewehr auf mich zielt – ganz wie sein Großvater an diesem Tag.

Aber das ist eine andere Geschichte …

DAS BUCH ZUR KURZGESCHICHTE

Countdown to Noah

Als Taschenbuch & E-Book, 2-teilige Reihe
Dystopie

In einer Welt, in der Menschen zu wilden Bestien – sogenannten Noahs – mutieren, zählt für die siebzehnjährige Cassidy nur, ihre kranke Schwester zu beschützen. Als sie dabei von einem Noah gebissen wird, bleiben ihr noch genau dreißig Tage, eh sie selbst zu einem Monster wird. Nur mit der Hilfe des Rebellen Daniel hat sie eine Chance, rechtzeitig Medizin zu beschaffen. Aber wer hilft schon einer tickenden Zeitbombe, deren kleinste Berührung zur eigenen Ansteckung führen kann?

J. K. BLOOM

Informationen zur Kurzgeschichte:

Erfahrt das Schicksal von Avery, der ein Weihnachten erlebt, wie man es niemandem wünscht. Diese Erzählung dreht sich um einen tragischen Charakter, der in Band 2 der Dark-Fantasy-Trilogie ›Die Drachenhexe‹ eine größere Rolle spielt. Allerdings lässt sie sich unabhängig und spoilerfrei lesen. Denn diese Kurzgeschichte ereignete sich bereits vor Band 1 und offenbart, wie Avery zu dem wurde, den ihr in Band 2 dann kennenlernt.

Über die Autorin:

J. K. Bloom schreibt schon, seit sie elf Jahre alt ist. Das Erschaffen neuer Welten ist ihre Leidenschaft, seitdem sie das erste Mal ein Gefühl für ihre Geschichten bekam. Sie ist selbst abenteuerlustig und reist sehr gern. Wenn sie ihre Nase nicht gerade zwischen die Seiten eines Buches steckt, schreibt sie, beschäftigt sich mit ihren zwei Katzen oder plant schon die nächste Reise an einen unbekannten Ort.

Rote

Weihnachten

Der Schnee verdichtete sich von Flocke zu Flocke immer mehr. Überall in der Stadt zündeten die Leute ihre Laternen an, schmückten ihre Häuser und feierten das Fest der Liebe.

Weihnachten.

Avery blickte mit strahlenden Augen in die weiße Welt hinaus und konnte ihnen kaum trauen. Für den Neunjährigen war es das erste Mal, dass an diesem besonderen Abend Schnee vom Himmel fiel. Bisher hatte er immer das Pech gehabt, zuzusehen, wie das Eis schmolz oder die Flocken nicht liegen blieben.

Obwohl der Weg bis zum Marktplatz noch weit war, hielt Avery den Wettlauf gegen seine Schwester Maida durch und strengte sich ganz besonders an, um ja nicht gegen sie zu verlieren. Sie hatte schon immer das Gefühl verspürt, besser als ihr Bruder sein zu müssen, um sich in der Familie zu beweisen.

Doch eigentlich brauchte sie das nicht. Avery bewunderte seine vier Jahre jüngere Schwester auch so, da sie nicht nur ihr Herz am rechten Fleck hatte, sondern auch Mut und Ehrgeiz bewies.

Sie scheute sich nicht davor, anderen ihre Meinung zu sagen oder sich einer Herausforderung zu stellen.

Er war sich sicher, dass aus ihr eine nicht nur bemerkenswerte, sondern auch starke Frau werden würde. Denn im Gegensatz zu Avery, der die Welt erkunden und das Dorf eines Tages verlassen wollte, würde seine Schwester ziemlich sicher hier sesshaft werden. Ihre Eltern hätten sich zwar gewünscht, beide in diesem Dorf groß werden zu sehen, doch Avery zog es in die Ferne und nichts vermochte ihn davon abzuhalten.

Als er über seine Schulter blickte, konnte er erkennen, dass ihr Vater ihnen auf Schritt und Tritt folgte. Mutter war im Haus geblieben, da sie sich um das Festessen kümmerte.

Am Marktplatz angekommen, begrüßten die ersten Kinder Maida und Avery. Sie erzählten ihnen von einer Schneeburg, die sie gebaut hatten und nun zu verteidigen versuchten, während die Erwachsenen sich am Brunnenplatz versammelten, um gemeinsam zu singen oder sich zu unterhalten.

»Die ist ja riesig!«, rief Maida begeistert und rannte einmal um die Burg herum, die eher wie ein schmaler Turm aussah und etwas abseits des Brunnens stand. »Und was spielen wir?«

Tommy sah über die weiße Mauer aus Schnee zu ihnen hinunter. »Maida ist die Drachenhexe und die anderen spielen die furchtlosen Ritter, die sie besiegen.«

Das fand Averys Schwester alles andere als witzig. »Ich will nicht die Böse sein!«

Tommy kicherte. »Tut mir leid, zu spät. Wer zuletzt kommt, muss den Bösen spielen.«

Beleidigt verschränkte Maida ihre Arme vor der Brust. »Also schön, was muss ich tun?«

»Wir machen eine Schneeballschlacht, um die Hexe zu bezwingen. Du darfst dafür in den Turm steigen und wir müssen dich von dort oben vertreiben.«

Maida erklärte sich einverstanden und wechselte mit Tommy den Platz. Die restlichen Kinder versammelten sich um Avery und zusammen stoben sie den Schnee zu einem kleinen Berg, um daraus Kugeln zu formen, die sie auf Maida warfen.

Lachend und tobend liefen sie um die Schneeburg herum und versuchten, Maida von ihrer Position zu stürzen. Avery fragte sich, ob es jemals einen Ritter geben würde, der das verfluchte Land Menam befreien könnte.

Er fürchtete sich vor den Legenden der furchterregenden Frau, die ihre eigene Heimat zerstört hatte. Niemand wagte es, über das Monster von Schattentod zu reden. Hunderte von Menschen hatten bereits ihr Leben gelassen und auch Menam selbst war dem Untergang geweiht.

Die Leute sagten, dass sie als Kind von einer Hexe dazu verflucht worden war, eines Tages sehr böse zu werden. Weil ihre Eltern sich vor diesem Schicksal fürchteten, sperrten sie ihre Tochter in einen Turm des Schlosses ein. Doch die Wände hielten sie nicht lange gefangen. Mit ihrem sechzehnten Lebensjahr errung die Hexe Flügel, mit denen sie fliehen konnte, und begab sich in die Arme der Hexe, die sie einst verflucht hatte. Gemeinsam erschufen sie den Plan, das Königreich zu stürzen, damit Freyja Albasanguis sich selbst zur Königin krönen konnte.

Sie wurde jedoch von einem Drachen begleitet, von dem man sagte, dass er bereits Tausende Menschen bei lebendigem Leib verbrannt hatte. Allein die Vorstellung verpasste Avery eine eisige Gänsehaut.

Die Schauergeschichten über die Drachenhexe hatten ihn oft schlecht schlafen lassen. Maida war da ganz anders. Sie hatte keine

Angst vor der dunklen Magie, weil sie fest daran glaubte, dass es eines Tages jemanden geben würde, der sie bezwang.

Gerade als Avery sich seinem Vater zuwenden wollte, der bei den Erwachsenen stand, bemerkte er im Schatten einer Seitenstraße eine Person, deren Umrisse er nur grob wahrnahm. Die Gestalt lehnte an der Hauswand und niemand außer ihm schien sie zu bemerken. Außerdem trug sie eine Kapuze, die ihr Gesicht verbarg.

Sein Vater bemerkte Averys Starren und winkte ihm zu, wodurch der Junge seine Augen von der dunklen Gestalt löste. »Spielt ruhig noch ein wenig, ihr beiden! Wenn wir später nach Hause gehen, nehme ich noch etwas Gebäck für uns mit, in Ordnung?«, rief er ihm zu.

Avery nickte abwesend. Als er wieder zurück in die Gasse blickte, war die Gestalt verschwunden.

Seltsam, dachte er sich. Für einen kurzen Moment glaubte er sogar, sich die dunklen Umrisse nur eingebildet zu haben.

Seine Schwester nahm Averys Hand und zog ihn zurück zu den anderen. »Komm, Bruderherz! Der Kampf um das Schloss ist noch nicht vorbei!«

Sie spielten noch eine Weile mit den anderen Kindern, doch die Gestalt ging Avery aus einem unerklärlichen Grund nicht mehr aus dem Kopf.

Zurück in der warmen Stube, setzten sich Avery und seine Schwester an das Kaminfeuer und kuschelten sich nebeneinander in warme Wolldecken ein. Ihre Mutter deckte gerade den Tisch, während ihr Vater an den großen Holzschrank ging und einen in ein weißes Tuch gewickelten Gegenstand aus einer Schublade nahm.

»Erinnerst du dich noch daran, Avery, als ich dir von einem besonderen Geschenk erzählt habe?«

Der Junge drehte den Kopf zu ihm und sah ihn neugierig an. Tatsächlich hatte sein Vater ihm vor wenigen Wochen von dieser Besonderheit erzählt, doch er musste versprechen, sich bis Weihnachten zu gedulden. Beinahe hätte er es vergessen.

Avery schälte sich aus der Wolldecke und erhob sich, um zu seinem Vater zu gehen, der ihm mit seiner freien Hand durch sein schwarzes Haar strich, während er seinen Sohn stolz anlächelte.

»Es ist ein Erbstück meiner Familie, ein sehr kostbarer Gegenstand, den mein Urgroßvater vom König persönlich für seine heldenhafte Tat erhalten hat.«

Maida und Avery zogen gleichzeitig scharf die Luft ein. »Der silberne Dolch vom König aus Greystone?«, entfuhr es seiner Schwester lauthals, als sie sich genau wie Avery an die Geschichte zu erinnern schien. »Erzählst du uns wieder davon, Vati?«

Der Vater strahlte über beide Ohren, da er sich noch sehr genau an jedes Detail erinnerte, obwohl dieses Ereignis zwei Generationen zurücklag.

»Beim Essen«, fügte ihre Mutter hinzu, die den letzten Teller auf den Tisch stellte, während der erlegte Hase bereits in dessen Mitte stand.

Der köstliche Duft ließ Avery das Wasser im Mund zusammenlaufen. Eine solche Köstlichkeit gab es nur an besonderen Tagen und wenn er einst alt genug sein sollte, würde er ohne seinen Vater auf die Jagd gehen, um gutes Fleisch nach Hause zu bringen.

Sein Vater legte den eingehüllten Dolch neben seinen Teller, bevor er sich setzte. Der Rest der Familie nahm ebenfalls am Tisch Platz, während ihre Mutter das Essen verteilte.

»Alle guten Gaben, alles, was wir haben, kommt, oh Gott, von dir; wir danken dir dafür«, sprachen sie gemeinsam. »Guten Appetit.«

Bevor Maida in ihr erstes Stück Fleisch biss, wandte sie sich voller Aufregung an ihren Vater. »So, und nun erzählst du die Geschichte von unserem Urgroßvater.«

Ihr Vater schöpfte mit einem Löffel Gemüsestücke auf seinen Teller und zwinkerte seiner Tochter zu. »Also gut«, begann er und räusperte sich, bevor er die Heldengeschichte ihres Großvaters erzählte. »Es war einmal vor sehr langer Zeit, als noch König Loucas der Vierte regierte, da wuchs euer Großvater Richard in einem genauso kleinen Dorf wie diesem auf. Sein Vater war ein hervorragender Jäger und seine Mutter eine ausgezeichnete Bäckerin.«

Er stocherte auf seinem Teller herum und steckte sich zwischen seiner Erzählung eine klein geschnittene Möhre in den Mund. Erst nachdem er diese heruntergeschluckt hatte, fuhr er fort.

»Eines Tages schlug eine Diebesbande im nahe gelegenen Ort ihr Lager auf und überfiel das Dorf. Sie plünderten die Häuser, verjagten die Familien und töteten alle, die sich ihnen widersetzten. Richard konnte gemeinsam mit seinem Vater rechtzeitig weglaufen.«

Maida beugte sich zu ihrem Bruder hinüber. »Seine Mutter starb leider bei dem Angriff«, flüsterte sie, obwohl sie wusste, dass Avery die Geschichte nicht neu war. Aber seiner Schwester zuliebe nickte er nur.

»Doch sie kamen nicht weit. Die Diebe fanden sie und ließen den beiden die Wahl: Entweder sie arbeiteten für sie oder sie würden sterben.«

Avery schauderte bei dem Gedanken, dass etwas so Furchtbares eines Tages in ihrem Dorf passieren könnte. Unvermittelt dachte er an die Gestalt in der Seitenstraße. Ob es sich dabei nur um einen Dorfbewohner gehandelt hatte? Aber weshalb die Kapuze? Warum war der Fremde nicht zu den anderen auf den Markt gekommen, um zu feiern?

Doch sein Vater erzählte bereits weiter. »Richard und sein Vater hatten keine Wahl, wenn sie nicht sterben wollten. Sie schufteten schwer, während die Diebe ihnen Unterschlupf boten. Mit den Jahren durchlief Richard die Ausbildung zu einem Kämpfer. Als jedoch sein Vater an einer Krankheit starb, beschloss er, auf eigenen Beinen zu stehen und sich von der Diebesbande loszueisen.«

Avery stopfte sich gerade ein Stück Fleisch in den Mund, als ihm dazu etwas einfiel. »Wenn ich groß bin, will ich auch in die weite Welt reisen und ein guter Jäger werden«, posaunte er mit vollem Mund heraus.

Seine Mutter lachte. »Zuerst kauen, Avery, dann reden.«

Maida rutschte nervös auf ihrem Stuhl hin und her. »Wie geht's weiter, Vati? Gleich kommt doch der spannendste Teil!«

Ihr Vater seufzte und legte seine Gabel ab, um die Hände auf dem Tisch zu verschränken. »Als Richard ein Jahr in Freiheit war und sich ein Leben im Norden Greystones aufbaute, erreichte ihn die Kunde, dass der zweitjüngste Sohn des Königs ermordet worden war. Der Mörder sei auf freiem Fuß, doch man hätte ein Bild von ihm überall ausgehängt und fähige Leute dazu aufgefordert, den Entlaufenen zu finden und dem König auszuliefern.«

Maida gab einen verträumten Laut von sich und lauschte ihrem Vater, als könnte sie der Geschichte immer und immer wieder zuhören. »Er war so ein Held.«

Avery verdrehte die Augen. Maida wünschte sich, eines Tages auf einen Mann zu treffen, der genau den gleichen Mut wie sie besaß.

»Richard machte sich also auf den Weg, ging Hinweisen nach, befragte die Angehörigen und Freunde des Geflohenen … bis er letztendlich auf eine Spur kam. Als er ihr folgte, stieß er auf eine Lichtung im tiefen Wald und fand den Prinzenmörder.« Ihr Vater holte tief Luft, um die Spannung, die die Geschichte mit sich brachte, zu bekräftigen. »Richard musste seine Fähigkeiten unter Beweis stellen. Es war ein heftiger Schwertkampf, in dem viel Blut vergossen wurde.«

Ihre Mutter warf ihrem Mann einen warnenden Blick zu, als würde mit der Stelle, die ihr Vater erwähnte, etwas nicht stimmen. »Hatten wir nicht vereinbart, diesen Satz auszulassen, wenn die Kinder zuhören?«

Avery kicherte. »Wir kennen sie doch sowieso in- und auswendig, Mutter.«

Ihr Vater räusperte sich und sprach dann mit einnehmender Stimme weiter. »Obwohl beide Wunden davontrugen, schaffte Richard es mit einem geschickten Schwerthieb, den Mörder zu überwältigen und festzunehmen.«

Maida hob gelangweilt ihre Arme und seufzte schwer. »Ja, und dann kam er zum König zurück und Richard wurde mit dem silbernen Dolch belohnt.«

Avery zog eine beleidigte Miene. »Das war meine Lieblingsstelle. Danke, Maida, dass du sie so gefühlvoll beschrieben hast.«

Alle lachten herzhaft und auch Avery stimmte mit einem kleinen Lächeln ein.

Sein Vater wandte sich wieder an seinen Sohn. »Wir haben den Dolch von Generation zu Generation weitergegeben, damit nicht nur die Geschichte gewahrt bleibt, sondern auch die Heldentat von Richard. Der Dolch soll Menschen beschützen, und vor allem unsere Familie.«

Maida aß ihr letztes Stück Fleisch auf und legte dann ihre Gabel zur Seite. »Ich will eine so gefährliche Waffe gar nicht. Avery kann gern der Bewahrer des Dolches bleiben.«

Was auch sonst?, fragte er sich, da er sich nicht vorstellen konnte, was seine kleine Schwester mit dem Dolch anstellen sollte. Sie war dafür viel zu zart. Avery würde es sich zur Aufgabe machen, seine Familie zu beschützen, und aus dem Grund sah er seine Eltern stolz an. »Danke.«

Seine Mutter zog einen Mundwinkel nach oben und hob warnend die Gabel. »Aber nur damit du es verstehst, Avery. Du erhältst den Dolch erst, wenn du so weit bist.«

Er nickte eifrig.

»Wusstet ihr eigentlich, dass manche behaupten, der Dolch besäße durch Richards besondere Heldentat magische Fähigkeiten?«, begann ihr Vater erneut. »Aber das halte ich für Aberglauben.«

Maida hob ihren Kopf und starrte ehrfürchtig zum eingewickelten Dolch auf dem Tisch. »Welche magischen Fähigkeiten denn?«

Ihr Vater zuckte mit den Schultern. »Das weiß ich ehrlich gesagt nicht. Manche denken, dass auf ihm eine Art Magieschleier liegt. Deine Großmutter konnte ihn sehen, jedoch nicht erklären, was er bezweckt. Sie glaubte allerdings schon immer an das Spirituelle.«

»Aber das ist natürlich alles Unsinn«, kommentierte ihre Mutter mit einem strafenden Blick zu ihrem Mann. »So etwas wie ›Magieschleier‹ auf Waffen gibt es nicht.«

Obwohl Avery seiner Mutter zu glauben versuchte, konnte er es nicht. Wenn seine Augen auf dem Dolch ruhten, durchfuhr ihn eine Art Schauer und er spürte eine Verbundenheit, die ihn magisch anzog. Er fand dafür keine Erklärung, doch Avery wusste, dass seine Urgroßmutter gar nicht so unrecht hatte.

Nach dem Essen saßen sie gemeinsam am Kamin und ihr Vater erzählte von seinen Abenteuern und Erfahrungen als Jäger. Maida war die Erste, die einschlief, und es dauerte nicht lange, bis Avery ebenfalls müde wurde.

Ihre Eltern brachten sie in ihr Zimmer, ehe auch sie sich zur Ruhe legten. Maida bekam fast nichts mehr mit, auch wenn sie kurz wach wurde und dann wieder in ihr Traumland glitt.

Doch Avery konnte auf seltsame Weise nicht einschlafen. Die Geschichten um den Dolch beschäftigten ihn sehr und er hatte das Gefühl, dass ihn irgendetwas nach unten in den Wohn- und Essbereich zog, zur Schublade, in dem die Waffe lag.

Nach quälenden Minuten beschloss er, sich auf leisen Sohlen aus dem Zimmer zu stehlen und die Treppe hinunterzugehen. Er machte kaum ein Geräusch und schloss im Erdgeschoss die Tür, am Ende der Treppe, um niemanden zu wecken.

Obwohl es dunkel war, spendete der Vollmond durch ein Fenster etwas Licht. Aufgeregt näherte Avery sich der Schublade, in welcher der Dolch lag, zog diese auf und nahm den in ein weißes Tuch gewickelten Gegenstand heraus.

Ehrfürchtig atmete er ein, als er die Waffe in seinen Händen hielt und sich im Schneidersitz auf den Boden setzte, um das Kunstwerk zu betrachten. Vorsichtig packte er den Dolch aus und ein heftiges Kribbeln durchfuhr seine Glieder, als das kalte Silber seine Haut berührte.

Gerade als Avery den Gegenstand näher inspizieren wollte, bemerkte er, dass die Klinge rot aufleuchtete. Vor Schreck ließ er die Waffe fallen und rutschte angstvoll von ihr weg. Im selben Atemzug nahm er Geräusche vor dem Haus wahr.

Er begann, am ganzen Körper zu zittern, als ihm klar wurde, dass sich jemand Fremdes an der Eingangstür zu schaffen machte.

Rasch schnappte er sich den Dolch. Sollte er nach oben laufen und seine Familie warnen? Und wer war das hinter der Tür? Der Mann aus der Gasse? Ein Dieb? Aber was sollte er schon stehlen wollen?

Seine Familie besaß nicht viel, außer dem bisschen, was sie sich erarbeitet hatten.

Avery beschloss, sich im Schrank zu verstecken, als er bemerkte, dass die Zeit nicht ausreichte, um nach oben zu verschwinden. Atemlos zog er die Schranktür nur ein wenig zu, um durch einen Spalt nach draußen sehen zu können.

Die Haustür wurde aufgestoßen und Schritte ertönten auf dem Holzboden. Avery bekam beinahe keine Luft mehr, als er einen Mann mit schwarzem Umhang wahrnahm, der das Haus betreten hatte. Er konnte erkennen, wie er sich umsah.

Tränen stauten sich in Averys Augen und er wusste nicht, wie lange er seiner Angst noch die Stirn bieten konnte. Seine Beine zitterten und er spürte bereits, dass sie unter ihm nachgeben würden.

Der Einbrecher hatte anscheinend kein Interesse daran, die Stube nach wertvollen Gegenständen zu durchwühlen, denn er steuerte direkt auf die Tür zu, die zu der Treppe führte.

Allein der Gedanke, dass der Einbrecher seiner Schwester oder seinen Eltern etwas antun konnte, ließ Kälte durch Averys Glieder kriechen. Obwohl er von Angst und Panik erfüllt war, wusste er, dass er handeln musste.

Was wäre, wenn er schrie, um seine Eltern zumindest zu wecken?

Seine Augen fixierten den Dolch in seiner Hand. Oder sollte er …
Aber könnte er so etwas tun? Einen Menschen verletzen? Doch wie sollte er den Fremden sonst aufhalten?

Avery atmete tief ein und fasste Mut. Seine Familie war alles, was er hatte, und wenn er sie nicht beschützte, würde er sie verlieren.

Dieser Gedanke gab ihm den nötigen Ansporn, um die Schranktür leise aufzuschieben und sich an den fremden Mann anzuschleichen. Doch ehe er seine Idee in die Tat umsetzen konnte, hörte er plötzlich eine Stimme von oben.

»Wer seid Ihr?«

Die Tür zum Flur stand bereits offen und sein Vater musste den Einbrecher bemerkt haben.

»Liebling, wer ist da?«, rief seine Mutter, in deren Stimme die Furcht zu erkennen war.

Flüchtend ging der Einbrecher einige Schritte zurück, doch es sah nicht so aus, als wollte er fliehen, sondern seinen Vater in die Stube locken.

Was hatte er vor?

Wie erstarrt sah Avery dabei zu, wie der Einbrecher sich inmitten des Raumes platzierte, während sein Vater mit geballten Fäusten ebenfalls die Stube betrat. Als er seinen Sohn entdeckte, suchte er hektisch nach einer Verteidigungsmöglichkeit und wählte das Brenneisen neben dem Kamin. Bewaffnet stellte er sich dem Fremden gegenüber.

»Avery, geh sofort nach oben zu deiner Mutter«, befahl er, ohne seinen Sohn anzusehen. Vermutlich hätte er ihm wohl eher eine Standpauke gehalten, da er sich zu dieser Uhrzeit nicht hier unten aufhalten sollte. Doch die Situation ließ eine Belehrung nicht zu.

Der Einbrecher wandte seinen Kopf zu Avery, der sich noch immer nicht zu bewegen wagte. Avery erkannte sein Gesicht durch die Kapuze nicht, allerdings wusste er, dass der Mensch, der in ihr Haus gekommen war, böse Absichten hatte. Er spürte es und während er den Dolch wie einen kostbaren Schatz an seine Brust drückte, wurde diese Vorahnung nur noch stärker.

»Avery!«, knurrte sein Vater wütend. »Na los!«

Der Einbrecher entblößte unter seinem Umhang einen längeren Dolch, der gefährlich im Schein des Mondes glänzte. »Wenn du auch nur einen Schritt zu deiner Familie wagst, Junge, töte ich deinen Vater«, donnerte eine dunkle und herrische Stimme durch den Raum.

Avery wusste nicht, was er tun sollte. Was würde passieren, wenn er den Befehl des Fremden missachtete? Er konnte doch nicht seinen Vater verlieren!

Schritte ertönten und plötzlich stand Maida auf der Treppe. Mit angsterfüllten Augen und geöffnetem Mund blickte sie auf das Szenario. »Vater!«

»Bleib weg, Maida!«

Ein genervter Laut fegte durch den Raum und die Stimme des Fremden erklang erneut. »Das sind zu viele Augen …«

Noch bevor er den Satz zu Ende sprechen konnte, stürzte sich der wendige Unbekannte auf Averys Vater. Dieser schaffte es im letzten Moment, zur Seite auszuweichen und dem Angreifer einen Hieb mit dem Schüreisen zu verpassen. Der Einbrecher gab einen heulenden Laut von sich, wurde dadurch aber nur noch rasender. Plötzlich wechselte er seine Angriffsstrategie und Avery merkte, dass sein Vater keine Chance hatte, zu gewinnen.

Beim zweiten Schlag verpasste der Fremde seinem Vater einen so harten Schlag gegen den Kopf, dass dieser herumgerissen wurde und zurücktaumelte. Der Angreifer fackelte nicht lange und setzte nach.

Der Dolch des Fremden sauste auf seinen Vater herab und bohrte sich tief in dessen Brust. Er gab einen erstickten Laut von sich, während Averys Mutter ein verzweifeltes Kreischen entfuhr.

Sein Vater sank auf die Knie, die Augen schreckgeweitet, während Blut aus seiner Wunde trat und sein weißes Nachthemd rot färbte.

Avery sah fassungslos, wie der Dolch aus der Brust herausgezogen wurde und rote Tropfen auf den Boden spritzten. Der Fremde trat den Körper seines Vaters um, der wie ein nasser Sack dumpf zur Seite fiel.

Wut und Verzweiflung schürten in Avery ein unbändiges Feuer, das sogar den Dolch in seiner Hand zum Glühen brachte, während er auf den leblosen Körper seines Vaters sah. Mut trieb ihn dazu, einen Schritt nach vorn zu wagen und mit erhobener Klinge auf den Fremden loszugehen.

Doch der Einbrecher war kein gewöhnlicher Mann mit Umhang. Seine Reflexe waren schnell und vorausschauend. Er wich Averys Angriff aus und versetzte dem Jungen einen harten Tritt in die Magengrube. Keuchend wurde er zurückgeschleudert und landete hart auf seinem Hintern. Der Dolch fiel ihm aus der Hand.

»Avery! Nein!«, schrie seine Mutter und rannte die Treppe hinunter.

Dann schien die Zeit stillzustehen und alles wurde dumpfer, als würden Averys Sinne im Chaos versinken.

Zwei weitere Männer stürmten unerwartet ins Haus. Sie waren ebenfalls bewaffnet und übernahmen die Aufgabe des ersten Eindringlings, der sich zurückzog. Er wandte sich zu Avery und packte ihn am Kragen, um ihn gewaltsam nach draußen zu zerren.

Der Junge wehrte sich vergebens, strampelte mit den Füßen und schlug nach den Beinen des großen Mannes. Hinter sich hörte er, wie seine Mutter aufschrie.

»Maida!«, brüllte Avery, der daraufhin das klagende Weinen seiner Schwester vernahm.

Als der Mann ihn schließlich losließ, fiel er in den Schnee, dessen Kälte in seine Glieder kroch. Er wimmerte und vergoss Tränen der Verzweiflung, weil er nicht glauben wollte, dass seine ganze Familie dort drinnen getötet wurde. Wieso hatten sie das getan?

»Was für eine Sauerei«, meinte eine neue Stimme. Ein schlanker Mann in einem Umhang, dessen Gesicht durch eine Kapuze verborgen war, stand unmittelbar vor ihm. »Wolltest du sie nicht im Schlaf ersticken?«

Der Mann, der Avery nach draußen gezogen hatte, positionierte sich vor dem Kerl, der anscheinend das Sagen hatte. »Ging nicht anders.« Für einen kurzen Moment drehte er seinen Kopf zu Avery. »Die kleine Ratte hat sich im Wohnzimmer versteckt, als ich reinkam, Kommentur. Das brachte meinen Plan ein wenig durcheinander.«

Sein Gegenüber brummte unzufrieden. »Warum habe ich dich eigentlich angeheuert?«

Der Mörder murmelte nur wenige Worte, die so leise waren, dass Avery sie nicht verstehen konnte.

Er sah zu dem Neuankömmling hinauf, dessen Gesicht er durch die Dunkelheit nicht erkennen konnte. Doch er glaubte, unter seiner Kapuze stechend blaue Augen wahrgenommen zu haben.

»Jemanden wie dich habe ich gesucht, Avery Rowell.«

»Warum habt Ihr das getan?«, stotterte der Junge weinend und hielt sich die Hand an den Bauch, der vom Tritt immer noch schmerzte. Im Haus war es nun so still, dass sich seine feinen Härchen auf der Haut aufstellten.

Sie haben sie alle getötet. Meine ganze Familie. Alles, was ich jemals hatte. Maida ... Mutter ... Vater ...

»Früher oder später wären sie sowieso gestorben«, tat er das Massaker als Lappalie ab, was Averys Hass nur noch mehr schürte. »Ich beobachte dich schon eine Weile, weil du für etwas Großes bestimmt bist, Avery.«

Ein Mann kam aus dem Haus, um dem Kommentur den silbernen Dolch zu übergeben, den Avery beim Kampf verloren hatte.

»Von nun an wirst du nicht mehr Avery Rowell sein, sondern nur noch auf den Namen Zero hören, verstanden?«

Doch der Junge wollte nicht einmal im Traum daran denken. Dieser Mann trug genauso Schuld daran, dass seine ganze Familie sterben musste. Er hatte die Mörder angeheuert! Sie töteten auf *seinen* Befehl hin!

Zorn und Verachtung reiften wie ein Geschwür in Averys Brust. »Niemals.«

Der Mann mit der jungen Stimme erhob sich wieder und blickte in die Richtung seiner Auftragsmörder. »Lasst die Tür offen, die Wölfe werden sich um die Leichen kümmern.«

»Verstanden«, meinte einer der angeheuerten Männer, der auf Avery zuging.

Nein! Das dürfen sie nicht! Sie haben ein Begräbnis verdient … Sie müssen noch …

Averys Gedanken überschlugen sich vor Panik, doch gerade als er sich zu erheben versuchte, um den Männern zu entkommen, die seine ganze Familie getötet hatten, schlug der Mörder ihm so hart ins Gesicht, dass seine Welt augenblicklich schwarz wurde.

In dieser Nacht endete das behütete Leben des Jungen Avery und die schmerzvolle Zukunft des Monsters Zero begann. Hätte er dies gewusst, hätte er sein letztes Weihnachten anders gefeiert. Er hätte seine Schwester in den Arm genommen und ihr gesagt, wie stolz er war, ihr großer Bruder sein zu dürfen. Hätte Vater und Mutter seine immerwährende Liebe gestanden. Hätte sich glücklich geschätzt, in so viel Geborgenheit aufzuwachsen.

Manchmal erkennt man das, was einem etwas bedeutet, erst, wenn es nicht mehr da ist. Und erst, wenn es kein Zurück mehr gibt.

Zero verlor an diesem Abend alles und tauschte es gegen ein grausames Schicksal ein, das sogar jenes der Drachenhexe übertraf.

DAS BUCH ZUR KURZGESCHICHTE

Die Drachenhexe

Als Taschenbuch & E-Book, 3-teilige Reihe
Dark Fantasy

Einst belegte eine mächtige Hexe Prinzessin Freyja mit einem Fluch. Dieser war so abscheulich, dass sie zu einem wahren Monster ohne Gewissen heranwuchs, während dämonische Kräfte in ihr erwachten. Sie stürzte ihre Eltern vom Thron und ummantelte ihr Königreich mit ewiger Dunkelheit, in die kein Außenstehender mehr einen Fuß zu setzen wagte.

Erst als mit Lucien ein Engel geboren wird, schöpfen die fünf Lande wieder Hoffnung. Denn seine Aufgabe soll es sein, die dunkle Königin nach einem Jahrhundert ihrer Herrschaft zu vernichten und dem Verderben ein Ende zu setzen.

Doch als Licht und Schatten aufeinandertreffen, merkt Lucien, dass da noch ein Funken der guten Prinzessin in Freyja verborgen zu sein scheint - und begeht einen verhängnisvollen Fehler: Er zögert.

JAMIE L. FARLEY

Informationen zur Kurzgeschichte:

Tretet ein in die düstere Welt der Assassinen. Auch diese legen ihre Mordwerkzeuge ab und an zur Seite, um Feste zu feiern, aber die Dolche bleiben dennoch griffbereit. Die Kurzgeschichte lässt sich unabhängig von der dazugehörenden Trilogie ›Adular‹ lesen, da sie die Vorgeschichte des Charakters Valion erzählt.

Über den Autor:

Jamie L. Farley wurde 1990 in Rostock geboren. 2010 zog er nach Leipzig und machte dort eine Ausbildung zum Ergotherapeuten. Schnell merkte er jedoch, dass das nicht der richtige Job für ihn ist, weshalb er sich entschlossen hat Pokémontrainer zu werden. Er ist in Leipzig geblieben und wohnt zusammen mit seiner besten Freundin Anika, einer Ente namens Dave und dem Hauszombie Bradley in einer WG. Neben der Schreiberei gehören Videospiele zu seiner liebsten Freizeitbeschäftigung. Nach dem Veröffentlichen von zwei Kurzgeschichten, erscheint sein Debüt ›Adular (Band 1): Schutt und Asche‹ Anfang 2019 im Sternensand Verlag.

DAS

STERNENLICHTFEST

Obwohl schon einige hinter ihm lagen, war es Valions siebter Winter,
der ihm besonders im Gedächtnis blieb. Es war der erste Schnee, an
den er sich zurückerinnerte. Das erste Mal, dass er die Geschichte des
Sternenlichtfestes hörte, auch wenn seine Mutter sie sicherlich jedes
Jahr erzählt hatte. Und es war der letzte Winter, den er mit seiner
kleinen Schwester bei seinen Eltern verbringen sollte. Wenn der
Frühling kam, würden Männer in ihr Haus eindringen und ihn und
Vehari mitnehmen, um sie in die Sklaverei zu zwingen. Ein Schicksal, das viele Dunkelelfen mit ihm teilten. Doch davon ahnte er an
diesem Nachmittag noch nichts.

Früher …

Große weiße Flocken tänzelten anmutig aus einem Himmel voller
dunkelgrauer Wolken. Der Neuschnee überdeckte all den Dreck und
das Elend ihres Viertels.

Sein strahlendes Weiß ließ selbst die Aschegrube für einen Moment schön aussehen. Sogar der allgegenwärtige Gestank war erträglich. Glockenhelles Gelächter vieler Stimmen hallte durch die Gassen zwischen den heruntergekommenen Hütten.

Valion griff mit beiden Händen in den Schnee und formte einen neuen Ball, den er einem unaufmerksamen Jungen in den Nacken warf. Vehari neben ihm kicherte fröhlich, als der andere Dunkelelf hektisch versuchte, die kalte Masse aus seinem Kragen zu schütteln.

»Iiieeh«, quietschte er gedehnt.

»Hättest eben besser aufpassen sollen«, feixte Valion.

Vehari streckte die Zunge raus. »Genau.«

Als Valion einen Schneeball auf sie zufliegen sah, sprang er rasch und mit großen Gesten vor sie. Er wurde am Rücken getroffen und sank dramatisch vor ihr auf den Boden. »Aaah, ich wurde getroffen. Jetzt ist alles aus. Aus und vorbei.«

»Valion«, rief seine Schwester lachend. »Valion, steh auf!«

»Ich kann nicht, ich bin tot«, verkündete er und ließ seine Zunge aus dem Mund hängen.

Plötzlich erklang ein lautes Scheppern aus der Richtung ihrer Hütte. Vehari drehte sich um und starrte besorgt auf die schäbige Tür. »Was war das?«, fragte sie unsicher und bewegte sich einige Schritte vorwärts.

Valion griff erneut in den Schnee, sprang auf und ließ ihn über ihren Kopf rieseln. »Ha, nicht aufgepasst.«

Sie fiepte und zog die Schultern hoch. Sofort wirbelte sie herum und schüttelte ihr dunkelrotes Haar aus. »Das war gemein.«

»Fang mich doch«, forderte er sie heraus und rannte fort.

Valion wusste, was im Haus vor sich ging. Er wollte, dass Vehari sich keine Sorgen deshalb machte.

Während er Schneebällen auswich und vor seiner Schwester floh, lauschte er, ob er die wütende Stimme seines Vaters hören konnte. Am liebsten wäre er selbst im Haus gewesen und hätte versucht, seine Mutter vor der unbändigen Wut seines Vaters zu schützen. Selbst wenn er wusste, dass er nichts gegen ihn ausrichten konnte. Seine Mutter mit ihm allein zu lassen, ließ seinen leeren Magen stärker verkrampfen, als es der nagende Hunger tat.

Letztlich wurde er langsamer und ließ zu, dass Vehari ihn fing. Er hob ergeben seine Hände und sie warf ihm Schnee ins Gesicht. Valion schüttelte sich fröstelnd. »Lasst uns eine Pause machen, ja?«

Die Kinder kamen zusammen. Ihre Lippen waren blau gefroren, die Hände taub vor Kälte. Doch ihre roten Augen leuchteten voller Freude.

»Es wird bald dunkel, wir sollten heimgehen«, schlug ein Mädchen vor. »Wir machen morgen weiter.«

Valion öffnete den Mund, um sie davon zu überzeugen, das Spiel fortzusetzen, als die Stimme seiner Mutter erklang. Sie rief ihn und Vehari ins Haus. Rasch verabschiedete er sich von den anderen Dunkelelfen, nahm seine Schwester an die Hand und lief zur Hütte.

»Habt ihr schön gespielt?«, begrüßte seine Mutter sie. Ihre eingefallenen Wangen waren geschwollen, die Lippen aufgerissen. Fingerförmige Abdrücke waren auf ihrem Hals zu sehen. »Kommt herein und setzt euch ans Feuer!«

Vehari zögerte. »Er hat dir wehgetan«, flüsterte sie und Tränen sammelten sich in ihren Augen.

Seine Mutter strich ihr sanft durch das Haar. »Es ist alles gut, Sternchen.«

Die Geschwister folgten ihr in die Hütte. Valions Blick tastete hastig den Raum ab, bis er seinen Vater gefunden hatte. Er saß mit grimmiger Miene in seiner Lieblingsecke, ein Holzstück auf den Oberschenkeln und ein Messer in der Hand.

Valions Eingeweide zogen sich schmerzhaft zusammen und sekundenlang waren seine Beine gelähmt. Sein Vater warf ihm einen finsteren Blick zu, rümpfte die Nase und wendete sich stumm wieder seinem Handwerk zu. Dicke Holzspäne sammelten sich zu seinen Füßen.

Seine Mutter drängte ihre Kinder zur Kochstelle und legte eine schäbige alte Wolldecke um sie. »Ihr seid vollkommen durchgefroren«, flüsterte sie besorgt.

»Wenn sie krank werden und verrecken, hast du das zu verantworten«, knurrte ihr Vater und wies anklagend mit seinem Messer auf sie.

Valion legte instinktiv die Arme um seine Schwester, die ein ängstliches Wimmern von sich gab. »Es geht uns gut«, versicherte er schnell. »Nicht wahr?«

Seine Schwester nickte und wischte sich mit dem Handrücken über die laufende Nase. Er erzählte mit aller Begeisterung, die er aufbringen konnte, von der Schneeballschlacht. Und je länger er sprach, desto mehr stimmte Vehari in seine Erzählung mit ein.

Seine Mutter lächelte liebevoll, hörte zu, stellte Fragen.

Sein Vater blieb still und schnitzte. Alles war gut, solange er das Messer nur am Holz wetzte.

»Weil heute eine besondere Nacht ist, gibt es sogar etwas Suppe. Sie wird euch aufwärmen«, sagte seine Mutter und füllte zwei Schüsseln mit fast durchsichtiger Brühe.

Die Kinder wärmten ihre klammen Hände an den Schalen und aßen hungrig. Obwohl die Suppe sehr dünn und nahezu geschmacklos war, war es eine schöne Abwechslung zu dem grauen Brei, den sie sonst zu essen bekamen. Valion genoss jeden Löffel und freute sich über jedes Stück Rübe.

»Warum ist die Nacht besonders?«, fragte Vehari mit dem Löffel im Mund.

»Heute ist die Nacht des Sternenlichtfestes«, erklärte ihre Mutter. »Nachdem der Göttervater Aureus gemeinsam mit den anderen Göttern unsere Welt erschuf, war sie jahrzehntelang in Dunkelheit gehüllt. Zwar gab es eine Sonne, doch sie blieb zu jeder Zeit hinter dem Horizont verborgen. Alles Leben, das es gab, kannte nichts als unendliche Schwärze. Es gab weder Tag noch Nacht, nie hatten die Völker einander gesehen. Und unermüdlich beteten sie zu Aureus, flehten ihn an, etwas daran zu ändern. Denn sie litten in der Finsternis. Der Göttervater erhörte sie. Und nach Jahren der Finsternis setzte er die Sterne und den Mond an den Himmel. Sie brachten das erste Licht für die jungen Völker der Welt. Als die Sterne erloschen, ging am folgenden Tag zum ersten Mal die Sonne auf.«

Sein Vater lachte spöttisch. »Eine tolle Geschichte«, murmelte er. »Aber den besten Teil hast du ausgelassen. Erzähl ihnen davon, wie die Götter uns Dunkelelfen verstoßen haben! Erzähl ihnen, dass jeder Elf das Sternenlichtfest begeht und nur wir Dunkelelfen davon ausgeschlossen sind!«

Veharis Kopf sank. Valion spürte eine heiße Welle Wut in sich aufsteigen. Warum musste sein Vater immer alles kaputtmachen?

»Für Dunkelelfen gibt es kein Licht«, fuhr ihr Vater fort und riss sein Messer grob über das Holz. »Waldelfen und Hochelfen schlagen sich in der Oberstadt den Wanst voll, während wir diese Plörre fressen.«

Valions Mutter vertrieb den kummervollen Schatten, der über ihr Gesicht gefallen war, und lächelte ihre Kinder wieder an. »Diese Geschichte lehrt uns, dass es immer Hoffnung gibt«, sagte sie. »Aureus hat das Licht in unsere Welt gebracht und mit ihm die Hoffnung. Als die Elfen zum ersten Mal das Licht und die Wärme der Sonne spürten, wurden ihre Herzen von Kraft und Zuversicht erfüllt. Sie wussten, dass die Götter ihnen beistanden und dass ihre Gebete erhört wurden.«

Sein Vater stand auf. Das Holzstück fiel von seinen Beinen und landete mit einem dumpfen Schlag auf dem Boden. Valions Herzschlag beschleunigte sich, als sein Vater auf sie zukam, das Messer immer noch in der Hand. Er drückte Vehari an sich, hielt den Atem an …

Heute …

… und entließ die warme Luft langsam wieder aus seinen Lungen. Er beobachtete, wie der weiche Dunst sich in der schneidenden Kälte der Nacht verflüchtigte, und die Anspannung fiel von ihm ab. Valion wischte mit einer beiläufigen Bewegung das Blut von seinem Dolch und verstaute ihn an der Halterung seines Gürtels. Dann blickte er auf die frische Leiche zu seinen Füßen. Er kniete sich neben die tote

Waldelfin und der metallische Geruch verdichtete sich so sehr, dass er ihn auf seiner Zunge schmeckte.

»Es tut mir leid, dass es ausgerechnet heute sein musste«, murmelte er und schloss ihre weit aufgerissenen Augen. »Niemand sollte in der Nacht des Sternenlichtfestes sterben.«

Der Dunkelelf verzog den Mund beim Gedanken, dass diese Frau vermutlich gerade von ihrer Familie auf dem Festplatz erwartet wurde.

Nachdem er den Kontrakt am Leichnam befestigt hatte, richtete Valion sich auf und verließ eilig die Seitengasse.

Den Vertrag, der das Schicksal des Opfers besiegelte, zurückzulassen, war eine gängige Methode von Umbra. Jeder sollte wissen, dass es die gefürchtete Assassinengilde gewesen war, die dieses Leben auf dem Gewissen hatte. So wurde das Volk stetig an deren Macht erinnert, und daran, dass niemand sicher vor ihren sogenannten Schattenklingen war.

Malachit, Adulars größte Stadt, erstrahlte in hellem Glanz. Über die Dächer der Häuser spannten sich runde und sternenförmige Lampions, die in weichen Grün-, Violett- und Blautönen leuchteten. Funkelnde Silbermünzen, die auf stabile Fäden gezogen worden waren, hingen außen an den Fenstern und klimperten sanft, wann immer sie von einem Windzug erfasst wurden. Die Gehwege waren mit Windlichtern gesäumt. Wenn es dunkel wurde und sie ihren Schein auf das Kopfsteinpflaster warfen, sah es aus, als würde man über die Sterne wandern. Rotbäckige Äpfel hingen an den kahlen Ästen der Bäume und Büsche und bildeten einen herrlichen Kontrast zum weißen Schnee.

Wie das Blut der Waldelfin, das von seiner Klinge getropft war.

Umbra brüstete sich damit, dass zum wichtigsten Feiertag der Elfen die Waffen ruhten. Aber nur den Wald- und Hochelfen in der Gilde war es erlaubt, die Feierlichkeiten zu begehen, und nur sie waren von ihren Pflichten als Schattenklinge befreit.

Dunkelelfen waren, wie überall im Kaiserreich Adular, davon ausgeschlossen.

Während in der Oberstadt getanzt und gegessen wurde, hungerten und froren die Dunkelelfen in ihrem Elendsviertel.

»Lass mich los, Missa«, zischte eine Jungenstimme.

Valion verlangsamte seinen Gang und spitzte neugierig die Ohren.

»Ich bitte dich, komm zurück nach Hause«, flehte ein Mädchen. »Mama und Papa werden schimpfen. Außerdem ist es zu gefährlich hier.«

»Ich will aber das Fest sehen«, beharrte der Junge.

»Sie werden dich in den Kerker werfen, Garvin. Oder sie prügeln dich gleich tot.«

Der Assassine passte den Rhythmus seiner Schritte dem ihrer Worte an, damit ihn das Schneeknirschen nicht verriet. Er lugte um eine Häuserecke und sah zwei dunkelelfische Kinder. Der Junge, Garvin, war zwischen acht und zehn Jahren alt, seine Schwester war möglicherweise nur ein oder zwei Jahre älter.

Garvin deutete mit zitternder Hand nach oben. »Sie haben Essen in den Bäumen hängen«, flüsterte er aufgeregt.

»Das sind keine echten Äpfel«, erwiderte Missa, doch sie klang nicht überzeugt. »Echte Äpfel sind nicht so rot.«

»Du hast noch nie einen echten Apfel gesehen.« Garvin gelang es, sich vom Griff seiner Schwester zu befreien. »Ich sehe mir das Fest an und bringe Papa etwas zu essen mit.«

Missa griff hastig nach seiner Hand, doch dieses Mal wich er ihr aus. »Bleib hier!«

Aber der Junge hatte kehrtgemacht und rannte davon. Missa griff sich verzweifelt ins schwarze Haar. »Garvin ...«

Valion trat aus seinem Versteck und räusperte sich. »Entschuldigt, junge Dame?«

Missa wirbelte erschrocken herum, entspannte sich jedoch, als sie seine graue Haut und die roten Augen wahrnahm. »S-Seid Ihr ein Sklave?«

Seiner Meinung nach lag kein großer Unterschied zwischen der üblichen Sklaverei und darin, eine dunkelelfische Schattenklinge unter Umbras Fuchtel zu sein. Daher nickte er. »Ja. Ich habe euren Streit gehört. Lass mich euch helfen.«

Missa nickte unsicher. »I-Ich kann nicht so schnell laufen.« Sie deutete auf ihr linkes Bein.

Äußerlich konnte Valion keine Wunden erkennen. Vielleicht litt sie an Folgeschäden einer schlecht verheilten Verletzung?

Der Assassine stellte keine Nachfragen. Er warf sich die weite schwarze Kapuze über und verließ das Mädchen. »Du bleibst hier«, wies er an. »Versteck dich irgendwo. Ich bringe deinen Bruder zu dir.«

Früher ...

Der schneidende Wind peitschte die Schneeflocken wie scharfe Glassplitter in sein Gesicht. Valion senkte den Kopf so weit er konnte zwischen seine hochgezogenen Schultern. Mit steif gefrorenen Fingern zog er den gestohlenen Umhang enger um sich.

Ihm war gelungen, was er selbst nicht für möglich gehalten hatte: Er war der Sklaverei entkommen. Seitdem seine Schwester Vehari und er ihrem Zuhause entrissen und einem Adeligen verkauft worden waren, hatte er seine Flucht geplant. Die letzten zwei Jahre hatte er als Spielkamerad für den Sohn des Adeligen herhalten müssen.

Er gab zu, dass er seitdem immer in einem sauberen Bett geschlafen, immer eine warme Mahlzeit bekommen hatte und kein einziges Mal verprügelt worden war. Doch das angsterfüllte Gesicht seiner Mutter, die Verzweiflung in ihrer Stimme, als sie wieder und wieder nach ihren Kindern gerufen hatte, als man sie wegbrachte, verfolgte ihn in seinen Träumen.

Er hasste es, dass sie weiterhin hungern und frieren musste. Dass sein Vater sie immer noch regelmäßig schlug. Er hasste es, ein Sklave zu sein und wie ein preisgekröntes Haustier behandelt zu werden. Kein noch so weiches Bett und keine köstliche Mahlzeit waren es wert, dass er seine Freiheit und seine Mutter aufgab.

Also hatte er nach langer Planung den richtigen Moment genutzt und war gegangen. Leider war seine Schwester nicht bei ihm. Schon Wochen vor seiner Flucht hatte er versucht, sie zu überreden, mit ihm zu kommen. Vehari hatte sich ebenso beharrlich geweigert. Sie hatte große Angst vor den Gefahren, die eine Flucht barg, und wollte auf keinen Fall zurück zu ihrem Vater.

»*Lass mich nicht allein.*« Veharis Stimme flüsterte im Wind. Immer wieder hatte sie ihn angefleht, bei ihr zu bleiben. »*Bitte, Valion! Du darfst nicht gehen. Es ist zu gefährlich. Du wirst sterben. Lass mich nicht allein …*«

Der junge Dunkelelf stolperte über seine eigenen Füße, taumelte. Er fing sich, bevor er zu Boden gehen konnte. Etwas in den Tiefen seines Bewusstseins sagte ihm, dass er nie wieder aufstehen würde, wenn er hingefallen war. Er atmete schwer und kniff die Augen zu, bis der Schwindel nachgelassen hatte. Dann zwang er sich, weiterzugehen.

Das schlechte Gewissen fraß unaufhörlich an ihm. Er hatte Vehari am Vorabend seiner Flucht versprochen, dass er mit ihrer Mutter zurückkehren würde. In seinem kindlichen Verstand hatte der Plan damals Sinn ergeben.

Er würde nach Hause gehen, seine Mutter von der Gewalt seines Vaters befreien und dann Vehari holen. Natürlich müsste er sie vorher wissen lassen, dass sie ihre eigene Flucht vorbereiten musste, damit sie sich heimlich davonschleichen konnte, wenn seine Mutter und er zurückkamen. Dann würden sie zu dritt in die Freien Länder gehen, wo Dunkelelfen frei waren, und ein neues, besseres Leben beginnen.

Dass dieser Plan nichts weiter als ein Wunschtraum war, der so niemals in Erfüllung gehen konnte, war ihm damals nicht klar gewesen. Doch hätte er ihn nicht gehabt, wäre er vermutlich längst erfroren oder verhungert.

Valion musste sich eingestehen, dass er sich verlaufen hatte. Die wenigen Vorräte, die er hatte mitnehmen können, waren aufgebraucht und die Kälte war ihm tief in die Knochen gefahren. Sogar sein Blut schien nur noch zäh durch seine Adern zu fließen.

Er hob den Kopf und blickte gegen die nächtliche Dunkelheit an. Der Schneefall war in den letzten Stunden immer dichter geworden. Inzwischen konnte er kaum noch etwas erkennen.

Valion verengte die Augen. In greifbarer Ferne erkannte er die Lichter von Malachit und Hoffnung erfüllte sein Herz. Mit neuer

Kraft trieb er seine tauben Beine voran, stapfte schneller durch den knöchelhohen Schnee, bis er die Tore der Stadt erreicht hatte.

Heimlich mischte er sich unter eine Gruppe elfischer Wanderer, die um Einlass bat. Er hielt den Kopf gesenkt, verbarg die Hände unter seinem Umhang, damit nichts von seiner grauen Haut zu erkennen war. Die Wachen ließen die Wanderer passieren und Valion konnte unerkannt an ihnen vorbeihuschen.

Sobald er sicher in der Stadt angekommen war, trennte er sich wieder von der Gruppe. Er nahm sich einen Moment Zeit, um durchzuatmen und seinen Blick schweifen zu lassen.

Staunen erfasste ihn, als er all den Schmuck und Glanz näher betrachten konnte. Bezaubernde Klänge, die für seine Ohren fremd und vollkommen betörend waren, lenkten ihn zum Festplatz. Musik, Gesang und Gelächter schwängerten die eisige Luft. Überall duftete es nach herrlichem Essen und Valions Magen knurrte vernehmlich.

Ungeachtet der Gefahr, entdeckt zu werden, drängte er sich zwischen den Beinen der Schaulustigen hindurch, die einen weiten Kreis gebildet hatten und im Takt klatschten. In der Mitte standen Barden mit Lauten, Geigen und Flöten und spielten alte Volkslieder. Um sie herum tanzten Wald- und Hochelfen gemeinsam mit den blinkenden Irrlichtern aus dem nahe gelegenen Wald. Es war ein wilder und doch eleganter Strom verschiedener Farben und fließender Bewegungen. Immer wieder tauchte einer der Tänzer in die klatschende, singende Menge und tauschte seinen Platz mit einem von ihnen. Die Irrlichter summten mit der Musik, huschten zwischen ihnen entlang und über ihre Köpfe hinweg.

Valions Augen leuchteten wie die roten Äpfel, die in den Bäumen hingen und das Licht der Lampions reflektierten.

Es war unbeschreiblich schön und auch Jahrzehnte später würde er sich wünschen, daran teilhaben zu dürfen, mit diesen Elfen unbeschwert lachen und feiern zu können.

Sein Hunger war es, der ihn schließlich zu den langen Tischen führte, auf denen die traditionellen Süßspeisen zum Fest aufgebahrt waren.

Es gab Kuchen und Pudding, Püree aus Süßkartoffeln, Winterkürbissuppe, buntes Obst und Braten mit herrlicher Honigkruste. Noch nie hatte er so viel Essen auf einmal gesehen.

Hastig stopfte er sich die Taschen voll, nahm, so viel er tragen konnte, und kroch unter einen der Tische. Der Dunkelelf aß gierig und vor Genuss laut schmatzend, während die festliche Musik seine Ohren umschmeichelte. Er würde Mutter und Vehari viel davon mitbringen. Sogar seinem Vater.

Vertieft in sein Mahl, bemerkte er die Schritte nicht, die sich ihm näherten. Die Tischdecke wurde hochgerissen und eine Hand packte seinen dunkelroten Haarschopf.

Heute …

»Hab ich dich, du räudige Gossenratte«, grollte die Wache und zerrte den kleinen Garvin unter dem Tisch hervor. Honig und Kuchenkrümel verschmierten seinen Mund. »Was hast du hier verloren?«

»Lass mich los, ich hab nichts gemacht«, rief der Junge panisch.

Valion trat hastig an die Seite der Wache. »Grüße, mein Freund!« Er klopfte ihm freundschaftlich auf die Schulter. »Seid doch so gut und lasst das Kind los, ja?«

Die Wache war einige Sekunden völlig fassungslos. Lange genug, damit Garvin sich losreißen konnte.

Valion zog den Jungen hinter sich. »Bleib bei mir, Garvin«, raunte er ihm zu. »Deine Schwester Missa schickt mich, nach dir zu suchen.«

»Was hast du in der Oberstadt verloren, Grauhaut?«, fragte die Wache, als sie ihre Fassung zurückgewonnen hatte.

»Ich bin auf dem Weg zurück zur Gilde«, antwortete Valion und zeigte sein charmantestes Lächeln. »Aber ich konnte mich dem Zauber des Sternenlichtfestes einfach nicht entziehen. Deshalb habe ich einen kleinen Umweg gemacht.«

Angst blitzte in den hellblauen Augen des Waldelfen auf. »Du bist in Umbras Namen hier? Wen hast du getötet?«

Unschuldig neigte Valion den Kopf zur Seite. »Guter Mann, wer sagt denn, dass ich jemanden getötet habe?«

»Verarsch mich nicht«, knurrte die Wache mit bebender Stimme. »Du bist doch eine Schattenklinge, oder nicht? Wessen Blut klebt an deinen Händen?«

Möglicherweise das deiner Frau, dachte Valion und sagte: »Ich bin unschuldig wie die Morgenröte.«

»Du hast jemanden getötet?«, fragte Garvin heiser.

Valion drehte sich zu ihm um. »Nein, habe …«

Hastig wich der Junge zurück. »Du hast Missa getötet.«

Der Dunkelelf kam nicht mehr dazu, ihn zu fragen, wie er auf diesen Gedanken kam. Garvin rannte davon.

»Bleib stehen!«

Der Waldelf wollte dem Jungen nachsetzen, doch Valion stellte sich ihm in den Weg. »Lasst das Kind in Ruhe.« Der Unterton seiner Stimme war warnend, doch keine direkte Drohung an die Wache.

»Es ist die Nacht des Sternenlichtfestes. Sollten die Fäuste nicht gerade heute unten bleiben?«

Der Waldelf sah ihm nicht direkt in die Augen, sondern fixierte einen Punkt zwischen ihnen. »Sagte der Mörder.«

Valion lächelte traurig, als er Umbras Lüge wiederholte: »Auch Umbra legt die Waffen in dieser Nacht nieder. Lasst das Kind ziehen. Schenkt ihm wenigstens heute ein bisschen Freude.«

Die Wache schnaubte, drehte sich jedoch um und setzte ihre Patrouille fort.

Valion suchte noch eine Weile nach den Geschwistern, konnte jedoch weder Garvin noch Missa finden. Irgendwann gab er es auf und kehrte zur Gilde zurück. Seine Freunde, der Dunkelelf Dûhirion und die Zwergin Maryn, saßen auf einem alten Baumstamm vor dem Gildengebäude.

»Valion«, grüßte die Zwergin und hob fröhlich ihren Humpen. »Du kommst gerade noch rechtzeitig, um mit uns das Feuerwerk anzusehen.«

»Und das wollt ihr ausgerechnet draußen machen?« Valion musterte die beiden skeptisch. »Ich dachte, Dûhirion hasst Schnee.«

Maryn winkte ab. »Ja, ja, ja. Außerdem auch Regen, Wind, Sonnenschein und generell jede Art von Wetter.«

»Das ist ein bisschen wie mit dir«, sagte Dûhirion mit schiefem Grinsen. »Ich hasse dich auch und trotzdem komme ich um deine Gesellschaft nicht herum.«

Valion lachte. »Ah, dein sonniges Gemüt wärmt mich in dieser kalten Winternacht.«

»Wo hast du gesteckt?«, fragte Maryn.

»Ich habe ein Mädchen gesucht.«

Dûhirion hob die Braue über seinem blinden Auge. »Aha?«

Maryn gluckste.

Valion schüttelte den Kopf. »Nicht so ein Mädchen. Auf dem Weg hierher habe ich die Dunkelelfin Missa getroffen, die ihren Bruder Garvin gesucht hat. Ich habe ihr meine Hilfe angeboten. Der Knabe hat sich auf das Sternenlichtfest geschlichen und ist mit einer Wache zusammengestoßen. Als er erfuhr, dass ich eine Schattenklinge bin, ist er geflüchtet. Leider habe ich sowohl ihn als auch seine Schwester aus den Augen verloren.«

Die Zwergin runzelte die Stirn. »Warte, die Namen sagen mir was. Ist Garvin so ein kleiner Bengel mit klebrigen Fingern und schmutzigem Mund?« Sie deutete mit dem Humpen in die Richtung der Stadt. »Der ist vorhin in mich reingelaufen und hat meinen Met verschüttet, den ich mir vom Fest mitgenommen hatte. Während ich mein Getränk beklagt habe, tauchte ein Mädchen auf und hat ihn mitgezogen.«

»Dann haben sie sich gefunden?« Valion fühlte ein Lächeln über seine Lippen huschen. »Ich bin froh, das zu hören.«

Als er damals von einer Wache unter dem Tisch gefunden worden war, hatte man ihn Umbra übergeben.

Die Ausbildung zum Assassinen war grausam gewesen und er war glücklich, dass Garvin dieses Schicksal heute Nacht erspart geblieben war.

Valion setzte sich zwischen Maryn und Dûhirion. »Wie wäre es später mit ein paar Runden Karten?«

»Ich habe andere Pläne«, antwortete Dûhirion. »Jemand erwartet meinen Besuch.«

Valion lächelte wissend. Er sprach von seiner heimlichen Geliebten, einer Waldelfin namens Elanor. »Willst du nicht lieber mit ihr das Feuerwerk betrachten?«

»Sie wird erst danach zu Hause sein.« Dûhirion stupste Maryn mit dem Ellenbogen an. »Außerdem gibt es doch nichts Schöneres, als mit meinen besten Freunden in der Kälte zu sitzen und in den Himmel zu starren. Außer mit einer rostigen Säge den Fuß amputiert zu bekommen, vielleicht.«

Maryn lachte. »Ah, du Romantiker. Gegen die Kälte habe ich ein altes zwergisches Hausmittel: heißen Würzwein.« Sie reichte ihren Humpen weiter. »Wärmt von innen und von außen.«

»*Das Feuerwerk steigt zu Ehren von Aureus in den Himmel*«, sprach seine Mutter aus seiner Erinnerung. »*Es füllt den Nachthimmel mit Licht, wie er es einst getan hat.*«

Valion hatte seine Familie nie wieder gesehen. Er wusste nicht, was aus seinen Eltern oder seiner Schwester geworden war, doch hatte er nie aufgehört, nach ihnen zu suchen. Eines Tages würde er sie vielleicht wiedersehen. Wenn sie noch lebten. Aber er wollte seine Hoffnung nicht aufgeben. Für die Familie, die er verloren hatte, hatte er bei Umbra mit Dûhirion und Maryn eine neue gefunden.

»*Die Geschichte des Sternenlichtfestes lehrt uns, dass es immer Hoffnung gibt*«, fuhr die Stimme seiner Mutter fort.

Valion beobachtete die bunten Lichter am schwarzen Himmel, lauschte dem dumpfen Knall, mit dem die Feuerwerkskörper explodierten. Er dachte an jenen Abend vor vielen Jahren zurück, als er mit seiner Schwester unter einer Wolldecke gesteckt und Suppe gelöffelt hatte. Egal, wo Vehari in diesem Moment war, er hoffte, dass sie das Feuerwerk ebenfalls sah.

Dûhirion gab den Humpen Würzwein an ihn weiter. Valion trank einen Schluck.

Auf Mutter und Vehari, dachte er. *Auf Garvin und Missa. Und die Familie.*

Adular

Als Taschenbuch & E-Book, 3-teilige Reihe
Dark Fantasy

Als Dunkelelf im Kaiserreich Adular zu leben, bedeutet, weniger wert zu sein als Straßendreck. Dûhirion ist einer von ihnen und musste früh lernen, dass das Leben nicht fair spielt, insbesondere dann nicht, wenn man mit grauer Haut geboren wird. Menschen, Zwerge, Waldelfen und Hochelfen blicken auf ihn und seinesgleichen herab wie auf Ungeziefer. Als Kind wurde er an die Assassinengilde Umbra verkauft und dort unter grausamen Bedingungen zum Meuchelmörder ausgebildet.
Eigentlich hatte er nicht geplant, sich in die beginnenden Aufstände seitens der Dunkelelfen einzumischen, auch wenn er die Unterdrückung seines Volkes nicht gutheißt. Doch da ist seine verbotene Liebe zur Waldelfin Elanor. Die Beziehung zu ihr lässt Dûhirion unfreiwillig ins Zentrum der Unruhen rücken – und dabei wird nicht nur sein Leben in Gefahr gebracht.

Jasmin Romana Welsch

Informationen zur Kurzgeschichte:

Humor, Erotik und spritzige Dialoge – das ist der Mix, in den euch diese Geschichte, die eine Überlänge besitzt, katapultieren wird. Begleitet Remo, den Charakter aus ›Ghetto Engel‹ und ›Teach me Love‹, der für seinen Mitbewohner und Freund Pascal ein besonderes Weihnachtsgeschenk organisieren will. Dabei spielen auch Charaktere wie Vincent aus der ›Evig Roses‹-Reihe oder Luca und David aus ›Be with us‹ eine Rolle. Die Geschichte lässt sich allerdings unabhängig und spoilerfrei lesen, da es eine Vorgeschichte zu ›Teach me Love‹ ist.

Wer eine Reihenfolge in diesem New-Adult-Universum möchte, sollte mit ›Be with us‹ starten, danach ›Teach me Love‹ und dann ›Evig Roses‹ lesen. Der Einzelband ›Ghetto Engel‹ stellt eine Vorgeschichte zu Remo dar und erzählt seine Vergangenheit.

Über die Autorin:

Jasmin Romana Welsch wurde 1989 in Graz geboren und lebt mit ihrem Mann und ihrer Hündin Yuki in der Steiermark. Obwohl sie bereits im Teenageralter das Schreiben für sich entdeckte, begann sie ein Jura-Studium.

Erst nach der Veröffentlichung ihres ersten Romans widmete sich die junge Autorin gänzlich der Schriftstellerei. Aus ihrer Feder stammen mehrere Jugendbücher und New Adult Romane, in denen sich fast immer humoristische, aber auch dramatische Akzente wiederfinden.

TEACH ME EVIG
CHRISTMAS

•FREUNDSCHAFT•
Hinhören, wenn es wichtig ist – weghören, wenn es nötig ist

»Pascal?«

…

»Wie heißt dieses Teil, das … *da* ist? Das seltsame?«

…

»Ernsthaft. Dieses Ding hier ganz hinten. Wie heißt das?«

…

»Hallo? Pascal?«

…

Okay. Einmal ignoriert zu werden, kann ich als Versehen durchgehen lassen. Zweimal ist zweifelsohne eine Beleidigung, die ich noch irgendwie über mich ergehen lassen könnte, weil ich ein furchtbar guter, emotional stabiler Mensch bin. Aber verdammte Axt, dieser Streberverschnitt einer wiedergeborenen *Rock me Amadeus*-Version von Mozart provoziert mich doch!

Ich greife mir den gruseligen Plüschbären, den ich zum Einzug von meiner besten Freundin geschenkt bekommen habe und der seither

Teil unseres Lebens im Studentenwohnheim ist. Eigentlich wollten wir ihn loswerden, aber Pascal und ich haben Angst davor, den Dämon wütend zu stimmen, der zweifelsohne darin parkt.

Zwei zukünftige Lehrer und ein Teufelsbär. Das klingt nicht nur nach einer erstklassigen WG, es ist auch eine.

Ich knalle meinem Mitbewohner also einen mit Sicherheit besessenen Gegenstand an den Kopf und zwinge ihn damit endlich zu einer Reaktion.

»Remo!«, knurrt er und funkelt zur anderen Seite des Sofas. »Echt jetzt?! Der Satan-Bär?! Ich glaube zwar nicht an solche Dinge, aber wenn irgendetwas Unglück bringen kann, dann, die Ausgeburt der Nici-Hölle kurz vor Weihnachten aufzustacheln! Wirf ihn nicht! Lass ihn dort sitzen. Bis wir fertig studiert haben und ihn den armen Seelen aufhalsen, die diese Wohnung beziehen.«

Pascal legt den Teufelsbären vorsichtig zurück auf das Sofakissen, das er beansprucht, seit er hier lebt.

»Ich werfe nur mit kleinen Dämonen, wenn du mich absichtlich ignorierst! Krass unhöflich, Pascal!«, rechtfertige ich den Beschuss mit Luzifers pelzigem Cousin.

Pascal zeigt in einer eindeutig passiv-aggressiven Geste auf die dicken schwarzen Kopfhörer, die er trägt.

Ich hebe ungläubig eine Braue. »Du kannst nur so tun, als ob du mich nicht hörst, wenn die Kabel der Kopfhörer auch an ein Gerät angeschlossen sind! Der Stecker verläuft ins Leere! Hier. Baumelt einfach zwischen deinen Beinen rum! Ohne Sinn und Zweck. Wie dein Penis.«

Ich muss so sehr über meinen eigenen dämlichen Witz lachen, dass ich beinahe Kakao über unser Sofa verschütte.

Pascal verengt die eisblauen Augen und mustert die Tasse in meiner hin und her schwenkenden Hand streng. Als könnte er sie durch nonverbales Androhen einer Standpauke davon abhalten, überzuschwappen.

Wir sind beide müde und gereizt. Vor Kurzem stand eine große Pädagogik-Klausur an, für die wir lange pauken mussten und die uns ganz schön ausgelaugt hat. Die Wochenenden waren wenig erholsam. Ich musste nachts arbeiten und Pascal hat viel geprobt. Er studiert neben dem Lehramt Musikologie. Hauptsächlich deshalb, weil er ein absolut begnadeter Klaviertastendrücker ist. Er drückt die Tasten so unvergleichlich gut, dass er deshalb sogar als Teenager durch die Weltgeschichte reisen konnte. Einmal durfte er ein Konzert im Louvre geben. Beeindruckend. Der einzige Louvre, dem ich als Teenager nahe gekommen bin, war ein Dealer, der sich so nannte.

Manchmal verschaukle ich Pascal, weil es befremdlich aussieht, wenn er mitten in der Nacht mit den dicken Kopfhörern an seinem E-Piano sitzt und ich nur das Klopfen seiner Finger auf den Tasten höre. Außerdem neigt er dazu, etwas zu verbissen zu leben. Sich zu viel abzuverlangen. Mein Schwachsinn tut ihm gut. Seine Strebsamkeit tut mir gut. Wir werden mal sehr unterschiedliche, aber hoffentlich gute Pädagogen. Wenn Deadpool in einer WG mit Hermine Granger lebt, kann dabei aber nur Gutes für Kinder rauskommen. Denke ich.

»Sag mal, ist da Alkohol beigemengt? Und Kekskrümel?«, will Pascal wissen und funkelt mich und meinen Kakao prüfend an. »Wieso riecht unser Zimmer wie eine von Willy Wonkas Vorratskammern, in der ein alkoholkranker Oompa Loompa seinen Rum versteckt, seit du das Zeug gekocht hast? Das ist doch nicht normal. Was ist da drin?«

Ich verfinstere den Blick, bevor ich mir die Tasse übertrieben langsam und gespielt bedrohlich an die Lippen führe. Die Mafioso-Nummer muss jetzt einfach sein. »Frag mich niemals nach meinem Rezept. Hörst du? Der Kakao ist eine persönliche Sache. Eine Familiensache. Cosa di famiglia. Capisci?«

Ich bin übrigens wirklich wirklich gebürtiger Italiener. Und ich bin übrigens wirklich ein Horst mit anstrengendem Humor, wenn ich ins Bett gehen sollte, aber nicht ins Bett gehe.

Pascal brummt. »Ach. Das ist unser Tabuthema? Da ziehen wir also die Grenze? Nicht bei meinem Penis? Bei deinem Kakao?«

Ich muss lachen. Pascal eigentlich auch, aber er unterdrückt den Drang besser als ich.

Ein kurzes schiefes Grinsen, bevor er sich die unangeschlossenen Kopfhörer in den Nacken schiebt und seufzt. »Was?«

»Was was?«, entgegne ich irritiert von seiner Frage und blinzle ihn mit leeren Augen an.

Er rümpft die perfekt geformte Nase. Eines muss man dem Klavierjungen lassen: Auch wenn er das Gesicht verzieht, ist er noch das Love Child von Kurt Cobain und einem Disney-Prinzen. Ich bin so hetero wie ein *Transformers*-Film und sehe ihn jeden Morgen mit dem Abdruck seines Kissens aus dem Bett rollen, aber selbst ich starre manchmal noch ungläubig in dieses perfekte Gesicht, in diese eisblauen Augen, und muss mich fragen, wie jemand so ganz ohne Makel überhaupt existieren kann.

Ich meine optische Makel. Meine Fresse, innerlich ist Pascal quasi Frankensteins Patchworkdecke der psychischen Mikro-Troubles: neurotisch, verschlossen, misstrauisch, selbstkritisch, sexuell kaputt. Er hat zwar keine Potenzprobleme im eigentlichen Sinn, aber Frauen an sich ranzulassen, fällt ihm verdammt schwer. Was so schräg ist, wie es klingt, in Anbetracht dessen, wie er aussieht und dass Mädchen auf ihn reagieren wie Katzen auf den roten Punkt eines Laserpointers.

Mann, mein Spruch vorhin bezüglich seines sinnlosen Penis war fies. Und dann schüttle ich vor lauter Lachen auch noch meinen Kakao schaumig, anstatt betreten in meine Tasse zu starren.

Manchmal bin ich ein Arschloch. Und Pascal ist ein distanzierter Pedant. Deshalb sind wir beste Freunde geworden. Oder weil die Uni uns zwingt, uns eine Kochplatte zu teilen. Eines davon.

»Was was?!«, wiederholt Pascal lautstark genervt und fängt an, zu gestikulieren. »DU wolltest doch ursprünglich etwas von mir! Obwohl du siehst, dass ich mich konzentrieren möchte, um dieses Buch zu lesen!« Er zwingt sich, durchzuatmen. Sein Tonfall wird ruhiger, genervt fühlt er sich trotzdem noch. Sehr. Schön.

Diese Abende am Ende des Wintersemesters sind magisch. Ganz kurz vor Weihnachten. Wenn man mental absolut am Ende ist, weil man sieben Prüfungen hinter sich hat. Wenn draußen Lichterketten den Campus schmücken, während man sich drinnen wegen verschwundener Textmarker aus dem großen Regenbogen-Marker-Mix beleidigende Tiernamen gibt. Oder wenn es draußen schneit, während man drinnen lautstark bezichtigt wird, den letzten Flohsamen-Joghurt gefuttert zu haben.

Ich habe Pascal in den vergangenen Wochen bestimmt zwanzigmal erklärt, dass ich seinen monströs widerlichen Joghurt nicht esse. Und dass sich das auch beweisen lässt, schlichtweg damit, dass ich drei Tage lang durchscheißen würde, wenn ich dieses Zeug in mich reinlöffle. Wie jeder normale Mensch!

Niemand stiehlt deinen ekelhaften Joghurt. Niemand außer dir kann diesen ekelhaften Joghurt verdauen, ohne auf der Toilette nach einer Vollnarkose zu flehen!

Ja, die Adventszeit. Magisch. Festlich. Laut. Voller Liebe. Ich meine, Hass. Voller Hass wegen Textmarkern und Durchfall wegen Joghurt.

Morgen ist der letzte Tag vor den Winterferien. Endlich Energie tanken, ausschlafen …

»Remo!«, faucht Pascal mich von der Seite an. »Was wolltest du denn jetzt von mir?!«

Ach stimmt ja!

Ich mustere ihn ein paar Sekunden, bevor ich antworte. »Ich habe … absolut keine Ahnung mehr.«

Pascal seufzt. »Irgendetwas mit einem Ding. Ganz hinten.«

Ich nicke. »Ja. Nein. Da klingelt absolut nichts bei mir. Lies weiter. Du hast morgen noch eine Prüfung, oder?«

»Ja!«

»Na wieso redest du dann mit mir über alkoholabhängige Oompa Loompas? Lern! Am Ende kassierst du noch ein ›Gut‹. Wie willst du das deinen zukünftigen Schülern erklären? Was, wenn der kleine Max Mustermann jeden Respekt vor dir verliert, weil er herausfindet, dass sein Held – Herr Favre – auf seine beknackte Musikgeschichte-Modul-zwei-Prüfung nur ein ›Gut‹ bekommen hat, weil er schon um elf und nicht erst um zwei Uhr morgens ins Bett gegangen ist? Was macht Max dann? Du treibst den kleinen Max in die Depression, Pascal! Er wird deinetwegen 'ne fette Psychologenrechnung bekommen!«

»Remo?«

»Ja?«

»Ist dir klar, warum ich manchmal einfach so Kopfhörer trage und so tue, als könnte ich dich nicht hören?«

Ich schnaube leise, aber amüsiert. »Ja. Ist klar.«

Pascal schmunzelt. Mehr braucht er nicht, um mir nachzusehen, dass ich anstrengend sein kann. Er behält den Blick auf den Zeilen, aber er hört mir noch zu.

»Danke«, murmle ich müde, versuche aber, durchklingen zu lassen, dass ich seine Freundschaft zu schätzen weiß. Das Zuhören. Das Weghören.

Ich bin nichts für jeden. War ich nie. Einige Professoren und Kommilitonen halten mich für zu unkonventionell, um Lehrer zu werden. Nicht alle glauben daran, dass ich einen guten Pädagogen abgebe.

Pascal hat das niemals infrage gestellt. Im Gegenteil. Er bittet mich vor jeder noch so kleinen praktischen Einheit um Tipps.

Er meint, ich hätte etwas, das man sich nicht aus Büchern aneignen kann. Etwas, das bewirkt, dass Kinder mir gern zuhören. Seit er mir das gesagt hat, macht mir das Studium keine Angst mehr. Zumindest keine scheißgroße Angst mehr. Ein bisschen Versagenspanik sollte einem jedes Studium einjagen, sonst hat man den Weg des geringsten Widerstandes gewählt.

Ich schlürfe an meinem Kakao. Kaum läuft mir die Mafioso-Geheimzutatenschokolade die Kehle hinunter, fällt mir wieder ein, wieso ich vorhin so dringend seine Aufmerksamkeit wollte.

»Pascal?«

Er schlägt sich das Buch ins Gesicht.

Ich kann ihm die Reaktion nicht verübeln. Etwas verblüfft bin ich trotzdem, weil der Schinken, den er liest, ziemlich dick ist.

Mann, da prickelt die Nase jetzt aber.

Pascal wollte sich wohl selbst k. o. schlagen. Um dem ›Remo labert‹-Problem zu entkommen. Oder er wollte sich mit dem Buch spontan hässlicher boxen. Um das ›Frauen finden mich zu schön‹-Problem zu lösen. Nichts davon ist ihm gelungen.

Ich blinzle ihn intensiv fragend an und er sieht noch immer so aus, als hätte Gott ihn nur aus Versehen runtergeschickt, da sie sich eigentlich einen festen Freund basteln wollte.

»Was? Was?! Oh mon dieu! Qu'est-ce que tu veux?!«

Pascal ist Franzose. Im Gegensatz zu mir ist er sogar in seinem Geburtsland aufgewachsen. Sein Vater ist Deutschlehrer. Er will Französischlehrer werden. Französisch und Musik. Sprachen und Kunst. Wir sind absolute Gegensätze. Meine Fächer sind Mathematik und Sport.

Wüsste ich es nicht besser, würde ich der Uni unterstellen, dass sie uns nur zu Mitbewohnern gemacht haben, weil sie es witzig fanden, zu sehen, wie lange es dauert, bis Italien und Frankreich den Nuklearkrieg gegeneinander starten.

Aber: In your face, Universität! Italien und Frankreich lieben sich! Amore und … Am … Lam … Lamasch? Lahmarsch? Nein, das klingt besonders falsch. Bisher war Pascal noch nicht sehr erfolgreich im Unterrichten.

»Ich verstehe kein Wort, wenn du mit der *Lady Marmelade*-Tonspur anfängst«, sage ich schulterzuckend. »Shattado, shattado. Welcome to the Moulin Rouge.«

»Nein! Kein Themenwechsel jetzt! Sonst vergisst du wieder, was du wolltest, und dieses ganze Gespräch verläuft absurd und … WAS. WILLST. DU. REMO?«

»Wie heißt dieses Ding, das im Mund hängt? Ganz hinten? Dieses Teil, das aussieht wie ein …«

»Gaumenzäpfchen?«

»Ja! Dieses Ding, das aussieht wie ein Gaumenzäpfchen! Wie heißt das?«

»Gaumenzäpfchen«, entgegnet Pascal trocken.

Ich murre. »Sicher? Das klingt nicht nach … Anatomie. Mehr nach dem Titel eines pädagogischen Kinderliedes über Teile des Körpers, die man sonst nicht auf dem Schirm hat. *Lala Gaumenzäpfchen, Gaumenzäpfchen, Haut am Ellbogen, Adamsäpfelchen*. Siehst du? Song! Sag mal, grundschullehrerst du mich?«

Der Gesichtsausdruck, den Pascal zum Besten gibt, als ich singe, ähnelt dem, der ihn überkommt, wenn er sich aus Versehen eine schlechte Weintraube in den Mund steckt. Kränkend!

»Vorweg«, setzt er an und schüttelt verständnislos den Kopf. »Diese Tonfolge, die deine Stimme da gerade fabriziert hat, entspringt einer anderen Dimension, die voller Gehörloser sein muss. Ernsthaft. Du hast sogar dem Satan-Bär Angst gemacht. Unfassbar, wie grausam du singst. Gibt es vielleicht Ziegen in deiner Verwandtschaft? Das würde so vieles erklären.«

»Kann sein. Ich kenne meinen Vater nicht. Vielleicht war er ein Bock. Ein lauter, schräger, sturer Bock. Weißt du was? Das klingt vertraut«, gebe ich zu.

Nachdem meine Verwandtschaftsverhältnisse zwar nicht geklärt, aber zur Genüge angesprochen wurden, deute ich wieder auf meinen Mund.

Pascal zuckt energisch mit den Schultern. »Ich kenne die lateinische Bezeichnung nicht. Ich bin mir sicher, es gibt eine, aber du meinst das Gaumenzäpfchen! Wenn du es, warum auch immer, auf Latein benennen willst: Wir haben Internet, Remo!«

»Nein.«

»Was nein?«

»Kein Internet.«

»Wieso haben wir kein Internet?«

»Ausgefallen. Im ganzen Gebäude«, antworte ich. »Eine von den kleinen, überraschend lauten japanischen Gaststudentinnen hat mit irgendeinem Vollidioten im Technikraum rumgevögelt. Das Modem ist dabei gegen einen Heizkessel geprallt. Ging kaputt.«

Pascal durchbohrt mich schweigend mit Blicken aus den eisblauen Augen.

»Was?«, frage ich ahnungslos und frei von jeder Schuld. »Die Verwaltung hat ein neues Modem bestellt. Hab ich gehört. Kommt morgen.«

»Du hast das Internet kaputtge-one-night-standed!«, unterstellt Pascal mir naserümpfend.

»Mein Gaumenzäpfchen schmerzt«, entgegne ich, nicht ausschließlich, um abzulenken. Diesen Satz wollte ich schon die ganze Zeit sagen, ich wusste nur nicht, wie dieses Ding in meinem Hals heißt, das wehtut. »Du hast doch diese Bonbons. Die, die du nimmst, wenn dein Gesangsunterricht zu lange gedauert hat«, präzisiere ich.

Pascal schlägt sein dickes Buch zu und mustert mich genau. »Du hast Halsschmerzen?«

»Gaumenzäpfchenschmerzen!«, korrigiere ich, weil es sich nicht nach normalen Halsschmerzen anfühlt.

»Das wolltest du also die ganze Zeit? Mich nach Medikamenten fragen, weil du dich krank fühlst? Remo! Sag das doch gleich! Wie kann man denn bitte vergessen, dass man Schmerzen hat, und sich stattdessen von einem Schwachsinn in den nächsten quatschen?!«

Wie ich das kann? Überlebensstrategie. Gewohnheit. Früher musste ich mich auch immer ablenken, wenn ich mich krank oder halb tot gefühlt habe, sonst hätte ich zu große Angst bekommen.

Wer mit fünfzehn von zu Hause abhaut und jahrelang allein lebt, ohne sich Tabletten oder Hilfe leisten zu können, ist es nicht gewohnt, salopp darum bitten zu können. Deshalb bin ich wahrscheinlich schräg und schleiche mit Witzen und Nonsens um das Thema rum.

Pascal haue ich diese Antwort aber nicht um die Ohren. Es wäre schwer für ihn, so unverblümt zu hören, wie dreckig es mir mal ging. Dafür mag er mich mittlerweile zu sehr. Die Dunkelheit in meiner Vergangenheit soll ihm weder wehtun noch ihn erschrecken.

Er weiß zwar, dass ich schon als Teenager von zu Hause ›ausgezogen‹ bin, aber dass ich mal eine Weile obdachlos und meine Wohnung ein Loch mit kaputter Heizung war, muss er nicht erfahren. Er soll sich den Dämonen aus meiner Vergangenheit nicht für mich stellen. Das habe ich schon selbst getan. Alle tot geboxt. Halb tot. Die meisten. Mit manchen habe ich mich über die Jahre hinweg schlichtweg angefreundet.

Pascal bekommt nun auf alle Fälle die schonendere Begründung dafür, warum ich mich heute Abend seltsam verhalte, seit ich mich kränklich fühle.

»Na ja …«, entgegne ich schulterzuckend und halte meine Tasse hoch. »Da ist ungefähr ein halbes Glas warmer Schnaps in meiner

Tasse. Das hat meine Aufmerksamkeitsspanne volles Kanonenrohr beeinträchtigt. Ehrlich gesagt bin ich besoffen.«

Ja. So schließt sich der Kreis unserer größtenteils sinnfreien Konversationen.

»Remo! Wieso?!«, knurrt Pascal verständnislos.

»Na, weil ich mal gehört habe, dass hochprozentiger Alkohol antibakteriell wirkt. Ich wollte mein Zäpfchen desinfizieren. Aber ich hatte keinen Bock auf puren Schnaps, deshalb habe ich Kakao dazugetan. Allerdings habe ich da eindeutig zu viel Medizin reingemacht.«

»Schnaps ist keine Medizin! Und dein Mund ist kein Gebrauchsgegenstand, den du nur mit Desinfektionsmittel abreiben musst, wenn etwas nicht damit stimmt«, belehrt Pascal mich.

Ich muss lachen. Klar. Ich bin ja auch voll.

»*Dein* Mund ist vielleicht kein Gebrauchsgegenstand, *meiner* schon! Frag mal die Japanerin.«

Ich finde meinen Oralsexwitz großartig, Pascal isst wieder in Gedanken schlechte Weintrauben. Diesmal habe ich ihm aber nicht mal etwas vorgesungen.

»Widerlich … mit einem fremden Mädchen …«, murmelt er vor sich hin, bevor er vom Sofa aufsteht und in Richtung Badezimmer läuft.

Ich höre trotzdem, was er seinem Kulturbeutel zumurrt.

»Leckt ständig an jeder Auster herum, die bespaßt werden will. Wundert sich, dass er Halsschmerzen hat. Und wahrscheinlich Angina bekommt! Austern. Widerlich.«

Ja, die Meise in Pascals Kopf spricht manchmal laut vor sich hin. Und vergleicht Muschis mit Austern.

Als ich ihn zum ersten Mal so reden gehört habe, war ich mir sicher, dass er einfach nicht auf Frauen steht. Das stimmt aber nicht. Pascal ist nicht homosexuell. Er ist auch nicht asexuell, er hat nur absolut kein Vertrauen zu absolut jeder Frau auf dieser Welt. Und er hat einen Knall, was Intimität betrifft.

Pascal meint das ›widerlich‹ und die Austernsache nicht böse oder persönlich. Er will niemanden kränken, er würde so etwas auch nie zu einem Mädchen sagen. Er lässt sich nur von Erinnerungen beherrschen, die ungesund und beschissen sind, die aber nicht den Rest seines Lebens und seine Sexualität bestimmen dürfen.

Mir ist auch viel Scheiß passiert. Sich davon kaputtmachen zu lassen, ist keine Option. Hätte ich mich von meiner Vergangenheit brechen lassen, würde ich gerade allein in meiner Bruchbude frieren. Ohne Kakao. Ohne Pascal.

Über die Sache mit seiner Klavierlehrerin, als er dreizehn war, hat er erst einmal und nicht gerade sehr detailliert mit mir gesprochen. Ich kann mir trotzdem vorstellen, dass der Vorfall ihn gebrandmarkt hat. So sehr, dass der schönste Junge der Welt sein tatsächliches erstes Mal dann erst mit neunzehn hatte. Mit einer durchtriebenen französischen Barbie, die nur darauf aus war, ihn bei irgendeinem Klavierwettbewerb auszustechen.

Das Leben ist unfair.

Pascals sexuelles Erwachen war ein Desaster, obwohl er schön und virtuos ist und im Louvre war. Mein sexuelles Erwachen war der Knaller, obwohl ich von der Pubertät entstellt, ohne nennenswerte Talente und beinahe schon obdachlos war.

Ich war vierzehn und hatte seither … Mitzählen würde sich schräg anfühlen. Es waren einige Mädchen, aber auch nicht so viele, dass sich das Suchen des Endlossymbols auf einer unbekannten Tastatur auszahlen würde.

Pascal zählt mit. Sehr genau sogar. Er steht nach wie vor bei eins und ich bin der Meinung, er muss daran endlich etwas ändern. Aufgeben gilt nämlich nicht. Egal, wie schlecht die erste Runde war. Nur wer am Ball bleibt, erringt am Ende Siege und formt auf dem Weg dorthin Körper und Charakter. Sportlehrer-Metapher. Oder Straßen-köter-Weisheit. Was weiß ich. Ich bin voll und habe Zäpfchenprobleme.

Mit Sicherheit kann ich nur sagen, dass sich jemand wie Pascal unmöglich lange vor allem, was mit Liebe und Leidenschaft zu tun hat, verstecken kann. Klar, es gibt Typen, die erstmals ihre abgefuckte Vorgeschichte durchleben und dann quasi den Plot einer siebenteiligen dramatischen Liebesromanreihe durchmachen müssen, nur um zu schnallen, dass sie bisher distanzierte Arschlöcher waren. Aber *so* ein kaputter Vollidiot ist Pascal nun auch wieder nicht.

»Hier, die müssten dir helfen. Zumindest helfen sie mir immer gegen Halsschmerzen. Wenn du dir allerdings den Super-Tripper angeleckt hast, sind sie wirkungslos. Wie schwer kann es bitte sein, nichts abzulecken, das dich potenziell krank machen kann? Hast du nicht so etwas wie einen Überlebensinstinkt, der dich davon abhält, dich zu vergiften?«

Ähm. Ja. Nein. Vielleicht ist er doch *so* kaputt. Und *so* ein Idiot. Mann, das war ein schräger Vortrag. Man möchte meinen, Pascal glaubt, ich hätte das Modem geschrottet, weil ich mich mit einem zwei Wochen alten verdorbenen Seebarsch im Geräteraum eingesperrt habe, um daran zu lecken, und dabei ohnmächtig wurde.

»Ähm ... du weißt hoffentlich schon, dass es dich nicht wirklich umbringen kann, eine Muschi zu lecken, oder?«

Ich muss ihm diese Frage stellen! Ich bin mir gerade nicht sicher, ob er das für so lebensbedrohlich hält wie eine Fischvergiftung.

Pascal schnaubt mich nur echauffiert an. »Als ob!«, blufft er, bläst beleidigt die Wangen auf und rümpft dann die Nase.

Das war gerade eine nette Gesichtsakrobatik, aber keine Antwort.

›Als ob‹ er so etwas glauben würde? Oder ›als ob‹ alte Fische und Muschis nicht dasselbe wären?

Dio mio, er tut mir gerade leid. Wie er da steht. Mit diesem Gesicht, das wie für Frauen entworfen aussieht, das es aber nicht verkraftet, dass sich eine Frau daraufsetzt.

Das ist wohl Ironie. Und da ist wohl ganz viel kaputter kleiner Junge übrig, der den Mann, der er mittlerweile ist, davon abhält, seiner Vergangenheit zu entwachsen.

Ich kann mich mit dem Gefühl des Kaputtseins identifizieren, auch wenn meine Gründe dafür andere waren.

Mir wird zum ersten Mal vollends bewusst, warum ich Pascal von Anfang an mochte. Damals, als er mir den doofsten aller ›Wer bist du denn?‹-Blicke zugeworfen hat, als ich mich in der Vorlesung neben ihn gesetzt habe, konnten wir einander schon nicht mehr entkommen. Kaputte Menschen ziehen sich oft an. Menschen mit kaputten Kinderseelen in sich erst recht. Ich denke, sie suchen einander, in der Hoffnung, dass sie sich gegenseitig gesund pflegen oder zumindest mit Pflasterchen versorgen können. Das geht für mich absolut klar. Ich bin gern mit Pflaster für ihn am Start. So wie er mir jederzeit seine letzten Halsbonbons in die Hand schütteln würde.

»Da. Lutschen, nicht schlucken«, weist er mich an.

Ich muss mir gerade so viele dumme Sprüche auf einmal verkneifen und ungesagte Sätze runterschlucken, dass es sich anfühlt, als würde ich meine eigenen blöden Witze zu Abend essen. Schmeckt nach unterhaltsamem, perversem Blödsinn. Genau mein Geschmack!

»Hast du morgen noch eine Vorlesung?«, will Pascal wissen, der keine Ahnung hat, wie viele Sprüche ich mir gerade ihm zuliebe zum Abendessen genehmigt habe.

»Nö. Bin durch mit dem Semester.«

»Gut. Dann bleib im Bett, bevor du übermorgen zu deiner Familie nach Österreich fliegst.«

Ich verbringe die Weihnachtsferien bei meiner Tante. Sie, mein Onkel und mein beknackter Cousin sind die einzigen Verwandten, die es kümmert, ob und wie ich lebe. Sie wohnen zwar im Ausland, aber wir pflegen seit ein paar Jahren regelmäßigen Kontakt. Was schön ist. Ich vermisse den beknackten Cousin nämlich manchmal sehr. Es fühlt sich gelegentlich so an, als wäre er mein beknackter Bruder.

»Ich kann morgen nicht im Bett bleiben. Ich muss in den Club.«

»Zur Arbeit? Ich dachte, das SORT hat dieses Wochenende geschlossen. Wegen des Rohrbruchs«, gibt er wieder, was ich ihm heute Vormittag erzählt habe.

Ich arbeite in einer Disco. Als Kellner. Das habe ich zumindest Pascal so gesagt. Den Rohrbruch gab es wirklich. Die Disco gibt es auch. Alles andere ist etwas kompliziert. Und vielleicht zu krass für einen eigentlich sehr gut behüteten französischen Klavierjungen.

»Der Laden hat geschlossen, ja. Aber ich muss etwas abholen, bevor ich über Weihnachten zu meinen Verwandten fliege. Ist wichtig. Kann nicht warten.«

»Hast du Fieber? Du siehst irgendwie abgekämpft aus. Warst du heute trainieren? Meine Güte, du warst heute nicht mal im Fitnesscenter, oder?! So schlimm?! Wenn du Fieber hast, solltest du auf jeden Fall im Bett bleiben! Und zum Arzt gehen. Soll ich mit dir zum Arzt gehen?«, fragt Pascal.

Sein Blick wird so weich und besorgt, dass er kurz wie ein Disney-Prinz aussieht, dessen sprechendes Sidekick-Tier gleich abkratzt.

Ja, ich weiß. Du hast mich sehr gern. Danke.

»Geh selbst zum Arzt und lass dich auf den Hirn-Super-Tripper testen, du Mega-Lusche!«, lautet meine beleidigende Antwort.

Klar mag ich Pascal. Und ich bin ihm dankbar für die Sorge. Aber an irgendeiner Stelle muss ich klarstellen, dass ich ein unkonventioneller ehemaliger Straßenköter mit einem dummen Mundwerk bin. Und nicht sein Disney-Leguan.

Meine zugegeben überzogen toughen Worte verfehlen ihre Wirkung nicht. Seine Gesichtsfarbe wechselt von nobler Blässe zu angepisstem Rotkehlchen.

»Dann erstick eben an einer übergangenen Lungenentzündung, nur um so etwas wie deine Lieblingsbeanie aus dem Club zu holen! Deine Familie lauscht über die Weihnachtsfeiertage bestimmt gern deinem röchelnden Tod! Das ist so eine Beanie sicher wert!«

Mann, manchmal vergesse ich, wie makaber Franzosen sein können, wenn sie sich provoziert fühlen.

»Hast du heute dein Lernkoma-Nickerchen aus Versehen wieder auf dem Satan-Bären gemacht, Pascal?«

»Non!«, lautet die energische, aber doch in verdächtig schrägem Tonfall gesprochene Antwort. Er wechselt nur unbewusst ins Französisch, wenn er sich aufregt. Oder lügt.

Ja, er ist eindeutig wieder auf dem Bären eingepennt und hat sich beim Aufwachen davor gefürchtet.

»Ich bin nicht lange weg. Den Rest des Tages penne ich hier und hoffe darauf, dass du mir nach deiner Prüfung etwas auf dem Piano vorspielst. Ein Song aus diesem Jahrtausend wäre ganz nett. Sag mal, kennst du Limp Bizkit?«

»Es soll morgen schneien«, sagt Pascal in so dunklem, warnendem Ton, als wäre im Schnee rumzulaufen der sichere Tod für jemanden mit einem angeschlagenen Gaumenzäpfchen.

Ich saß schon mal mit einer ausgewachsenen Lungenentzündung nachts draußen im Regen – das habe ich auch überlebt. Im Nachhinein betrachtet beängstigend knapp, aber das verdränge ich lieber.

»Ich passe auf mich auf, versprochen. Ich klaue dir einen deiner Hübscher-Junge-Schals. Okay?«

Pascal sieht nicht mehr zu mir, er lässt sich nur auf dem Sofa nieder, wühlt kurz in der Ritze und zieht dann seinen MP3-Player raus. »Du tust sowieso, was du willst«, antwortet er tonlos, schiebt sich die Kopfhörer auf die Ohren und stellt die Musik an. Diesmal wirklich, ich kann das Orchester bis hier dröhnen hören.

Andere ziehen sich Rock oder Metal rein, wenn sie wütend auf ihren den Tod verspottenden Mitbewohner sind. Pascal nicht, er wütet innerlich zu *Les Misérables*. Und murmelt dabei vor sich hin.

Ich liebe, wie schräg er ist. Er ist dabei so klassisch und doch irgendwie auf eine sehr moderne Weise bekloppt.

»Hält sich für unsterblich. Muss die Reise nach Mordor antreten. Um dort eine Beanie abzuholen. Sehr verhältnismäßig.«

Pascals gemurmelter Wut-Sorgen-Anfall ist unterhaltsam und zweifelsohne herzerwärmend. Ja, ich lasse mir von niemandem verbieten, nach Mordor und wieder zurück zu laufen, wann immer ich möchte. Aber nein, es geht dabei nicht um eine Beanie.

Pascal fährt übermorgen nach Dijon, um die Feiertage mit seinem Vater in Frankreich zu verbringen. Das bedeutet, mir bleibt nur noch morgen, um etwas abzuholen, das ich mir sicherheitshalber in die Arbeit habe schicken lassen, damit es eine Überraschung bleibt.

In der Gewissheit, dass er mich durch die laute Musik nicht hören kann, verrate ich dem Satan-Bären den Grund für meine Reise nach Mordor.

»Ich muss sein Weihnachtsgeschenk abholen. Aber verrat es ihm nicht.«

•FREUNDSCHAFT•
Aus unterschiedlichen Welten kommen, gemeinsam in dieselbe Zukunft blicken

Es ist grau, es ist kalt und es schneit. Die Straßen sind matschig, aber die vielen Lichterketten, mit denen die Stadt geschmückt wurde, bilden einen schönen Kontrast zum endlos tristen Himmel.

Ich bahne mir meinen Weg durch die gut besuchte Einkaufsstraße, die seit dem letzten Mal verlängert wurde.

Ebenso wie die Seitengassen und der öffentliche Park, den ich durchqueren muss, um den Club zu erreichen.

Der Weg vom Studentenwohnheim zur Arbeit ist mir noch nie so lang vorgekommen und ich laufe ihn für gewöhnlich zweimal die Woche. Auch in den Morgenstunden und manchmal mit nur einem Schuh. Oder zwei verschiedenen Schuhen. In der Clubszene zu arbeiten, bedeutet, merkwürdige Dinge zu erleben.

Heute zermürbt mich die Route. Sie ist weit. So weit, dass ich sie beinahe anstrengend nennen würde, hätte ich nicht zu viel Sportlerstolz in mir, um bloßes Durch-die-Straßen-Laufen ›auslaugend‹ zu nennen.

Dass ich schnaube wie ein alter Hengst im Galopp, liegt übrigens nicht an meinem Gaumenzäpfchen. Dem geht es seit gestern Nacht hervorragend. Keine Schmerzen im Zäpfchen. Die Schmerzen sind mir vielmehr in den Hals gerutscht, in den Bauch, in die Knie, in meinen linken großen Zeh und schrägerweise in mein rechtes Ei. All das tut ziemlich weh. Trotz der Tatsache, dass ich mich vor dem Aufbrechen durch Pascals Kulturbeutel gewühlt und dort eine Schmerztablette und sieben Rachendrachen rausgefuttert habe.

Mir ging es schon nachts richtig dreckig. Nach dem Aufwachen musste ich natürlich einen auf starken, gesunden Klugscheißer machen, weil Pascal gefragt hat, ob ich mich besser fühle. Die Antwort war ein patziges ›Pffff, klar‹, gefolgt von einer demonstrativ hyperaufgedrehten Version meines Morgenrituals, das ich selbstverständlich aussehen lassen musste, als wäre Tigger aus *Winnie Poo* an aufputschende Drogen geraten.

Nachdem ich also zwanzig Minuten lang mit Kaffee und Nutella-Stulle wie ein Basketball durch den Wohnbereich gedribbelt bin, nur um Pascal zu versichern, dass alles in Ordnung ist, hat er sich auf den Weg zur Uni gemacht, um seine Prüfung zu schreiben. Ich bin daraufhin umgehend vor der Kochplatte kollabiert, habe mich nach dem Aufraffen in die Spüle übergeben und dabei den Satan-Bären um Sterbehilfe angefleht. Mann, bin ich krank.

Unter keinen anderen Umständen wäre ich heute jemals aus dem Bett und in meine Winterklamotten gestiegen, um durch die Stadt zu laufen. Nur für diesen Brief, der in den Club geschickt wurde. Pascal holt meistens unsere Post, und den Namen des Absenders zu lesen, hätte meine Überraschung zum Teil sabotiert. Das hätte ich allerdings in Kauf genommen, hätte ich kommen sehen, dass ich kurz vor Weihnachten an der *The Walking Dead*-Seuche erkranke.

Ich fühle mich eindeutig wie ein Zombie. Aber trotz des Matsches im Kopf und der Müdigkeit in den Knochen freue ich mich wie Bolle darauf, seine Reaktion zu sehen. Ich denke, ich habe ein knaller Geschenk für ihn. Etwas, mit dem er niemals rechnen würde, weil es nichts ist, das man unter normalen Umständen geschenkt bekommen kann. Nachdem ich das begeisterte Leuchten in Pascals Augen gesehen habe, werde ich ihn höchstwahrscheinlich essen. Aber ich bin mir sicher, der Moment war all die Umstände und die Zombiemetamorphose wert.

Einen Nachtclub tagsüber zu sehen, würde auf die meisten erst mal befremdlich wirken. Keine dröhnenden Bässe, keine feiernde Meute. Die spiegelnde Tanzfläche ist leer, alles wirkt unglaublich weitläufig und gespenstisch still.

Der Laden hat trotzdem Atmosphäre. Das SORT glänzt auch in stiller Leere in all seiner verführerischen Dekadenz. Viele Clubs rühmen sich damit, ein besonders ›schicker‹ Laden zu sein, aber sobald die Lichter angehen, entlarvt man die Plastikfassade schnell. Nichts im SORT ist Plastik. Die Bars sind aus Glas und schwarzem Massivholz, der Boden ist mit unzähligen LED-Lichtern gespickt, die Soundanlage und das DJ-Equipment sind auf dem allerneusten Stand und die Getränke sind Markenprodukte und werden niemals gestreckt.

Vincent legt Wert auf Qualität und Reputation. Der schickste Laden, die angesagtesten DJs, die heißesten Mitarbeiter. Ich habe gerade mit Sicherheit neununddreißig Grad. Ich bin der Allerheißeste.

Vincent ist mein Boss. Und einer dieser Dämonen aus meiner Vergangenheit, mit denen ich mich mittlerweile angefreundet habe. Ich habe versucht, mich ihm zu stellen, ihn zu bekämpfen, aber dann hat er zurückgehauen, hat mir einen Job gegeben, mit allen Mädchen geschlafen, die ich auch gut fand, mir Halt und Strukturen gegeben – und dann war da noch diese bizarre Nacht, in der mich jemand erschießen wollte und Vincent mir quasi den Arsch gerettet hat.

Ja, ich hatte ein schräges Leben. Mit all diesen Storys könnte ich einen dezent abgefuckten, aber unterhaltsamen Roman füllen. Happy End garantiert. Schließlich wird aus dem vorlauten, kaputten Ghetto-Jungen am Ende ein akademisch geschulter Pädagoge, der in der Lage ist, Jugendlichen mit Problemen Perspektiven aufzuzeigen, nach denen er einst selbst verzweifelt gesucht hat. Sehr *Circle of Life*-mäßig. Ich bin der König der Löwen.

»Alter, fick dich! Du blödes Scheißding!«

Der König hat gesprochen.

Zu meiner Verteidigung: Ich beschimpfe eine Tür, keinen Menschen. Und die Tür ist ein Arschloch.

Die Verriegelung am Hintereingang macht Faxen und der Metallriegel klemmt mir beinahe die Hand ein, als ich ihn öffne. Vincent muss das unbedingt reparieren lassen, das nervt.

Als ich hinter die Bar laufe, um den großen Lichtschalter zu betätigen, fällt mir wieder ein, warum der Laden an diesem Wochenende still bleiben wird. Die Tanzfläche steht zwar nicht mehr unter Wasser, aber ein Teil der Wand in Richtung VIP-Bereich ist aufgestemmt.

Der Rohrbruch.

Sonst verströmt das SORT wirklich die Atmosphäre, die ich vorhin beschrieben habe. Heute hat alles einen Hauch von Baustelle, aber selbst die sieht organisiert und professionell geführt aus. Vincent beschäftigt nur gute Handwerker. Wahrscheinlich heiße Handwerker. Denke ich. Niemand ist hier. Aber der Mann hat ein Businessmodell, dem er treu bleibt.

Ich war schon öfter allein im Club, weil ich früher ab und an ein paar Stunden vor dem Schichtbeginn aller Mitarbeiter aufgetaucht bin, um hier meine Hausaufgaben zu machen. In meiner Wohnung war es zu kalt. Das SORT war nicht nur superschick, sondern auch supertemperiert und -komfortabel. Außerdem konnte ich so viel Cola trinken, wie ich wollte.

Ja, ich habe schon als Teenager hier gearbeitet. Für Vincent. Damals noch nicht offiziell, aber offiziell war ich auch nie obdachlos. Es hat einfach keinen gekümmert, wo ich bin und was ich tue. Ihn schon. Dass ich ihm dankbar dafür bin, dass er mein Leben mit Strukturen gefüllt hat, ist wahrscheinlich falsch. Vom moralischen Standpunkt aus ist alles, wofür ich dankbar bin, verwerflich. Ich liebe das SORT trotzdem. Hier hatte ich Freunde, Spaß, eine Möglichkeit, meine Miete zu bezahlen und meinen Schulabschluss zu machen, ohne mich tot zu schuften. Ich konnte hier erwachsen werden und meinen Weg finden. Zwischen lauten Bässen und flackernden Lichtern.

Scheiß auf dieses subjektive Konstrukt der Moral, mir ging es gut. So gut, wie es jemandem in meiner Situation gehen konnte. Und dafür bin ich dankbar. Egal, wie verwerflich es für andere klingt.

Ich schleppe mich weiter durch den Laden, nach hinten, in den Mitarbeiterbereich. Das Büro ist wie immer ordentlich, aber auch hier hat der Rohrbruch Spuren hinterlassen. Der Stromkasten steht offen, an der Wand daneben verlaufen Kabel, die wohl nur provisorisch angebracht sind, solange die Elektrik noch rumspinnt. Der dicke Knopf neben dem Schreibtisch ist auch nagelneu. Ich muss ihn anstarren. Dieses satte, matte Rot, der gut federnd aussehende Mechanismus, der garantiert ein knackiges ›Klick‹-Geräusch von sich gibt, wenn er betätigt wird.

Mann, dieser Knopf ist irgendwie sexy. Ich fühle mich unheimlich davon angezogen. Was höchstwahrscheinlich nicht nur an der Ästhetik liegt, sondern an der Tatsache, dass da ein Zettel hängt, auf den jemand mit dem besonders dicken schwarzen Marker die Worte ›NICHT DRÜCKEN!!‹ geschrieben hat.

Wieso nicht?

Warum ist er dann da?

Was tut er?

Und ernsthaft: Wieso nicht?

Gott, hätte ich gern eine Interaktion mit diesem Knopf. Baby, ich bin Remo und ich drücke dich, so fest du willst.

Nein! Ich bin erwachsen. Und ich kann mich an Regeln halten. Außerdem bin ich nicht hier, um Sex mit einem Knopf zu haben, sondern mit einem Brief! Ich meine …

Das mit dem Fieber wird offensichtlich nicht besser, sondern schlimmer. Sogar das Durchwühlen der Post fühlt sich anstrengend an. Ich will zurück ins Wohnheim und in mein Bett. Was nicht so schnell passieren wird, wie ich gern möchte, zumal ich nicht finde, was ich suche. Kein Brief mit dem richtigen Absender in Sicht. Dabei habe ich extra jeden, der hier arbeitet, darauf hingewiesen, dass ich Post erwarte. Scheiße.

Ich ziehe mein Handy aus der Tasche und lasse mich auf dem Bürostuhl nieder. Nachdem ich es einmal habe klingeln lassen, lege ich wieder auf. Ins Ausland anzurufen, ist teuer, und ich möchte nicht, dass hier gleich ein ganzes Tagesgehalt draufgeht, nur weil ich meinen beknackten Cousin zu lange verhöre. Wir quatschen grundsätzlich meistens zu lange. Keine Ahnung, woran das liegt.

Luca ist sehr zuverlässig, was Rückrufe betrifft. Mein Handy vibriert, bevor ich der Schreibtischlampe meinen ›Zombie ist müde‹-Song zur Gänze vorbrummen kann.

»Ciao.«

»Weißt du, dass ich mich jedes Mal freue, wenn ich mein Handy das Single-Klingeln der armen Leute von sich geben höre?«, tönt mein Cousin in all seiner charmanten Schnöseligkeit. »Ich weiß dann nämlich immer, dass du es bist.«

»Ach. Du kennst außer mir keinen armen Menschen?«

»Nein. Nicht einen einzigen. Bei uns am Internat werden Kinder, deren Eltern nicht mindestens einen Mercedes fahren, in Mobiliar verhext. Ernsthaft. Ich sitze gerade auf dem dicken Kind aus der Achten, dessen Eltern kürzlich eine Firmenpleite hatten. Er ist jetzt ein Sofa. Magische kapitalistische Scheiße, die hier abgeht. Niemand traut sich, da nur einmal klingeln zu lassen.«

Immer wenn jemand die Augen verdreht, weil er mich und meinen Humor für anstrengend hält, würde ich gern so was sagen wie: ›Ja, aber kennst du schon Luca?‹ Mir macht das nichts aus. Im Gegenteil.

Ich kann ›anstrengenden‹ Menschen viel abgewinnen. Ich mag Leute, deren Charakter Biss hat. Wer mir nahesteht, darf gern kompliziert sein, angeknackst und politisch unkorrekt.

Pascal ist ein virtuoser Klavierjunge, der Angst vor Frauen hat, weil er bisher nur von ihnen verstoßen und getreten wurde. Und Luca …

Mein Cousin hat keine dramatische Vorgeschichte. Seine Eltern lieben ihn, sie sind warmherzig, klug, wohlhabend – ich habe ihn immer darum beneidet, dass meine Tante seine und nicht meine Mutter ist. Nicht wegen des Geldes und des Bonzen-Internats. Sondern wegen des Lieb-gehabt-Werdens und Nicht-scheißegal-Seins.

Luca ist trotzdem exzentrisch. War er schon immer. Mit acht war er der Jüngste im Kindertheater und hat Rotkäppchen so emotional mitreißend und andersartig gespielt, dass sämtliche Erwachsenen im Saal am Ende des Stücks Tränen in den Augen hatten. Und verstört waren, weil der Kleine darauf bestanden hat, dass Rotkäppchen den Wolf selbst abmurkst, und dafür extra auf eigene Faust eine Tube Theaterblut in die Vorstellung geschmuggelt hat. Es war ein Kinder-

Ensemble. Da hätte nichts bluten sollen. Trotzdem gibt es ein Foto von meinem Cousin als Achtjähriger, wie er auf einer Bühne steht, als Rotkäppchen, mit blutverschmierten Händen und einem fetten Grinsen im Gesicht.

Dieses Ereignis ist mir so gut in Erinnerung geblieben, weil es Lucas Exzentrik auch heute noch perfekt umreißt: die Liebe zur Theatralik, zu düsterem Humor, der Mut, Klischees auf humorvolle, intelligente Weise infrage zu stellen. Ach, und der Drang, ständig im Mittelpunkt zu stehen. Unfassbar selbstverliebt, der Beknackte!

»Du rufst aber nicht etwa an, um mir zu sagen, dass du Weihnachten mit uns sausen lässt, oder?«, fragt Luca plötzlich nach und knirscht mit den bestimmt noch immer perlweißen, von einer sehr teuren Spange kerzengerade korrigierten Zähnen. »Remo. Wenn du nicht kommst, brichst du meinen Eltern das Herz. Und nur ich habe das Recht, die beiden ungestraft emotional zu zermürben! Du kannst Weihnachten nicht sausen lassen. Wer tut so etwas? Was ist denn bitte besser als Weihnachten? Sex? Treibst du es mit jemandem, der dich davon abhalten will, die Feiertage mit deiner Familie zu verbringen?! Wie boshaft! Was würde das Christkind dazu sagen? Und Jesus? Warte … Möglicherweise sind die beiden dieselbe Person. Mein Religionslehrer in der Grundschule hat übel genuschelt. Kaum zu verstehen, der arme Mann. So viele christliche Informationen sind an mir vorbeigegangen. Aber ich bin mir sicher, du vögelst im Moment eine Dämonin! Wieso fährt sie nicht auch zu ihrer Familie und ihr seht euch nach Weihnachten? Hat sie keine? Ist sie obdachlos? Ist sie nicht böse, sondern einfach arm? Lässt sie auch immer nur einmal klingeln? Ihr seid unglücklich verliebt, weil ihr so niemals telefonieren könnt! Oh Romeo, mein Romeo, warum ist dein Guthaben ständig alle?! Bitte, bring dich nicht um, Selbstmord wurde nur durch die Literatur und Autoren mit Alkoholproblem romantisiert!«

Ja. Ja, ich kann nachvollziehen, warum Pascal manchmal Kopfhörer trägt, wenn er beim Lesen in Ruhe gelassen werden möchte.

Wenn man gerade keine Lust auf einen absolut sinnfreien, humoristisch verarschenden Vortrag von einem zu schnell labernden Italienerjungen hat, sind Luca und ich bestimmt herausfordernd geräuschproduzierend. Ich kenne allerdings unseren geheimen Abschaltknopf.

»Es ist wirklich wichtig. Hörst du mir zu?«, will ich in ernstem Tonfall wissen.

»Ja«, lautet die knappe Antwort von Luca.

Wir wirken beide wie plappernde Egozentriker, aber wer uns näher kennt, weiß, dass wir auch still sein können. Wenn es wirklich wichtig ist, springt dieser Empathie-Modus an, der dafür sorgt, dass wir Leuten, die wir gernhaben, so lange zuhören können, wie sie reden möchten, ohne jemals ins Wort zu fallen. Unglaublich, aber wahr.

»Pascals Geschenk. Du weißt schon. Habt ihr es verschickt?«

»Ähm, ja. Ja, natürlich! Ich denke … Warte mal. Ich schalte dich auf Lautsprecher. David sitzt neben mir.«

Klar sitzt David neben ihm. Die beiden sind seit dem Kindergarten unzertrennlich. Nicht nur ich lebe mit einer kühlen Blondine zusammen, Luca und David teilen sich ein Zimmer an ihrem Bonzen-Internat. Mein Cousin ist ein wenig jünger als ich. Er macht in diesem Jahr seine Matura. Wobei mir bewusst wird …

»Es ist elf Uhr an einem Freitag. Wieso sitzt ihr eigentlich nicht im Unterricht?«

»Übst du das mit dem Lehrer-Sein gerade an uns?«, höre ich eine Stimme fragen, die meiner so gar nicht verwandtschaftlich ähnelt – eindeutig David. »Falls ja, lass es gut sein. Bevormundung von Menschen, die ich mal nackt von einem Balkon in einen Pool springen gesehen habe, nehme ich nicht an.«

David schafft es immer, auf eine arrogante Art genervt zu klingen. Selbst wenn er ›Happy Birthday‹ singt, klingt er, als würde er dabei die Auswahl des Tages deiner Geburt verurteilen.

»Deiner Freundin hat's gefallen«, kontere ich, vergesse dabei aber, dass David eine spezielle Einstellung zu anderen Menschen hat.

»Ja. Ihr gefallen auch geistlose Horrorfilme, in denen von Mördern verfolgte Menschen in einsame Wälder fliehen, anstatt die blinkende Polizeistation anzusteuern, und ein offensichtlich schwer suchtmittelabhängiger Johnny Depp, wenn er mit Eyeliner geschminkt wurde, um einen lallenden Piraten zu spielen, der aussieht, als würde er riechen. Falls dich die Einreihung deiner Bauchmuskeln in diese Liste stolz stimmt, dann herzlichen Glückwunsch. Ich bin nicht mit ihr zusammen, weil sie in allen Dingen einen besonders erlesenen Geschmack an den Tag legt. Ich brauche kein Gütesiegel von anderen. Aber glaub, was dich glücklich macht.«

Genau. Das ist David. Charmant wie ein Presslufthammer, der gelernt hat, hochnäsig und verurteilend zu sein. Tolle Mischung. Ich weiß nicht, warum Luca und er so einen guten Draht zueinander haben, aber die beiden beweisen, dass Gegensätze sich anziehen.

»David wollte damit sagen, dass er sich freut, wenn wir in den Weihnachtsferien abhängen, da ist nämlich immer was los«, übersetzt Luca, der wohl der einzige Mensch auf diesem Planeten ist, der zwischen den Zeilen von Davids herablassendem Geschwafel lesen kann. »Und ja, wir haben eigentlich Unterricht. Aber ich bin rausgegangen, um dich zurückzurufen.«

»David auch?«, will ich wissen.

»Ja. Luca ist aufgestanden und gegangen. Da bin ich mitgegangen.«

»Und jetzt sitzt ihr beide auf einem verhexten Jungen und telefoniert mit mir?!«

»Ja«, schallt es im Chor, mit irritiertem Unterton. Die beiden verstehen nicht, was ich daran befremdlich finde.

»Auf was für eine Schule geht ihr denn?! Einfach so aus dem Unterricht raus und rein, wie ihr Bock habt?!«

»Na ja. Ja. Es ist nur … Geschichte«, entgegnet Luca.

»Nein, wir haben Psychologie«, korrigiert David, brummt aber im nächsten Moment: »Oder Politiklehre. Ich weiß nicht, diese Vertretungslehrer sind so einschläfernd und ihre Stimmen so ängstlich leise, ich höre auch nur zehn Prozent. Irgendwas mit Stalingrad … Lässt sich auf alle genannten Fächer münzen.«

»Ihr verzogenen Internatsschnösel! Seid gefälligst nett zu euren armen, unterbezahlten Vertretungslehrern!«, knurre ich.

»Wir sind doch nett«, versichert Luca. »Wir gehen gleich wieder rein. Wenn wir hier fertig sind.«

»Nein, tun wir nicht«, höre ich David sagen. »Nicht Matura-relevant. Wir gehen da nicht mehr rein. Ich habe Hunger.«

Das mitunter einzig wirklich Erfrischende an ihm ist, dass er nicht lügt. David sieht keinen Sinn darin, anderen etwas schönzureden oder Gefühle zu schonen. Man weiß absolut immer, woran man bei ihm ist. Meistens ist man bei ihm an einem Eisblock festgefroren, aber hey, Luca findet das schön und auf nichts anderes kommt es an.

»Wäre ich euer Vertretungslehrer, würde ich euch suchen und zurückholen, wenn ihr einfach so während des Unterrichts abhaut, nur weil euer Telefon klingelt oder ihr Hunger habt.«

»Ach bitte«, setzt David an. »Schloss Lindemuth würde dich durchkauen und ausspucken. Weißt du, was hier mit übermotivierten Junglehrern passiert?«

»Was? Ihr wickelt sie in eure Gucci-Schals und opfert sie Satans verzogenem Sohn, damit er euch auf Instagram folgt?«

Wenn David denkt, rebellierende, missgelaunte Teenager würden mir Angst machen, liegt er falsch.

Das Internat, das die beiden besuchen, hat unter Lehrern und Erziehern einen gewissen Ruf. Schloss Lindemuth zahlt gut, Schloss Lindemuth macht sich gut im Lebenslauf, Schloss Lindemuth wird aber auch von einem Haufen größenwahnsinniger Teenager kontrolliert, die sich von ihren Eltern verstoßen fühlen.

Ich denke, ich weiß, wie man den Laden als Pädagoge aufmischen könnte. Gar nicht mal mit übertriebener Strenge, sondern mit vielen, vielen Umarmungen für all die Kiddies dort, die sich schlichtweg alleingelassen fühlen und jetzt sauer sind.

Luca ist einer der wenigen Internatsschüler, die regelmäßig nach Hause zu ihren Eltern fahren. Manche sind auch über die Feiertage im Schloss. Was traurig ist. Kein Wunder, dass sie abdrehen.

»Wir opfern hier doch niemanden«, versichert Luca, der eigentlich nur ans Internat wollte, weil David musste. Er passt wahrscheinlich nicht rein, aber er hat sich gut akklimatisiert und ist wohl der Schulfreak, weil er seine Eltern lieb hat.

»Wenn man Junglehrer bei uns ist, passiert es dir vielleicht, dass David Sex mit dir hat. Näher an ein Satanistenritual kommt man hier nicht ran«, verarscht Luca seinen besten Freund.

Mein Cousin lebt in einer Neuinterpretation von *Eiskalte Engel*. Sehr schön. Gemeine, notgeile Teenager in Schuluniformen und Kokskreuze. Ich fühle mich in meiner Version von *Moulin Rouge* wohler.

»David. Du hast den Brief für Pascal wirklich verschickt? An die Adresse, die ich dir gegeben habe?«, frage ich noch mal nach, weil ich merke, dass mein Kopf langsam träge wird.

Ich telefoniere eigentlich immer gern und lange mit Luca, aber ich bekomme wieder Schüttelfrost und das ist ein sicheres Zeichen dafür, dass ich meinen kranken Körper bald zurück ins Bett schleppen sollte.

»Nein. Ich habe gar nichts verschickt«, sagt David. »Mein Vater hat darauf bestanden, den Brief persönlich abzuschicken. Er hat sich um alles gekümmert. Das hat er aber schon vor über einer Woche getan. Der Brief müsste mittlerweile angekommen sein.«

Ich seufze. »Ist er nicht.«

»Sag mal, weinst du?!«, höre ich Luca plötzlich rufen.

»Nein!«, knurre ich und versuche, das Zittern in meiner Stimme zu unterdrücken, das er herausgehört hat. »Wieso sollte ich denn bitte weinen?!«

Der Schüttelfrost lässt meine Kehle vibrieren.

»Ich kann meinen Vater bitten, dir noch mal alles zukommen zu lassen«, bietet David an, der wohl gerade einen spontanen Anfall hat, der ihn wie einen Menschen mit Empathie klingen lässt.

»Nein. Schon gut. Pascal fährt morgen nach Frankreich. Entweder heute oder erst mal gar nicht ...«

»Remo, bist du krank?«, höre ich Luca fragen und schrecke hoch, weil ich selbst merke, dass ich wie ein sterbender Zombie geklungen habe.

Ich muss mich noch mal kurz zusammenreißen. Ich will nicht, dass Luca sich Sorgen macht.

»Nur ein Kratzen im Hals! Mein Gaumenzäpfchen schmerzt, nichts weiter!«, versichere ich.

»Uvula«, sagt David.

»Was?«

»Du meinst die Uvula. So nennt sich das Gaumenzäpfchen.«

Ich wusste, das Ding hat einen echten Namen! Manchmal sind David und sein böser, aber durchaus gebildeter Verstand nützlich.

»Pass auf. Wenn du starke Halsschmerzen hast, dich sehr abgeschlagen fühlst oder hohes Fieber bekommst, könnte das auf eine Angina hindeuten. Damit ist nicht zu spaßen.«

»Ich bin nicht krank!«, brumme ich, auch wenn ich den siebzehnjährigen Doktor, den ich ungefragt konsultiere, lieber fragen würde, was ich dagegen einwerfen kann.

Scheiße, ich habe eine Angina!

»Wir sehen uns dann am Sonntag am Flughafen«, sage ich und stelle damit klar, dass ich auflegen möchte.

»Du kommst also sicher?«, will Luca bestätigt haben.

»Ja!«

»Was ist mit deiner obdachlosen Freundin mit dem Wertkarten-handy?«

»Die fliegt mit Jesus und dem Christkind über Weihnachten zum Nordpol. Ci si vede, Luca. Danke, David.«

»Sag mal, sind Jesus und das Christkind nun ein Mensch oder zwei?«, will Luca wissen. Das geht nicht mehr an mich, sondern an David, dessen Antwort ich auch noch höre.

»Das habe ich dich vorhin schon fragen hören. Bist du tatsächlich so blöd?«

Ich denke, Luca sagt schlichtweg ›Ja‹ auf diese Frage, aber ich lege auf.

So gern ich die beiden auch diskutieren höre, ich bin fix und alle und nicht mehr aufnahmefähig. Die Tatsache, dass ich mich umsonst hierhergeschleppt habe und Pascal ohne mein Geschenk nach Frankreich fährt, zermürbt mich. Klar, ich könnte ihm einfach sagen, was ich ihm schenke, aber ohne irgendetwas in der Hand hält er das Ganze am Ende noch für eine Verarsche.

Ich trotte zurück zum Hinterausgang und beschließe, mir zu Hause etwas einfallen zu lassen. In meinem Bett, mit einer neuen Packung Rachendrachen. Oder ich lege mich einfach hier auf die Tanzfläche und verrecke. Ja, das ist ein guter Plan. Zumal die verdammte Tür nicht mehr aufgeht!

Der elektrische Schließmechanismus reagiert nicht auf meine Karte, egal was ich mache. Einen Schlüssel für das mechanische Schloss habe ich nicht. Niemand hat einen, nur Vincent.

Okay. Deshalb war der sexy Knopf ein verbotener Knopf. Klar musste ich ihn drücken. Mehrmals. Wiederholtes Drauftatschen macht übrigens nicht wieder gut, was das erste Mal Drücken ausgelöst hat.

Eingesperrt in einem Club. Mit Angina. Super Start in die Winterferien.

•FREUNDSCHAFT•
Ein Netz unter sich spüren, wenn alle anderen Stricke reißen

»Remo?«

…

»Kannst du mich hören?«

…

»Hallo? Remo?«

…

Ich schrecke hoch, weil ich davon geträumt habe, dass ich mich selbst zu Hause auf dem Sofa nerve. Das hier ist aber nicht das Studentenwohnheim, nicht mein Sofa und nicht meine Stimme.

»Pascal?«, murmle ich verwirrt, weil ich mir keinen Reim darauf machen kann, wie er in meinen Käfig kommt.

Ich bin im SORT. Ich war am Arbeiten, oder?

»Remo, du bist so heiß, du verglühst.«

»Danke«, entgegne ich, weil solche blöden Witze quasi automatisiert aus meinem Mund feuern.

»Na zumindest kannst du noch scherzen«, stellt Pascal fest und klingt erleichtert. »Aber du hast eindeutig Fieber.«

Er legt mir die Hand an die Stirn. Ich blinzle ihn noch immer fragend an.

»Wie kommst du hierher?«, will ich wissen und beginne, zu schnallen, dass ich nicht arbeite und der Club leer ist.

Pascal war noch nie hier. Er geht nicht in Clubs und ich mache ihm das Ganze auch garantiert nicht schmackhaft, weil ich nicht will, dass er sieht, was ich hier tue.

»Du redest immer davon, dass alle Mitarbeiter den Hintereingang benutzen. Ich bin einfach um das Gebäude gelaufen, bis ich einen Hintereingang gefunden habe.«

Langsam dämmert mir wieder, was passiert ist. Ich war hier, um den Brief von Davids Vater abzuholen, habe mit Luca telefoniert, den blöden Knopf gedrückt …

»Warte! Die Tür ist wieder offen?«, frage ich, will mich hochraffen und stoße dabei beinahe Pascal von meinem Podest. Er hält sich gerade noch so an den Gitterstäben fest.

»Ähm … nein, befürchte ich. Ich konnte sie von außen öffnen, aber als sie hinter mir zugefallen ist, habe ich ein seltsames elektrisches Surren gehört und sie dann nicht mehr aufbekommen. Aber du hast einen Schlüssel, oder?«

Ich seufze. Mein Hals fühlt sich an, als hätte ich eine Käsereibe verschluckt. Mein Kopf dröhnt.

»Meine Magnetkarte funktioniert nicht. Der Mechanismus ist kaputt. Irgendein Vollidiot hat ihn kaputtge-one-night-standed«, sage ich zu Pascal, der verkniffen schmunzelt.

»Irgendein Vollidiot, was?«

»Ja. Scharfer Typ. Etwas dumm, aber lieb.«

»Remo?«

»Ja.«

»Ich verstehe, wie du dich im Club eingesperrt hast, aber wieso hast du dich in diesen Käfig gesetzt, um zu schlafen?«

»Ähm …«

Ich bin wohl aus Gewohnheit hier reingestiegen. Das Fieber hat mich nicht vernünftig nachdenken lassen, ich habe einfach das gemacht, was ich immer tue, wenn ich hier bin. In meinen Käfig steigen. Dann habe ich mich auf meiner Jacke zusammengerollt und bin eingeschlafen.

»Wieso bist du eigentlich hier? Habe ich dich angerufen?«, stelle ich Pascal eine Gegenfrage, um davon abzulenken, dass wir beide in meinem Go-go-Käfig sitzen und reden.

Meine Erinnerungen, was die Zeit kurz vor meinem Fieber-Nickerchen betrifft, sind etwas verschwommen.

»Nein, hast du nicht«, entgegnet er.

Seine Stimme klingt durchgehend so ungewohnt sanft und angenehm, dass ich gern wieder einschlafen würde. Nicht weil Pascals Anwesenheit mich langweilt, sondern weil sie mich beruhigt.

»Ich habe versucht, dich zu erreichen, aber du bist nicht rangegangen. Du warst heute Morgen nach dem Aufwachen so seltsam aufgedreht. Ich habe mir Sorgen gemacht, als ich von meiner Prüfung zurückgekommen bin und du noch immer nicht zu Hause warst. Du wolltest nur kurz wegbleiben. Also bin ich los, um dich zu suchen. Ich wusste ja, dass du hierher wolltest. Du sturer Idiot. Ich habe dir gesagt, bleib im Bett. Wieso hast du dir das denn zugemutet?«

Ich starre Pascal überfordert an. Dass jemand nach mir sucht, weil ihm die bloße Vorstellung, dass ich krank sein könnte, Sorgen bereitet, ist mir neu. Ich habe mal eine ganze Nacht lang mit einer Lungenentzündung am Straßenrand gesessen und niemanden hat es gekümmert, ob ich wieder aufstehe oder nicht. Daran war ich eher gewöhnt. Freunde zu haben, aber trotzdem die meiste Zeit allein zu sein. Das ist jetzt anders. Seit ich mit Pascal zusammenlebe, ist da jemand, der mich suchen kommt, wenn ich nicht nach Hause komme.

Meine größte Angst als Teenager war immer, irgendwo allein zu sterben und liegen gelassen zu werden. Weil niemand mich suchen kommt, niemand mich vermisst. Damals war ich auf dem Zenit meiner Einsamkeit und Ängste. Danach wurde es kontinuierlich besser. Ich hatte Freunde, Kollegen, ein Umfeld, wieder Kontakt zu meiner Familie im Ausland ... Und trotzdem, jemanden im Alltag um mich zu haben, der immer Bescheid weiß, wie es mir geht, den es interessiert und der für mich in einen Go-go-Käfig klettert, obwohl ich ihm alle Rachendrachen weggefuttert habe, das ist ... schön.

Genau deshalb war es mir auch so wichtig, Pascal dieses Weihnachtsgeschenk zu machen. Ein ›Danke‹ für eine Freundschaft, die sich besonders anfühlt. Ein ›Danke‹ für den Jungen, der meine alten Wunden mit seinen Pflasterchen flickt, obwohl er sie selbst brauchen kann.

»Ich wollte hier …«, setze ich an und werde plötzlich nervös, weil ich nicht kitschig klingen möchte. Außerdem knallen der Schüttelfrost und das Fieber wieder rein. »Ich wollte dir … Ein Weihnachtsgeschenk. Macht man eben! Das wollte ich hier holen.«

»Du wolltest mir ein Weihnachtsgeschenk besorgen? Hier? Was hattest du vor? Wodka klauen?«, fragt Pascal und grinst mich mild an.

Ich denke, er nimmt mich gerade nicht für voll. Natürlich klaue ich für ihn keinen Wodka! Ich meine, ich klaue manchmal hier Red Bull, aber das ist etwas anderes.

»Nein, ich wollte dir … einen Brief geben.«

»Einen Brief?«, wiederholt Pascal sanft und blinzelt mich dann mit etwas verkniffenen Engelsaugen an. »Remo, wenn das jetzt so was wie ein Liebesgeständnis werden soll, dann … Ich weiß, ich rede oft davon, dass Frauen mir zu schaffen machen, aber ich bin wirklich nicht … Wäre ich schwul, hätte ich dir das gesagt!«

Ich murre ihn an: »Kein Liebesbrief! Denkst du wirklich, ich schreibe dir einen Liebesbrief?! Und schicke ihn dann hierher, um ihn selbst abzuholen?! Wie verwirrt bin ich denn in deiner Vorstellung?«

»Sorry. Klang so. Nichts für ungut«, versichert er.

»Nein. Kein Liebesbrief. Ich will dich doch nicht daten, ich will nur, dass du dich mit dem Vater meines Bekannten triffst!«

Pascals Augen werden riesig und etwas ängstlich. »Ähm … ich soll mich mit jemandes Vater treffen? Auf ein Date?«

»Ja!«

Als ich sehe, dass Pascal sein Schlechte-Weintraube-Gesicht macht, fällt mir auf, dass er mir nicht folgen kann.

»Nein! Ich meine … du sollst dich mit Davids Vater treffen! Davids und Alexanders Vater!«

Ich betone ihre Namen wie ein Idiot, aber das bringt Pascal herzlich wenig.

»Ich soll mich also mit zwei Vätern treffen? Aber wieso?«

»Na zum Klavierspielen!«, knurre ich ihn an, weil die Sache für mich und Angina schon längst auf der Hand liegt. »Mit Davids Vater, Pascal!«

»Ja, okay! Ich höre dich ja. Du hast einen Brief geschrieben, in dem du mich bittest, dass ich mit einem Vater, der einen Sohn namens David hat, Klavier spiele.«

»So ein Schwachsinn! Wie superschräg wäre das denn?!«, frage ich. »Davids Vater hat dir natürlich den Brief geschrieben!«

Pascal zieht eine Braue nach oben. »Ja. Okay. DAS ist jetzt superschräg.«

»Du magst mein Geschenk nicht?«, frage ich und kann nicht verhindern, wie ein sehr gekränkter Spinner zu klingen. Irgendwo in meinem Bewusstsein ist mir klar, dass ich gerade Blödsinn rede und schwachsinnig reagiere.

»Du meinst den Vater, der mir den Brief geschrieben hat? Nein, ich mag das überhaupt nicht. Ich würde mich gerade ehrlich gesagt gern unter die Dusche stellen und meine Knie umklammern. Aber wir reden am besten morgen noch mal darüber. Wenn du mir ohne ganz so hohes Fieber erklären kannst, wieso du fremde Männer anspornst, mir Briefe zu schreiben.«

»Okay«, gebe ich schulterzuckend klein bei, weil ich auch einsehe, dass dieses Gespräch gerade wenig Sinn macht.

»Komm jetzt, Remo. Wir schaffen dich erst mal aus diesem Käfig und dann rufe ich jemanden an, der uns hier rauslässt, ohne die Tür wieder zufallen zu lassen.«

»Okay.«

»Kannst du allein runterklettern, ohne dir den Hals zu brechen?«

»Nö.«

»Sehr schön …«, seufzt die melodischste Stimme der Welt.

Pascal klettert voraus. Die Plattform ist vielleicht einen Meter sechzig hoch. Unter normalen Umständen springe ich ohne Probleme auf und ab, aber ich kann die Hände im Moment nicht mal mehr vernünftig zur Faust schließen, geschweige denn mich an den Stangen festhalten oder mich darauf verlassen, dass meine Beinmuskulatur den Aufprall abfedert.

Ohne Hilfe würde ich wie ein nasser, fiebriger Sack Reis auf der Tanzfläche aufschlagen. Werde ich auch, Pascal kann mich nämlich unmöglich halten.

»Warte, langsam. Hier, ich hebe dich runter, komm her.«

»Nein.«

»Doch.«

Ich bin zwar etwas durch den Wind, aber selbst mir ist klar, dass Pascal sich gerade ziemlich überschätzt. Ihm nicht. Er streckt die Klavierspielerhändchen nach mir aus.

»Ich wiege einundachtzig Kilo. Kannst du einundachtzig Kilo aus der Luft fangen und sanft absetzen?«, frage ich.

Pascal bekommt große, blinzelnde Augen. »Was?! Einundachtzig?! Wieso wiegst du denn so viel?! Du siehst schlanker aus!«

»Muskeln sind schwer. Wüsstest du. Wenn du welche hättest.«

Er brummt vor sich hin, nimmt die Hände aber nicht runter. »Stärker werde ich heute nicht mehr. Komm einfach. Ich fang dich schon irgendwie auf.«

Okay. Irgendwie. Irgendwie werde ich den hübschen Jungen jetzt zerquetschen.

Ich beuge mich vorsichtig über den Rand der Plattform, versuche, mich an Pascal festzuhalten, umarme aber irgendwie nur seinen Kopf. Er schreit mich an. Nein, das wird so nichts. Wir sterben hier heute beide.

»Voll oder krank?«

Die durchdringende Stimme, die plötzlich ertönt, lässt Pascal erschrocken zusammenzucken. Ich bin an den dunklen Bass gewöhnt. Auch daran, dass er ab und an sehr unerwartet auftaucht. Ich denke, er ploppt dann aus einer Wolke *Hugo Boss*-Parfum raus. Ähnlich wie der Teufel, nur ohne Hufe, sondern immer in italienischen Lederschuhen.

»Ist er betrunken oder krank?«, wiederholt Vincent seine Frage an Pascal, diesmal langsamer und eindringlicher.

»Er ist krank. Er hat Fieber, aber ich kann nicht …«

»Geh zur Seite«, weist die dunkelste Stimme der Welt Pascal an. Anstatt hübscher, schlanker Klavierspielerhände sind da plötzlich diese sehnigen Unterarme mit den Rabenfedern, die mich aus meinem Käfig ziehen.

Vincent knurrt angestrengt, als sich das Gewicht meines fieberbedingt schlappen Körpers auf ihm breitmacht.

»Du bist zu oft im Gym, du schwerer kleiner Pinscher. Geh mal laufen.« Er setzt mich auf der Tanzfläche ab. »Kannst du allein stehen?«

»Ja.«

Pascal kommt trotzdem zu mir und bietet mir seine Schultern an.

»Ich danke Ihnen. Allein hätte ich ihn da nicht runterbekommen«, sagt er.

Der Teufel in den italienischen Schuhen brummt. »Abwärts schafft er es normalerweise immer allein.«

»Wieso bist du hier?«, will ich wissen, weil ich mir keinen Reim darauf machen kann, dass Vincent aufgetaucht ist. Ja, das ist sein Laden, aber er kommt sonst auch nur zu jedem Neumond vorbei und sieht nach dem Rechten.

»Warum ich hier bin? Weil du mir auf die Mailbox gesprochen hast, dass du Sex mit meinem roten Knopf hattest und jetzt mit Angina im

Club feststeckst. Ich dachte, du wärst voll und mit einem Mädchen hier eingesperrt, dessen Namen du lallst.« Vincent seufzt. »Klar drückst du den blöden Knopf. Das hätte ich kommen sehen müssen. Entschuldige bitte. Du arbeitest jetzt so lange für mich und ich verfalle Jahr für Jahr der traumtänzerischen Annahme, du wärst erwachsen geworden und man könnte dich ab jetzt mit einem roten Knopf allein lassen.«

»Ja, das ist echt blöd von dir«, bestätige ich Vincent in seiner Selbstreflexion.

Er lacht dunkel. »Soll ich dich nach Hause fahren? Du gehörst ins Bett.«

»Ja, bitte.«

»Können Sie ihn kurz mal nehmen? Ich hole seine Tasche«, kündigt Pascal an und läuft auf die andere Seite der Tanzfläche, wo meine Umhängetasche liegt.

Ich halte mich nicht wirklich an Vincent fest, meine Schulter sucht nur Gleichgewicht an seiner.

»Wer ist das?«, will er von mir wissen.

»Mitbewohner. Bester Freund. Pascal«, murmle ich.

»Er siezt mich.«

»Ja. Weil du alt bist.«

»Höflicher Junge. Ich kann ihn nicht leiden.«

»Ist okay. Er dich wahrscheinlich auch nicht«, mutmaße ich vor mich hin.

Als wir vor Vincents schwarzem SUV ankommen, verfrachtet Pascal mich und sich auf den Rücksitz. Kurz an die frische Luft zu kommen, hat meinen Kopf klarer gemacht. Außerdem riecht es in Vincents Auto immer toll und es gibt Sitzheizung. Ich fühle mich etwas besser als im Club.

»Entschuldige«, murmle ich vor mich hin und blicke dann zur Seite zu Pascal.

»Für was denn?«

»Dass du extra herkommen und mich Schwachsinn labern hören musstest. Du fährst doch morgen früh nach Frankreich, du wolltest bestimmt packen.«

»Ach. Schon gut. So konnte ich endlich mal sehen, wo du kellnerst.«

Mein Blick schweift umgehend zum Rückspiegel, weil ich Vincents Mustern kommen spüre. Er zieht eine Braue nach oben. Ich lasse meine Augen mit ihm sprechen.

Ja, Pascal denkt, ich kellnere für dich! Ich wäre dir äußerst verbunden, wenn du nicht erwähnen würdest, dass ich eigentlich zu Musik mit dem Arsch wackle.

Vincent schweigt. Er grinst nur vor sich hin.

»Der Club ist schön. Macht bestimmt Spaß, dort zu arbeiten«, mutmaßt Pascal.

»Suchst du einen Job?«, tönt es von vorn.

»Nein, tut er nicht!«, erwidere ich etwas zu energisch. Ich erschrecke Pascal beinahe, weil ich so bestimmend für ihn antworte. »Er will nicht im SORT arbeiten!«

Vincent knurrt leise. Er mustert Pascal über den Rückspiegel, ohne wirklich eine Regung in seiner Miene zu zeigen.

»Ich dachte auch nicht an einen Job im SORT. Im SORT ist nichts frei. Aber ich würde etwas in der Agentur für dich finden. Falls du Interesse hast. Bei Evig Roses.«

»Nein! Nein, hat er nicht! Frag nicht! Pascal will nicht bei Evig Roses arbeiten!«

»Ach, und du bist Pascals Pressesprecher? Kann er auch allein antworten?«, will Vincent wissen.

Mein Herz schlägt mir auf einmal bis zum Hals, weil Pascal unmöglich verstehen kann, was Vincent ihm anbietet. Etwas, mit dem er zweifelsohne viel Geld verdienen würde, aber zu einem Preis, der für jemanden mit Pascals Ängsten untragbar wäre.

»Ich suche im Moment wirklich keinen Job, das Studium und die Musik vereinnahmen mich zu sehr, aber danke für Ihr Angebot«, entgegnet er höflich und ich kann erleichtert aufatmen.

Vincent verdreht die Augen, weil ihn das Siezen nervt. Er hätte Pascal trotzdem gern in der Agentur. Ich weiß, warum. Weil er sich mit ihm in kürzester Zeit eine goldene Nase verdienen würde.

»Mein Angebot bleibt bestehen. Sag Bescheid, wenn du mal Geld brauchst. Oder ein Darlehen.«

Ich trete gegen Vincents Sitz. Klar, ich mag ihn, ich bin ihm dankbar. Aber nur weil ich gut mit ihm auskomme und wir eine gemeinsame Vergangenheit haben, heißt das nicht, dass ich vergesse, dass er der Teufel sein kann. Ich habe mich mit Luzifer angefreundet. Mich fährt er rum, wenn ich krank bin, aber andere zieht er nach wie vor gern zu sich ins Feuer. Das ist ein wenig so, als hätte ich einen Dobermann, von dem ich weiß, dass er mich nicht beißen würde, weil er an meine Gesellschaft und an meinen Geruch gewöhnt ist, aber ich kann nicht garantieren, was er mit Fremden tut.

»Wieso warst du heute überhaupt im Club?«, fragt der Dobermann, der mir mein Gehalt zahlt. »Du weißt, dass wir wegen des Rohrbruchs geschlossen haben.«

»Ja. Aber ich wollte deine Post durchwühlen«, gebe ich zu und kann den Kopf wieder entspannter in den Sitz betten, zumal Vincent aufgehört hat, Pascal zu seinem lukrativsten Stricher machen zu wollen.

»Du meinst, weil du die Anschrift meines Ladens an Leute rausgibst, mit denen du anscheinend private Brieffreundschaften pflegst? Deshalb durchwühlst du meine Geschäftspost?«

Ich stutze.

Vincent greift nach dem Handschuhfach und zieht einen Brief raus, den er mir nach hinten reicht. »Hier. Kam vorgestern an. Stefanie hat ihn aus Versehen in meine Privatpost einsortiert. Sag mal, habt ihr keine Briefkästen im Studentenwohnheim? Oder hat euer Haus keine Adresse? Ich bin nicht dein persönlicher privater Postbote! Hörst du?!«

Nein, ich höre nicht mehr. Ich blicke müde schmunzelnd, aber glücklich auf den Brief, der mich heute überhaupt erst aus dem Bett getrieben hat.

»Hier.« Ich strecke ihn Pascal hin.

Er blinzelt ihn skeptisch an. »Ist das ...«

»Lies ihn einfach«, schlage ich vor.

Ich weiß, dass ich vorhin kurz nach dem Aufwachen ziemlich viel verwirrenden Schwachsinn von mir gegeben habe. Umso glücklicher bin ich, dass ich Pascal das alles nicht noch mal erklären muss. Er erklärt es sich gleich beim Lesen selbst.

Die Notenblätter, die er aus dem Umschlag zieht, irritieren ihn merklich. Erst als er den Brief in die Finger bekommt, ändert sich sein Gesichtsausdruck von verwirrt zu ... Ich weiß nicht, er sieht irgendwie aus, als hätte er einen kleinen Schock, aber auf eine gute Art. Jetzt isst er leckere Weintrauben.

»Du ... Das ist ... Remo! Das ist ...« Pascal schüttelt ungläubig den Kopf. »Christian Löwenstein«, flüstert er den Namen des Absenders – ein Name, zu dem er bereits eine Assoziation hatte, bevor ich ihm diesen Brief gegeben habe.

Davids Vater ist ein sehr bekannter, sehr begnadeter Pianist. Mir war das immer ziemlich egal, zumindest bis Pascal irgendwann mal beiläufig erwähnt hat, wie schwer es sei, Unterricht von guten Klavierlehrern zu bekommen.

»Du schenkst mir Stunden bei Christian Löwenstein?«, will er bestätigt haben und sieht mich an, als hätte ich ihm zehntausend Euro in diesen Umschlag gesteckt.

So schwer war es gar nicht, ihn zu überreden, Pascal ein paar Stunden seiner Zeit zu schenken.

Nachdem ich ihm Aufnahmen von Pascals Proben und den Video-link zu seinem Auftritt im Louvre geschickt hatte, war Herr Löwenstein so begeistert, dass ich mir nicht sicher bin, wer von den beiden sich mittlerweile mehr auf dieses Kennenlernen freut.

Ich grinse Pascal an. »Mhm. Du dachtest, ich will, dass du mit irgendeinem alten Spinner am Klavier sitzt, oder?«

»Oh mein Gott, ja!«, gesteht er und lacht erleichtert. »Ich konnte ja nicht wissen, dass du die Löwensteins kennst!«

»Mein Cousin ist der beste Freund von David Löwenstein.«

»Das ist … unglaublich toll!«

»Na ja. Für dich vielleicht. Ich muss David kennen, also …«

»Danke, Remo. Das ist das beste Geschenk, das mir jemals jemand gemacht hat!« Pascals Euphorie ebbt plötzlich ab. Er mustert mich beschämt. »Ich … kann da nicht wirklich mithalten. Ich habe nichts vergleichbar Besonderes für dich.«

»Ich weiß. Merk dir das Gefühl der Scham, ich brauche vielleicht einen Teil deiner Niere, meine fühlt sich komisch an.«

Er lacht. »Joyeux Noël, Remo. Merci beaucoup.«

»Ja. Gucci, gucci, ya-ya, da-da auch dir.«

•FREUNDSCHAFT•
Verstanden werden, obwohl man die richtigen Worte nicht gefunden hat

DAS BUCH ZUR KURZGESCHICHTE

Teach me Love: Once & Twice

Als Taschenbuch & E-Book
New Adult (ab 17 Jahren empfohlen)

Es gibt viele Gründe, um auszuziehen. Du hast einfach Lust auf einen Tapetenwechsel, dein Nachbar möchte plötzlich Death-Metal-Schlagzeuger werden oder dein Freund entdeckt seine Leidenschaft für gynäkologische Untersuchungen an anderen Frauen. Ich würde wirklich gern den Death-Metal-Typen als Grund vorschieben, aber um bei der Wahrheit zu bleiben: Ich bin wegen der Sache mit dem Gynäkologie-Hobby ausgezogen.
Jetzt bin ich vorübergehend heimatlos. Wobei, ganz ohne einen Platz zum Schlafen muss ich nicht auskommen. Es gibt da diese Übergangslösung – eher unkonventionell, aber doch spannender als vermutet. Und heißer. Was hauptsächlich dem unwirklich attraktiven Französischlehrer zuzuschreiben ist, der verblüffend viel hinter dem höflichen Lächeln versteckt hält. Ein wenig trägt auch der knurrende Sportlehrer zu meinem reizvoll-frivolen Abenteuer bei, aber der Mann hat ein Dominanzproblem. Außerdem ist er ein Arschloch. Teilweise. Manchmal. Ich kann ihm trotzdem nicht aus dem Weg gehen, weil ich anscheinend einen Knall habe. Verknallt bin ich aber nicht! Das ist alles nur lockerer Spaß, den wir geheim halten müssen, da die beiden natürlich einen Ruf zu verlieren haben.

Jessica Bernett

Informationen zur Kurzgeschichte:

Im Universum der Artus Saga wird es winterlich und mystisch. Begleitet einen besonderen Charakter der ›Elayne‹-Trilogie auf einer äußerst wichtigen Mission. Ebenfalls unabhängig von den dazu gehörenden Büchern zu lesen, da die Kurzgeschichte vor der Reihe spielt. Ihr werdet allerdings so einigen Charakteren begegnen, die ihr später in der Elayne-Geschichte wieder trefft.

Über die Autorin:

Jessica Bernett wurde an einem sonnigen Herbsttag im Jahre 1978 als Enkelin eines Buchdruckers in Wiesbaden geboren. Am liebsten würde sie die ganze Welt bereisen und an jedem Ort einige Monate verbringen. Aktuell lebt sie mit ihrem Mann, ihren beiden Kindern und zwei Katzen in Mainz.

Sie liebt starke Frauenfiguren, die sie in spannende Geschichten verwickelt und tobt sich in allen Bereichen der Fantasy aus, von historischer Fantasy über Urban Fantasy bis hin zur Science Fantasy.

Wenn sie nicht gerade in Abenteuern mit ihren Kindern versinkt, schreibt oder von neuen Geschichten träumt, tummelt sie sich mit Vorliebe auf Conventions, um sich mit Gleichgesinnten über Lieblingsserien, Filme und Bücher auszutauschen.

MITTWINTERRABE

Nervös faltete Cundrie die Hände und lauschte den Worten ihrer Herrin. Sie befanden sich im Gemach der Hohepriesterin, die einen besonderen Auftrag zu vergeben und diese fünf Priesterinnen dazu ausgewählt hatte, ihn auszuführen. Feuerschalen in den Ecken des Raumes spendeten Wärme an diesem kalten Tag und ein angenehmes Licht.

»Die Reise wird beschwerlich«, verkündete Vivienne nun mit ihrer warmen Stimme, die dennoch stets Respekt erzeugte. »Ihr werdet Gefahren ausgesetzt, vor denen ich euch nicht beschützen kann. Ich werde euch Krieger mitgeben, zwei an der Zahl. Jede von euch wird außerdem eine Novizin mitnehmen, um sie in die geweihten Riten einzuführen. Heute Abend opfern wir eine Ziege aus unserer Herde, ich werde ihre Milch und ihr Blut weihen. Diese werdet ihr zu den heiligen Steinen tragen und dort zu Mittwinter Flammen aus der Kohle von Avalons Feuer entzünden.«

Fünf Priesterinnen, fünf Steinkreise. Jede von ihnen würde die alten Riten ausführen und so dem Volk Hoffnung schenken und es daran erinnern, dass Avalon es nicht vergessen hatte. Die Götter wachten noch immer über Britannien, auch wenn die Zeiten schwer waren.

Vivienne winkte sie herbei, damit die Frauen sich um ihren steinernen Tisch versammelten, auf dem eine Karte Britanniens ausgebreitet war. Die Herrin war von zierlicher Gestalt, kleiner als Cundrie und die anderen. Ihr Gesicht wirkte jung, doch ihre dunklen Zöpfe waren von vielen weißen Strähnen durchzogen, die von der Erfahrung und Weisheit der Herrin zeugten. Die Hohepriesterin Avalons erläuterte nun, welche von ihnen zu welchem Kreis gehen würde.

Stirnrunzelnd registrierte Cundrie, dass Vivienne eine andere Priesterin für den nördlichsten Steinkreis erwählt hatte.

»Du zweifelst«, erkannte die Herrin.

Es war jedes Mal überraschend, wenn Vivienne das aussprach, was man selbst dachte.

»Es ist nur …« Cundrie senkte den Blick auf die Karte. »Ich glaubte, da ich mich dort auskenne, würdest du mich dorthin schicken, meine Herrin.«

Vivienne nickte gnädig. »Wir sollten es stets begrüßen, wenn wir neue Erfahrungen machen und altbewährte Wege verlassen dürfen.« Sie deutete auf einen kleinen Steinkreis in Dumnonia, kaum zwei Tagesreisen von Avalon entfernt. »Du wirst hier deinen Dienst an den Göttern verrichten, Cundrie.«

Die junge Priesterin spürte die Enttäuschung in ihrer Brust, wie ein festes Band, das um sie geschnürt wurde. Doch sie würde der Herrin vom See nicht vor den anderen Priesterinnen widersprechen. Daher nickte sie, hielt den Blick weiterhin gesenkt und lauschte den Anweisungen der Herrin.

Nachdem Vivienne alles erklärt hatte, atmete sie tief durch. »Gibt es Fragen?«

Keine sagte etwas, daher nickte sie zufrieden. »Dann geht in eure Unterkunft, schlaft und genießt die letzten Stunden in euren eigenen Betten. Eine lange Reise steht euch bevor, für jede von euch.«

Cundrie seufzte. Für jede, nur nicht für sie.

»Cundrie«, vernahm sie die Stimme ihrer Herrin und zuckte zusammen. »Bitte bleib kurz.«

Die junge Priesterin machte sich auf eine Ermahnung gefasst. Vivienne war seit Jahrzehnten Herrin der Nebelinsel. Niemand wagte es, ihr zu widersprechen. Ihre Gestalt mochte zart wirken, beinahe zerbrechlich, doch sie führte die Priesterinnen und all jene, die Avalon dienten, mit fester und mütterlicher Hand.

»Ich sehe, dass du nicht einverstanden bist. Doch es gibt weitere Gründe, dich nicht in den Norden zu schicken.«

Stirnrunzelnd blickte Cundrie auf und strich sich eine schwarze Haarsträhne aus dem Gesicht, die sich aus ihrem Zopf gelöst hatte.

Die Herrin kam um ihren steinernen Tisch herum und schenkte ihr ein Lächeln. »Du zweifelst doch nicht etwa an meinen Beweggründen?«

»Natürlich nicht, Herrin«, sprach Cundrie.

Vivienne seufzte. »Du weißt, dass ich dich kenne, seit du als Kind nach Avalon kamst. Du kannst mir nichts vormachen.«

»Ich weiß.« Nun wagte Cundrie es doch, länger aufzusehen. »Du kennst die Geheimnisse der Götter, du siehst Dinge, die wir nicht sehen.«

Die Herrin vom See lachte auf. »Das denkst du? Hmm, gut. Dennoch glaube ich, dass es andere gibt, die mehr sehen als ich.« Sie vollführte eine ausschweifende Handbewegung, die ihr Gemach umfasste. »Seit Jahrzehnten habe ich diese Insel nicht verlassen. Mein

Wissen beziehe ich allein durch das, was die Götter mir schenken …
oder das, was die Klatschgeschichten der Fischer mir zu Ohren bringen.«

Vivienne trat näher an sie heran und strich ihr die widerspenstige Strähne aus dem Gesicht. Sie wirkte in diesem Moment so mütterlich, wie Cundrie es von ihrer eigenen längst verstorbenen Mutter nicht kannte. Unbewusst wanderte ihre Hand zu dem Rabenanhänger, den sie über dem Gewand trug.

»Komm morgen beim Sonnenaufgang an die Stege«, bat Vivienne und zog ihre Hand zurück. »Dann wirst du verstehen, was ich mit dir vorhabe. Worte wären an dieser Stelle nicht ausreichend.«

Cundrie nickte gehorsam. »Danke, meine Herrin.«

Vivienne lachte erneut. »Danke mir erst, wenn du weißt, was ich dir aufbürde. Nun geh, denn auch dich erwartet eine lange Reise.«

Später in der Unterkunft dachte die junge Priesterin über Viviennes Worte nach. Es war typisch für die Herrin, ihre Anweisungen in Rätsel zu hüllen. Als wollte sie damit prüfen, wie geduldig ihre Schülerinnen waren.

Aber Geduld hatte nie zu Cundries Stärken gehört und so fand sie kaum in den Schlaf, da ihre Gedanken um den nächsten Tag kreisten. Der Schlummer war mehr eine Trance und sie erwachte vor dem ersten Läuten der diensthabenden Priesterin, die zur Morgenandacht rief.

Fünf Priesterinnen teilten sich jeweils eine Hütte und Cundrie bemühte sich, leise zu sein, um ihre Schwestern nicht zu wecken. Sie hatte am Vorabend ihre nötigsten Habseligkeiten in ein Bündel gepackt, verstaute nun vorsichtig die geweihten Gegenstände, kleidete sich in ein robustes Gewand aus brauner Wolle und machte sich mit ihrem wärmsten Umhang auf den Weg.

Zwei Gestalten, gehüllt in ihre eigenen warmen Umhänge, erwarteten sie und zwei Krieger Avalons standen außer Hörweite unter einem Baum, dessen Äste vom Frost der Nacht silbrig-weiß glänzten.

Ehrerbietig neigte Cundrie das Haupt vor der Hohepriesterin. »Herrin, ich bin hier, wie du es von mir verlangt hast.«

»Das sehe ich«, begrüßte Vivienne sie belustigt und ihr Atem bildete kleine Wölkchen in der eiskalten Luft.

Neugierig sah Cundrie hinüber zu der anderen Gestalt, die ebenso groß war wie sie selbst. Welche der Novizinnen hatte Vivienne ausgewählt, um sie auf der Reise zu den Steinen zu begleiten? Sie hoffte auf Brisen. Sie hatten sich in den letzten Monden angefreundet. Ein Auftrag wie dieser würde ihre Freundschaft festigen.

Doch als die zweite Gestalt ihre Kapuze zurückzog, war es nicht das von blondem Haar umrahmte Gesicht ihrer Freundin. Es war ein Junge mit dunklen Augen und dunklem Haar, der entschuldigend lächelte.

Avalon mochte nicht groß sein, doch außer den Priesterinnen, Novizinnen, Kindern und Fischern lebten auch Krieger auf der Insel, die sie alle beschützten. Mit den Jungen, die durch diese Kämpfer ausgebildet wurden, kamen die Priesterinnen nur selten in Kontakt. Doch diesen speziellen Knaben würde sie niemals vergessen.

Verwirrt wechselte Cundrie den Blick zu Vivienne. »Was hat Lancelot mit der Mittwinterzeremonie zu tun?«

Vivienne trat auf ihre Priesterin zu, legte ihr die Hände auf die Schultern und sah sie eindringlich an. »Du musst ihn nach Hause bringen, Cundrie. Du bist außer Morgaine die Einzige, die seinen wahren Namen kennt und die bezeugen kann, wer er ist.«

Cundrie keuchte und wich zurück, um den Jungen erneut zu mustern. Natürlich kannte sie seinen Namen. Sie hatte ihn selbst vor zehn Wintern aus dem Mund der sterbenden Mutter vernommen. Sie hatte das wimmernde Bündel an sich gedrückt, als die Frau im Sterben lag, und es mit nach Avalon genommen.

»Du hast ihn hierhergebracht«, sprach Vivienne sanft, als habe sie einmal mehr ihre Gedanken gelesen. »Nun ist es an der Zeit, dass du ihn zu seinem Vater geleitest.«

»Wieso ich?«, wollte Cundrie wissen. »Das könnten Krieger erledigen.«

»Könnten sie, aber würde man ihnen Glauben schenken? Einer Priesterin Avalons jedoch, noch dazu der Tochter eines Königs …«

»Warum möchte er Avalon überhaupt verlassen? Ich dachte, er sollte hier zum Barden ausgebildet werden.«

»Das wurde er«, pflichtete Vivienne bei. »Doch sein Schicksal liegt nicht auf dieser Insel.«

»Ich möchte meinen Vater kennenlernen«, sprach nun der Junge. Seine Stimme klang ein wenig belegt, doch sein Blick war eindringlich. »Und die Welt dort draußen braucht mich. Ich kann nicht auf Avalon in Sicherheit Lieder von Heldentaten erlernen, während unser Volk von dem Eisen der Angeln und Sachsen niedergemetzelt wird.«

Cundrie schüttelte den Kopf. »Du hast keine Ahnung, worauf du dich einlässt.«

»Ich habe lange mit ihm darüber gesprochen«, wandte Vivienne ein. »Viele Wochen habe ich ihm Zeit gelassen, seine Entscheidung zu überdenken.« Ihr Lächeln galt dem Jungen und Cundrie erkannte den Stolz in Viviennes Augen. Sie hatte sich damals selbst um den Säugling gekümmert. Er war wie ein Sohn für sie und der Abschied von ihm fiel ihr vermutlich schwerer, als sie sich in diesem Moment anmerken ließ. »Manchmal müssen wir das, was uns am meisten am Herzen liegt, ziehen lassen. Sonst erdrücken wir es mit unseren eigenen Wünschen.«

Lancelot ging vor Cundrie in die Knie. »Bitte, Priesterin. Bring mich zu meinem Vater. Danach will ich dir keine weitere Last sein.«

Cundrie schnaufte entrüstet. »Du bist mir keine Last.« Sie nahm ihn an den Schultern, damit er wieder aufstand. Er war wirklich außergewöhnlich groß für sein Alter. »Steh auf.« Sie seufzte nachgebend. »Außerdem bleibt mir nichts anderes übrig, wenn es längst beschlossene Sache ist.«

Cundrie wartete, bis Vivienne sich von ihrem Ziehsohn verabschiedet hatte. Eine innige Umarmung und liebevolle Worte wurden gewechselt.

Während sie mit den beiden Kriegern auf dem Fischerboot Avalon hinter sich ließen, bemerkte sie, dass der Junge immer wieder nach hinten sah. Offensichtlich wurde ihm erst jetzt bewusst, was er zurückließ.

»Du kannst jederzeit wiederkommen«, flüsterte sie ihm zu. »Die Herrin vom See wird dich mit offenen Armen empfangen.«

»Ich weiß«, sprach Lancelot heiser. Dann richtete er seinen Blick gen Ufer, das immer näher kam. Vor ihm lag eine ungewisse Zukunft und er schien entschlossen, ihr mit offenen Augen entgegenzutreten.

In einem nahen Dorf erhielten sie Ponys für die Weiterreise. Sie ritten nach Südwesten über die bekannten Pfade und teilweise über

Straßen, die einst die Römer gebaut hatten. Trotz der leichten Frostdecke, die sich über das Land gelegt hatte, kamen sie gut voran. Cundrie hoffte, man würde sie mit einem deftigen Eintopf und heißem Met begrüßen. So wäre es zumindest in ihrer Heimat hoch im Norden gewesen.

Lancelot besah die Welt mit ruhigem Interesse, was Cundrie beeindruckte. Er war ganz anders als ihre Brüder in Lothian, die kleinen Raufbolde.

»Was stellst du dir vor, wie dein Leben bei deinem Vater aussehen wird?«, wollte sie von ihm wissen.

»Ich werde ein Krieger, ein Beschützer Britanniens«, verkündete er ernst.

Natürlich wurde auch in der Unterkunft der Zöglinge Avalons über die aktuelle Lage Britanniens gesprochen. Wenn man dem Gerede glauben durfte, konnte König Uther Pendragon jeden fähigen Krieger gebrauchen. Sein Thron wackelte, seine Unterstützer schwanden.

»Britannien hat sich verändert«, erklärte Cundrie. »Als ich klein war, redeten noch viele alte Menschen von den Römern, die eines Tages zurückkehren würden, um uns vor unseren Feinden zu beschützen. Heute weiß keiner, was die Zukunft bringen wird. Wir sind auf uns allein gestellt und sollten uns auf die Götter berufen.«

»Die Götter werden wohl kaum höchstpersönlich erscheinen, um uns zu helfen«, meinte Lancelot ohne Schalk. »Aber sie geben uns Zeichen und denen müssen wir folgen.«

Cundrie nickte. »Klug gesprochen.«

»Ist …« Er senkte den Blick und nestelte an den Zügeln seines Ponys. »Ist mein Vater Christ?«

»Das weiß ich nicht genau.«

Tatsächlich hatte sie sich keine Gedanken um den Mann gemacht, dessen Sohn sie vor langer Zeit gerettet hatte. Wusste er überhaupt, dass dieser noch am Leben war?

Die Krieger, die vor ihnen ritten, zügelten die Ponys. »Wir sind da, Herrin.«

Tatsächlich, als sie an deren Seite ritt, erhob sich auf einem Hügel die Festung Benwick.

Am Fuße des Hügels befanden sich etwa zwanzig Zelte. Banner wehten im kalten Wind, Rauch stieg von einzelnen Feuern zwischen den Lagern empor. Cundrie erkannte auf einer der Fahnen die Taube auf blauem Grund, das Wappen des Königs von Gwynedd. Andere Banner sagten ihr nichts. Außer womöglich der Rabe auf gelbem Grund, sie erinnerte sich nur nicht mehr daran, zu wem er gehörte.

»Es sieht so aus, als habe dein Vater Besuch«, bemerkte Cundrie.

Das Tor wurde von zwei pflichtbewussten Kriegern bewacht, welche die Neuankömmlinge kritisch betrachteten.

»Wir bringen dem König Botschaft aus Avalon«, verkündete Cundrie und richtete sich zu voller Größe auf, noch immer auf ihrem Pony sitzend.

»Niemand wird zum König vorgelassen«, wandte einer der beiden ein. »Ihr müsst draußen warten, bis der Vorsteher euch einlässt.«

»Es ist kalt, wir haben zwei Tagesritte hinter uns und es sieht so aus, als würde es bald schneien«, gab Cundrie zu bedenken. »Ich bestehe darauf, dass man sofort den König von unserer Ankunft unterrichtet.«

Die Geduld des Wächters war nicht sehr weitreichend. »Und ich sagte schon, dass niemand zum König vorgelassen wird«, knurrte er sie an. »Er hat wichtige Besprechungen zu führen, Weib.«

»Spricht man so mit einer Priesterin Avalons?«

Der Mann zuckte zusammen, als ein großer blonder Krieger an Cundries Seite trat. Er gehörte wohl zu den Besuchern, die draußen in den Zelten kampierten. Aufmunternd lächelte er Cundrie zu und ihr fiel auf, wie leuchtend blau seine Augen waren.

Sie blieb ernst und nickte wohlwollend.

»Wenn König Ban davon erfährt, dass ihr eine Gesandte Avalons draußen in der Kälte habt warten lassen, wird er euch wohl morgen für den Latrinendienst empfehlen.«

Lancelot lachte bei den Worten des Fremden auf und auch Cundrie konnte sich ein Lächeln nicht verkneifen.

Die Wächter wirkten verunsichert und tauschten Blicke.

Der Krieger seufzte. »Also gut. Hilft es euch, wenn ich mich für die Priesterin verbürge? Sie wird schon keinen Schaden anrichten. Und der Junge auch nicht.«

»Was ist mit denen?« Der Wächter deutete mit der Spitze seines Speeres auf die beiden Krieger Avalons.

»Sie können in meinen Zelten Unterkunft finden«, bot der blonde Krieger an und warf Cundrie einen fragenden Blick zu.

Die Priesterin nickte dankbar.

Sie wurden eingelassen und der Fremde verabschiedete sich mit einer leichten Verbeugung. »Der König ist in der großen Halle. Entschuldigt mich bitte, ich habe noch in den Stallungen zu tun.«

Wie auf sein Zeichen kamen zwei Bedienstete herbei und nahmen die Zügel der Ponys entgegen.

Als Cundrie abgestiegen war und sich bei dem Krieger bedanken wollte, war er bereits verschwunden. Sie wusste nicht einmal seinen Namen. Aber gewiss würden sie sich noch einmal sehen, dann konnte sie ihm gebührend ihren Dank aussprechen.

Seufzend blickte sie nach vorn über den Hof hinweg. »Geht es dort zur königlichen Halle?«, fragte sie einen der Stallburschen, der mit einem Nicken antwortete.

Ganz wohl war ihr nicht. Sie kannte König Ban kaum, war ihm vielleicht mal als Kind begegnet, als ihr Vater sie zu einem Besuch mitgenommen hatte. Aber wenn sie aufgeregt war, wie sollte es dann erst dem Jungen gehen, der nun zum ersten Mal in seinem Leben seinem Vater begegnen würde?

Aufmunternd lächelte sie ihm zu. Doch er wirkte sehr ruhig und hielt den Blick auf die Tür gerichtet, auf die sie nun Seite an Seite zugingen.

Cundrie hätte sich gewünscht, sie wären angemessen empfangen worden. Dann hätten sie sich noch frisch machen können. So traten sie in ihren schlammbespritzten Mänteln in die Halle. Immerhin fiel ihr ein, Lancelot und sich selbst die Umhänge abzunehmen, und sie gab sie einem der ersten Bediensteten in die Hand.

Sie strich die Röcke ihres Kleides glatt, dann musterte sie Lancelot. Seine Wangen waren gerötet von der kalten Luft, seine Kleidung war passabel. Er trug eine warme Wollhose und ein nicht allzu schmutziges dunkles Hemd.

»Also gut«, seufzte sie. »Es bringt wohl nichts, es länger hinauszuzögern.«

Die Halle war gefüllt mit Kriegern, die an langen Tischen saßen, aßen, tranken und sich lautstark unterhielten. König Ban saß ganz am anderen Ende und war in ein Gespräch vertieft.

Die Ähnlichkeit zu Lancelot war erstaunlich. Das gleiche dunkle Haar, die Gesichtszüge fein, die Nase ein wenig zu lang und die Augen so dunkel, dass sie fast schwarz wirkten.

»Bleib ein wenig hinter mir«, raunte Cundrie Lancelot zu. »Wir wollen ihn nicht gleich mit unserem Anliegen überfallen.«

Der Blick des Königs fiel erst auf sie, als sie fünf Schritte vor seinem Tisch stand. Überrascht ließ er den Hähnchenflügel, von dem er gerade hatte abbeißen wollen, auf den Teller sinken und wischte die Finger an einem Tuch ab. »Nun, wen haben wir denn da? Und wer hat dich eingelassen?«

»Mein Name ist Cundrie, ich bin eine Priesterin Avalons und bringe eine Botschaft der Herrin vom See.«

»Mir?«, zweifelte König Ban.

Sie nickte und hielt seinem Blick stand.

Um sie herum wurden die Stimmen leiser. Scheinbar interessierte es die Gäste, was es aus Avalon zu berichten gab.

»Können wir uns irgendwo ungestört unterhalten?«

»Ich habe keine Zeit, Priesterin. Mit Avalon habe ich nichts zu schaffen.«

Seine Antwort war schroff, doch Cundrie hatte damit schon gerechnet. »Keine Sorge, wir möchten um nichts bitten. Es ist etwas … das wir euch zurückgeben wollen.«

Nun hatte sie die Neugier des Königs erweckt. »Also gut«, schnaufte er und erhob sich. »Folge mir. Aber lass den Bengel hier. Er kann meinetwegen etwas essen und unten an den Tischen Platz nehmen.«

»Genau um ihn geht es aber«, sprach sie so leise, dass hoffentlich nur der König ihre Worte vernahm.

Er runzelte die Stirn und sah sich ihren Begleiter zum ersten Mal richtig an. Seine Miene verriet nicht, ob er ahnte, was auf ihn zukam. Stattdessen winkte er sie beide herbei. »Wenn es nicht wichtig ist, werdet ihr eine Weile in die Katakomben gesperrt.«

»Es ist wichtig«, beharrte Cundrie.

Er brachte sie zu einem Alkoven, der von einem schweren Teppich verborgen war. Hier befand sich ein kleiner Raum mit geschlossenem Fensterladen. Ein Raum, in dem der König wohl öfter private Gespräche führte. Ein Tisch, mehrere Sessel und ein Krug standen bereit. Eine Kerze spendete flackernd Licht. Der König schenkte sich selbst ein und deutete seinen Gästen, Platz zu nehmen.

»Sag, was du zu sagen hast, bevor mich meine gute Laune verlässt.«

Wenn das seine gute Laune war …

Cundrie sah fragend zu Lancelot. Sie hätte es verstanden, wenn der Junge nun keine Lust mehr hatte, seinen Vater näher kennenzulernen, und lieber wieder nach Avalon gehen wollte. Lancelot sah den König jedoch weiterhin gefasst an.

Cundrie blieb an der Seite des Jungen stehen. »Dies, König Ban, ist dein Sohn. Elaynes Sohn.«

Ban spuckte den Wein quer über den Tisch und Cundrie machte einen Schritt zurück, um nicht davon getroffen zu werden. »Deine Götter haben dir wohl den Verstand geraubt, Weib?!« Er funkelte erst sie und dann den Jungen an. »Mein Sohn ist tot. Er starb mit seiner Mutter an den Ufern eures verdammten Sees.«

»Hat man dir seine Leiche gebracht?«, wollte Cundrie wissen.

Der König schüttelte den Kopf, sein Gesicht war aber noch immer vor Zorn verzerrt.

»Weil das Kind nicht gestorben ist«, erklärte Cundrie ruhig. »Wir fanden ihn an den Ufern, in den Armen seiner sterbenden Mutter, und nahmen ihn an uns, wie es ihr Wunsch war.«

»Du lügst!« Ban ließ seine Faust auf den Tisch knallen, sodass einige Becher umkippten. »Du willst dir nur einen Vorteil verschaffen! Avalon will mich in seinen Bann ziehen, aber das kann die Herrin vergessen!« Er ballte die Hand zur Faust. »Ich bin getaufter Christ! Niemand wendet mich von meinem Glauben ab.«

»Das will auch niemand.« Cundrie trat an den Tisch, stützte sich auf der Platte ab und befand sich Aug in Aug mit König Ban. »Er ist dein Sohn, erkennst du es nicht? Du kannst es kaum verleugnen. So wahr ich die Tochter von König Lot bin, so wahr ist Lancelot dein Sohn!«

»Mein Sohn trug einen anderen Namen«, knurrte Ban.

»Die Herrin gab ihm diesen Namen, um ihn zu schützen.«

»Lügnerin!«

»Ich lüge nie!«

Sie starrten einander an wie zwei Wölfe, die gleich aufeinander losgingen.

In diesem Moment trat der Junge nach vorn. »Mein Name war Galahad«, sagte er ruhig. »Bevor ich meinen neuen Namen erhielt.«

König Ban wurde bleich und ließ sich in seinen Sessel zurückfallen. Im Lichtschein der Kerze erkannte man den Schweiß auf seiner Stirn.

»Wie kann das sein?« Seine Stimme war kaum mehr als ein Wispern. Er musste es geahnt haben, all die Jahre, dass sein Sohn noch am Leben war … oder zumindest gehofft.

Cundrie stellte drei Becher auf, schenkte Wein ein, schob einen davon in Bans Richtung und reichte einen anderen an Lancelot.

Sie selbst setzte sich, nahm einen tiefen Schluck und seufzte. Das war guter Wein. Eine Schande, dass so viel davon bereits verschüttet wurde. »Wenn du willst, erzähle ich dir alles. Denn ich war es, die ihn fand, zusammen mit meiner Priesterschwester Morgaine, die – wie du dich erinnern wirst – eine Schwester deiner Ehefrau war.«

Ban nickte schwach und lauschte von nun an aufmerksam, was vor zehn Jahren an den Ufern geschehen war, als seine junge Frau starb und sein Sohn durch ein Wunder überlebte.

Eine sehr lange Zeit später verließen sie den Alkoven.

Ban hatte eine Hand auf Lancelots Schulter gelegt und lächelte ihn etwas unsicher an. »Ich möchte dir deine Halbbrüder vorstellen.«

Er führte den Jungen zu zwei anderen, die mit ihren dunklen Haarschöpfen und ihren dunklen Augen dem Vater genauso sehr glichen. Nein, Ban von Benwick konnte seine Nachkommen wirklich nicht verleugnen.

Zufrieden sah sie, wie die Jungs sich einander vorstellten und sich sofort in Gespräche vertieften. Eine Gänsehaut überkam sie, wie der Hauch der Götter, eine Vorahnung. Lancelot würde es in Benwick gut haben, er würde seinen Weg und seine Bestimmung finden.

König Ban kam zu ihr zurück und lächelte entschuldigend. »Verzeih, Priesterin, dass ich zunächst so wirsch war.«

»Deine Reaktion war durchaus verständlich«, beruhigte sie ihn.

Er musterte sie aus dem Augenwinkel. »Lots Tochter also.«

Sie nickte und hob beide Brauen.

»Den eisernen Willen hast du dann wohl von ihm.«

»In der Tat«, bestätigte sie.

»Nun, danke, Priesterin Avalons, dass du mir meinen Sohn zurückgebracht hast. Ich kann wohl kaum in Worten aufwiegen, wie viel mir das bedeutet. Fürs Erste wäre ich sehr froh, dich in meiner Halle als Gast begrüßen zu dürfen. Nimm Platz, koste Speis und Trank und genieße die Wärme, die meine Halle dieser Tage zu bieten hat.«

Erleichtert verbeugte sie sich. »Sehr gern, König Ban.«

Nachdem der König zu seinem eigenen Platz und seinem Berater zurückgekehrt war, suchte Cundrie eine freie Sitzgelegenheit. Ihr Blick blieb an dem jungen blonden Krieger haften, der ihr vorhin am Tor Einlass verschafft hatte. Er blickte in diesem Moment auf und ein erkennendes Lächeln erschien auf seinem Gesicht, als er sie herbeiwinkte.

»Ist hier noch Platz?«, fragte sie lächelnd.

»Natürlich«, verkündete der junge Mann und rutschte etwas zur Seite.

Sofort wurde ihr ein Becher zugeschoben und der Recke selbst schenkte ihr ein.

»Ich kam noch gar nicht dazu, dir zu danken«, sprach sie und legte den Kopf schief, um ihn näher zu mustern. Sein Haar glänzte golden im Schein der zahlreichen Kerzen und sein Antlitz war wirklich ansprechend. Am faszinierendsten aber waren diese hellblauen Augen, die von Sommer und Meer sprachen.

»Du brauchst mir nicht zu danken«, raunte er und zwinkerte ihr vergnügt zu. »Ich konnte dich und den Jungen wohl kaum in der Kälte stehen lassen.«

»Hört, hört«, sprach der König auf und hob seinen Becher. »Wir haben in diesen Tagen wahrlich Grund, zu feiern. Nicht nur, dass wir neue Bündnisse eingegangen sind, auch habe ich meinen lang vermissten Sohn wiedergefunden.« Er deutete mit seinem Becher in die Richtung seiner Kinder. »Heißt mit mir Lancelot willkommen, Lancelot vom See, denn dort hat er die letzten Jahre gelebt.«

Die Anwesenden jubelten und hoben ebenfalls ihre Becher. »Auf Lancelot!«

Bevor der König trank, wies er mit seinem Becher auch in Cundries Richtung und sie dankte ihm mit einem Nicken.

»Das war also die wichtige Sache, die du mit ihm zu besprechen hattest«, bemerkte der Krieger an ihrer Seite.

Sie wandte sich ihm zu und bemerkte, dass er sie interessiert musterte. Sein Blick blieb an ihren Lippen haften. Wie viel Wein hatte er wohl schon getrunken?

Doch seine Augen … das Meer … Sie konnte fast den Wind spüren, der ihr durchs Haar fuhr, und den sanften Regen, der ihr Gesicht streichelte. Erneut überkam sie ein Schauer.

»Wer bist du?«, fragte sie mit brüchiger Stimme.

Er beugte leicht das Haupt. »Pelles.«

Sie runzelte die Stirn. »Ich kenne deinen Namen, obwohl wir uns wohl noch nie begegnet sind.«

»Wie das?« Etwas lachte in seinen Augen auf, was sie als sehr angenehm empfand.

»Ich bin Cundrie, König Lots Tochter.«

»Daher also«, nickte er. »Du bist eine Tochter des Nordens.«

»Wie du selbst ein Sohn des Nordens.« Sie schnappte nach Luft und beugte erkennend das Haupt. »König von Corbenic.«

Das Wappen … der Rabe auf gelbem Grund … es gehörte zu ihm.

Er lachte auf. »Kein Grund für Förmlichkeiten.« Pelles hob seinen Becher und grinste sie an. »Auf neue Freundschaften.«

Sie nickte und legte ihren Becher an seinen. »Auf neue Freundschaften.«

Sie tranken von dem starken Rotwein und Pelles sah hinüber zu Lancelot. »Was wird aus dem Jungen werden?«

Der kalte Winterwind fegte über die Festung Benwicks und Cundries Stimme war kaum mehr als ein Hauch, als sie antwortete: »Der größte Krieger Britanniens.«

DAS BUCH ZUR KURZGESCHICHTE

Elayne

Als Taschenbuch & E-Book, 3-teilige Reihe
Historische Fantasy

Eine Prophezeiung, der sie nicht entkommt.
Eine Bürde, die sie kaum tragen kann.
Eine Liebe, zart, zerbrechlich und bedroht von Lügen, Intrigen sowie dem Spiel der Macht.

Die junge Elayne von Corbenic wächst im Norden Britanniens in einer düsteren Festung auf. Ihr Vater, König Pelles, ist besessen von einer Vision, die Elaynes Mutter kurz vor ihrem Tod gehabt haben soll. Demnach wird Elayne die Mutter des größten Helden aller Zeiten.
Dafür opfert der König alles: das Wohlergehen seines Volkes und die Liebe seiner Tochter.

MAYA SHEPHERD

Informationen zur Kurzgeschichte:

Märchen beginnen nicht immer mit ES WAR EINMAL ... das beweist uns Maya Shepherd eindrücklich in ihrem Märchenadaptions-Epos ›Die Grimm-Chroniken‹. Diese dazu gehörende Kurzgeschichte lässt sich unabhängig davon lesen und dreht sich um einen Charakter, der eine wichtige Rolle in Engelland spielt: Simonja. Die nichts Geringeres als den Tod persönlich verkörpert – und auch in der Weihnachtszeit nicht zur Ruhe kommt.

Über die Autorin:

Maya Shepherd wurde 1988 in Stuttgart geboren. Zusammen mit Mann, Kindern und Hund lebt sie mittlerweile im Rheinland und träumt von einem eigenen Schreibzimmer mit Wänden voller Bücher. Seit 2014 lebt sie ihren ganz persönlichen Traum und widmet sich hauptberuflich dem Erfinden von fremden Welten und Charakteren.

DER FÜNFTE

DEZEMBER

Blut sickerte von dem abgetrennten Kopf in den weißen Schnee. Eine zierliche Gestalt mit langen schwarzen Haaren richtete sich über dem enthaupteten Körper auf und wischte die Klinge ihrer Sense an dem Innenfutter ihres Umhangs ab. Schweiß stand ihr trotz der Kälte auf der Stirn. Es war ein anstrengender Tag gewesen. Das war es immer, wenn die Erwählten nicht bereit waren, sich mit ihrem Schicksal abzufinden, und glaubten, vor ihr davonlaufen zu können. Aber dem Tod entkam niemand.

Wenn Simonja in ihrem roten Umhang, bewaffnet mit der Sense, jemanden aufsuchte, reagierten die Menschen meist gleich: Erst belächelten sie sie, denn es schien absurd, dass ein fünfzehnjähriges Mädchen der Tod sein könnte. Dann kam die Ungläubigkeit darüber, dass ihr Leben nun tatsächlich vorbei sein sollte, und sie begannen, zu diskutieren. Sobald sie erkannten, wie aussichtslos das war, bettelten und flehten sie, machten Versprechungen, die sie ohnehin niemals halten würden. Sie verstanden nicht, dass es nicht in Simonjas

Macht stand, sie zu verschonen. Nicht sie entschied über Leben und Tod, sie führte nur das Schicksal aus.

Ihre Weigerung, sich auf irgendetwas einzulassen, führte zu Wut. Die Erwählten begannen, sie zu beschimpfen, griffen sie an oder flohen vor ihr. Mit manch einem hatte Simonja sogar Mitleid, aber das änderte nichts daran, dass ihre Arbeit getan werden musste. Am liebsten waren ihr jene, die sich fügten. Das machte es leichter für alle Beteiligten.

Der heutige Fall gehörte jedoch zur schlimmsten Sorte. Nicht nur, dass der Mann sein Leben damit verschwendet hatte, andere mit dem Verkauf von falschen Heilmitteln zu betrügen – er weigerte sich auch, trotz seines vorangeschrittenen Alters, die Unausweichlichkeit seines Todes zu akzeptieren.

Erst hatte Simonja ihn in sämtlichen Häusern des Dorfes, in denen er Zuflucht vor ihr gesucht hatte, aufstöbern müssen und dadurch für jede Menge Unruhe gesorgt. Dann hatte sie ihm durch den Finsterwald folgen müssen, nachdem es ihm irgendwie gelungen war, ein Pferd zu stehlen. Er begriff nicht, dass selbst ein fliegender Teppich ihn nicht vor ihr hätte retten können. Sie hätte auch in seinem Haus auf ihn warten und die Füße hochlegen können – am Ende des Tages wäre er auf unerklärliche Weise wieder vor der Türschwelle erschienen. Es gab kein Entkommen!

Mit einem Ploppen löste Simonja den Korken der Weinflasche und goss die dunkelrote Flüssigkeit in den Schnee.

»Ein Jammer«, seufzte ihr guter Freund Arian, der nicht weit von ihr an einem Baumstamm lehnte.

»Es wundert mich, dass du dir nicht bereits ein Schlückchen genehmigt hast«, konterte Simonja und tauchte die leere Flasche in die noch warme Blutlache. Nur ein Tropfen würde genügen, um dem Baum des Lebens zu beweisen, dass sie ihre Aufgabe erledigt hatte.

»Der Gedanke war verlockend, zumal der Kuchen heute etwas trocken war«, beklagte er sich unverblümt.

»Ich werde es meiner Mutter ausrichten«, schnaubte Simonja schmunzelnd und steckte den Korken zurück auf die Flasche, bevor sie diese in ihrem Beutel verschwinden ließ.

Jeden Morgen, wenn sie das Haus verließ, nahm sie eine Flasche Wein sowie einen frisch gebackenen Kuchen mit sich. Dies war das letzte Mahl, welches sie ihren Erwählten darbot, ehe sie ihnen den Kopf abschlug. Doch die wenigsten nahmen ihr Angebot an, sodass Arian es als seine Aufgabe ansah, die Leckereien nicht verkommen zu lassen. Manchmal glaubte Simonja, dass dies der einzige Grund war, weshalb er sie beinahe täglich bei ihrer Mission begleitete.

Aber selbst wenn, hätte sie es ihm nicht übel genommen. Es war immer noch besser, einen Freund an seiner Seite zu haben, den man mit Süßigkeiten lockte, als gar keinen. Mit Speck fängt man Mäuse und mit Kuchen Wölfe.

Aus den Schatten zwischen den Bäumen löste sich nicht der junge Mann mit dem dichten Bart und den auffälligen goldenen Augen, der dort gerade noch scherzend gestanden hatte, sondern ein großer Wolf mit schwarz-silbrigem Fell. Er nickte kurz in Simonjas Richtung, als wolle er sagen: *Bis morgen, Rotkäppchen,* ehe er seinen Weg durch das Unterholz fortsetzte und in der Dämmerung verschwand.

»Typisch«, murmelte Simonja und machte sich selbst auf den Heimweg. Jetzt, da es nichts mehr zu holen gab, trollte Arian sich, anstatt sie nach Hause zu begleiten, wie es von einem Gentleman zu erwarten gewesen wäre.

Allein der Gedanke ließ sie grinsen. Sie konnte sich bildlich vorstellen, wie er belustigt seine buschigen Augenbrauen heben und fragen würde: *Wofür brauchst du denn einen Gentleman, Rotkäppchen? Ist deine Sense nicht scharf genug?*

Er hätte sie ohnehin nicht bis zur Tür bringen dürfen, denn dann wären sie Gefahr gelaufen, dass ihre Mutter ihn entdeckte, wenn sie neugierig durch das Fenster spähte. Gewiss wäre sie nicht damit einverstanden, dass ihre Tochter eine Freundschaft mit einem Gestaltwandler pflegte.

Das Knirschen des Schnees unter Simonjas Stiefeln war das einzige Geräusch in der sich ausbreitenden Dunkelheit. Zwischen den kahlen Ästen der Bäume war der Mond zu erkennen, der sich am Himmel zwischen vereinzelten Sternen zeigte. Simonja hob grüßend die Hand. In ihrer einsamen Kindheit war es der Mond gewesen, dem sie ihren Kummer anvertraut hatte, wenn sie nachts nicht schlafen konnte.

Das flackernde Licht eines Kaminfeuers fiel durch das Fenster eines kleinen Hauses, das nicht weit entfernt am Waldesrand stand. Dort wohnte ein Holzfäller zusammen mit seiner Familie.

Aber nicht der Flammenschein erweckte Simonjas Aufmerksamkeit, sondern das Wesen, welches sich dem Gebäude näherte. Sie konnte nicht einmal sagen, ob es sich dabei um einen Menschen oder um ein Tier handelte, aber es war gewaltig.

Auf seinem Kopf trug es spitze, geschwungene Hörner. Sein Körper war mit einem zottigen Fell bedeckt, aber es ging auf zwei Beinen. Allerdings in gebückter Haltung, da es auf seinem Rücken einen großen Korb trug, der ziemlich schwer zu sein schien. Bei jedem Schritt erklang ein leises Glockengeläut, was vermuten ließ, dass es sich nicht davor fürchtete, entdeckt zu werden.

Sowohl beunruhigt als auch fasziniert beobachtete Simonja, wie das Geschöpf vor der Tür des Hauses haltmachte, eine seiner großen Pranken hob und anklopfte. Im Inneren war eine Bewegung auszumachen, bevor geöffnet wurde.

Simonja hörte jemanden schreien und vernahm Laute des Protests, dennoch verschaffte das Wesen sich Zutritt. Im Licht, das durch die geöffnete Tür fiel, bemerkte sie nun auch die Birkenrute, welches es mit sich schleifte.

Das Kreischen eines Kindes zerriss die Stille der Nacht, als die Kreatur vor das Feuer trat. Ihr Schatten wurde übergroß in den Schnee geworfen und wirkte dadurch noch Furcht einflößender.

Sogar Simonja, die es sonst nur selten mit der Angst zu tun bekam, erschauderte. Wie schrecklich musste sein Anblick dann erst für ein Kind sein? Was wollte dieses Wesen von der Familie?

Neugierig schlich sie näher an das Haus heran und spähte vorsichtig durch eines der Fenster. Das Geschöpf hatte den Korb von seinem Rücken genommen, von dem ein sonderbares Rumpeln ausging, als befände sich etwas Lebendiges darin. Es ragte, zu seiner vollen Größe aufgerichtet, vor den Bewohnern auf und drohte ihnen mit der Rute. Mutter und Vater kauerten mit ihren beiden Kindern, die sich schluchzend an ihre Eltern klammerten, in einer Ecke. Das Mädchen konnte nicht älter als vier Jahre sein, sein Bruder vielleicht zehn.

»Wisst ihr, was heute für ein Tag ist?«, wandte sich das Wesen mit donnernder Stimme an die Familie.

Zitternd vor Angst brachte keiner von ihnen einen Ton heraus.

»Na los, antwortet mir!«, brüllte ihr ungebetener Gast.

Der Vater nahm seinen ganzen Mut zusammen und antwortete mit bebender Stimme: »Es ist der fünfte Dezember, Herr.«

»Der Tag des Krampus«, meinte das Geschöpf. »Ein ganzes Jahr schaue ich mir an, wie sich die Kinder benehmen. Mir entgeht kein böses Wort, kein Schabernack, keine Untat.« Es fixierte nun den Jungen mit seinen rot glühenden Augen. »Bürschlein, du bist mir aufgefallen! Ich habe gesehen, wie du deine Schwester geärgert, mit Steinen nach Tieren geworfen und alten Leuten ein Bein gestellt hast. Heute sollst du deine gerechte Strafe bekommen!«

Es machte einen Schritt auf das Kind zu, welches sich voller Verzweiflung an seinem Vater festhielt und hilflos wimmerte.

»Es tut ihm leid«, versuchte dieser, seinen Sohn zu verteidigen. »Er wird es nie wieder tun!«

»Leere Versprechen kenne ich zur Genüge«, höhnte der Krampus. »Wo Ermahnungen nicht mehr helfen, müssen Taten folgen!«

Mit einem Satz packte er den Knöchel des Jungen und riss ihn aus den Armen seines Vaters. Kopfüber baumelte er nun von der gewaltigen Pranke, zappelte und schrie nach Leibeskräften.

Erbarmungslos holte der Krampus mit seiner Rute aus und drosch sie dem Knaben auf den entblößten Rücken. Sein Schreien wurde zu einem grellen Kreischen, das in den Ohren und dem Herzen gleichermaßen schmerzte. Doch die Kreatur lachte nur gehässig und schwang die Rute erneut.

Der Vater ertrug das Leid seines Sohnes nicht, erhob sich und stellte sich schützend vor Frau und Tochter. »Bitte«, flehte er den Krampus an. »Bitte lasst ab von ihm! Bestraft mich an seiner Stelle!«

»Pfui, schämen solltet ihr euch«, blaffte dieser zurück. »Wenn ihr eurer elterlichen Pflicht nachgekommen wärt und den Burschen rechtzeitig gemaßregelt hättet, müsste ich mich nicht mit ihm herumplagen. Verkommenes Volk!«

Ein dritter Hieb traf die Haut des Jungen, auf der sich bereits feuerrote blutige Striemen abzeichneten. Die Familie war der Brutalität des Monsters hilflos ausgeliefert.

Simonja konnte nicht länger an sich halten, verließ ihr Versteck und trat über die erhellte Türschwelle. »Aufhören!«, rief sie laut.

Sämtliche Augenpaare richteten sich auf sie, doch die Familie war keineswegs erleichtert über ihr Eingreifen, sondern erbleichte bei ihrem Anblick. Sie sah nur den roten Umhang, der Simonja einhüllte. Rot war in Engelland die verbotene Farbe und es gab nur eine einzige Person, die sie tragen durfte.

»Wer bist du, dass du es wagst, mich bei meiner Arbeit zu stören?«, fuhr der Krampus sie zornig an.

Simonja straffte ihre Schultern und reckte ihm herausfordernd das Kinn entgegen. »Ich bin der Tod und ich befehle dir, von dem Jungen abzulassen!«

»Ha!«, machte der Krampus amüsiert. »Du bist ja selbst noch ein Kind!«

Simonja richtete ihre Sense auf ihn. Die Flammen des Kaminfeuers ließen die scharfe Klinge golden schimmern. »Fordere mich nicht heraus!«

Der Krampus blickte ihr ungeniert entgegen und entblößte seine spitzen Zähne in einem schauerlichen Grinsen, ehe er die Rute erneut auf den Rücken des Burschen niedersausen ließ.

Simonja schnellte nach vorn, schwang ihre Sense und verfehlte ihren Gegner nur um Zentimeter. Trotz seiner enormen Größe gelang es dem Krampus, ihr auszuweichen. In einer fließenden Bewegung öffnete er den Deckel seines Korbes und ließ den wimmernden Knaben hineinfallen. Aus dem Augenwinkel nahm Simonja noch andere

Kinderhände wahr, die sich Hilfe suchend aus dem Inneren nach oben streckten.

Mit einem weiteren Atemzug schulterte der Krampus seinen Korb, warf dem kleinen Mädchen eine Mandarine zu, rief: »Bleib ein gutes Kind«, und war durch die Tür verschwunden.

Alles geschah so schnell, dass die Zurückgebliebenen nur verwirrt blinzeln konnten. Als die Mutter begriff, dass ihr Sohn von einem Monster entführt worden war, begann sie, herzzerreißend zu weinen.

»Mein armer Junge«, klagte sie schluchzend.

»Ich hole ihn zurück«, versprach Simonja ungefragt.

Aber die Familie war ihr keinesfalls dankbar.

»Verschwinde!«, schrie der Vater sie grob an. »Du bist keinen Deut besser als dieses Ungeheuer! Wenn du dich nicht eingemischt hättest, wäre unser Junge noch bei uns. Der Krampus hätte ihn gezügelt und wäre wieder gegangen, aber du hast alles noch schlimmer gemacht.«

Simonja war es gewohnt, dass man ihr nicht mit Respekt oder Dankbarkeit begegnete, dennoch trafen die Worte des Mannes sie – sie hatte doch nur helfen wollen. Aber ganz gleich, was sie tat oder wie gut ihre Absichten auch sein mochten, die Menschen sahen immer nur das Schlechte in ihr.

Ohne ein weiteres Wort drehte sie sich um und verließ das Haus ebenfalls, immer noch fest entschlossen, ihr Versprechen zu halten. Allzu schwer sollte es nicht sein, denn durch den Schnee zogen sich frische Spuren von Hufabdrücken sowie Blutstropfen, die von den unglücklichen Kindern aus dem Korb stammen mussten.

Hastig nahm Simonja die Verfolgung auf, doch obwohl das Ungetüm nur wenige Sekunden vor ihr gegangen war, gelang es ihr nicht, es einzuholen.

Noch bevor sie das nächste Dorf erreichte, hörte Simonja bereits die verzweifelten Wehklagen der Eltern und wusste, dass der Krampus ihr erneut entkommen war. Er war, begleitet von unheilvollem Glockengeläut, von Haus zu Haus gegangen. Den *guten* Kindern hatte er milde Gaben in Form von Mandarinen, Äpfeln und Nüssen vor die Türen gelegt. Die *unartigen* Kinder hatte er aus ihren Betten gerissen, sie mit der Rute verdroschen oder in seinem Korb mit sich genommen.

Simonjas Anwesenheit trug nicht zur Beschwichtigung der aufgebrachten Bewohner bei. Sobald sie das Mädchen in seinem roten Umhang entdeckten, heulten sie noch viel lauter. Einige Männer drohten ihr sogar mit Knüppeln und Mistgabeln.

Sie beeilte sich, weiterzukommen, und folgte der blutigen Spur des Krampus durch den Finsterwald. Er lockte sie von einer Siedlung zur nächsten, in denen sie stets mit Tränen und großer Trauer empfangen wurde. Die Eltern liebten ihre Kinder, obwohl jene nicht perfekt waren und die Aufmerksamkeit der Kreatur erst durch ihre bösen Taten auf sich gezogen hatten.

Die Stunden verstrichen, ohne dass es Simonja gelang, den Krampus einzuholen. Erst als die Hufabdrücke sie einen Hügel emporführten und sie ein schauriges Schmatzen vernahm, schöpfte sie Hoffnung, ihn doch noch schnappen zu können.

So schnell sie konnte, rannte sie weiter und strauchelte schockiert, sobald sie die Hügelkuppe erreicht hatte. Eine Rauchfahne wand sich von einem verglühenden Lagerfeuer in den violetten Himmel empor. Der blutverschmierte Korb lag am Boden – leer.

Die Kinder waren verschwunden.

Die gewaltige Gestalt des Krampus erhob sich in der Dämmerung.

Ich bin zu spät, erkannte Simonja mit lähmender Gewissheit.

Der Krampus schien diesen Gedanken zu teilen, denn er grinste ihr unverhohlen entgegen und deutete eine Verneigung an. »Bis zum nächsten Jahr«, raunte er vergnügt.

In dem Moment verwandelten die ersten Strahlen der Sonne den Horizont in einen goldenen Streif und das Geschöpf löste sich in Luft auf. Nur die Knochen seiner Opfer blieben als Beweis für seine Existenz und Simonjas Versagen zurück. Sie kämpfte gegen das Engegefühl in ihrem Hals an und hielt blinzelnd ihre Tränen zurück.

Schniefend machte sie sich auf den Nachhauseweg. Es war eine furchtbare Nacht gewesen und sie sehnte sich danach, in einen tiefen Schlaf zu sinken, um wenigstens für ein paar Stunden die Erinnerungen verdrängen zu können.

Sobald sie die kleine Hütte mitten im Wald erreichte und ihr der Duft von frischem Kuchen in die Nase stieg, fühlte sie sich schon etwas besser. Qualm dampfte aus dem Schornstein und im Inneren summte ihre Mutter vor sich hin, wie sie es meistens beim Backen tat. Alles war so normal und vertraut, dass es leichtfiel, die schrecklichen Geschehnisse zu vergessen.

Simonja erreichte gerade die Tür, als sie wie vom Blitz getroffen verharrte. Ein eiskalter Schauer lief ihr über den Rücken. Dort, auf der Schwelle, lagen Mandarinen, Äpfel und Nüsse, versehen mit einer Nachricht:

Für die Guten nur das Beste.

Das Buch zur Kurzgeschichte

Die Grimm-Chroniken

Als Taschenbuch & E-Book, 26-teilige Reihe
Märchenadaptionen

Dieses Buch beginnt nicht mit ES WAR EINMAL, denn auf diese Weise fangen all die Lügen an, die Wilhelm und Jacob in die Welt gesetzt haben. Dies ist kein Märchen, sondern eine wahre Geschichte. Es heißt, die Bösen werden bestraft und die Guten leben glücklich bis ans Ende ihrer Tage. Das Leben ist aber nicht schwarz-weiß und gewiss nicht glücklich. Rot ist die Farbe, die über das Schicksal bestimmen wird. Die Lüge ist oft nicht von der Wahrheit zu unterscheiden, am wenigsten, wenn die Wahrheit zu schrecklich ist, um sie glauben zu wollen.

MIRIAM
RADEMACHER

Informationen zur Kurzgeschichte:

Wer ist ihr nicht verfallen, der quirligen und wohl schusseligsten Banshee Englands? Aber auch sie stimmt zur Weihnachtszeit leisere Töne an und erscheint in ihrer, von der ›Banshee Livie‹-Reihe unabhängig lesbaren, Kurzgeschichte ungewohnt nachdenklich.

Über die Autorin:

Miriam Rademacher, Jahrgang 1973, wuchs auf einem kleinen Barockschloss im Emsland auf und begann früh mit dem Schreiben. Heute lebt sie mit ihrer Familie in Osnabrück, wo sie an ihren Büchern arbeitet und Tanz unterrichtet. Sie mag Regen, wenn es nach Herbst riecht, es früh dunkel wird und die Printen beim Lesen wieder schmecken. In den letzten Jahren hat sie zahlreiche Kurzgeschichten, Fantasy-Romane, Krimis und ein Kinderbilderbuch veröffentlicht.

Großonkel Tibbys

Letztes Fest

Als wäre es das letzte Mal

»Onkel Tibby, hör doch mal«, rief der schlaksige Teenager mit den Pickeln auf der Nase aufgeregt und versuchte, ihn zurückzuhalten. »Ich habe noch zwei Knallbonbons und möchte sie mit dir ziehen! Bitte, bitte. Du bist der Einzige, der immer so schön zusammenzuckt, wenn es knallt.«

Onkel Tibby hätte seiner Großnichte erklären können, dass dieses Verhalten mit seinen Erlebnissen im letzten Weltkrieg zu tun hatte, aber vermutlich hätte sie das nicht nachvollziehen können.

Millicent Harrowmore war ein lebenslustiger, ein wenig tollpatschiger Teenager und hatte das Schloss und die Ländereien ihrer Familie bisher nur verlassen, um zur Schule oder zum Shoppen zu gehen.

Krieg war ihr so fremd wie ein Discobesuch.

»Sehr lieb von dir, meine kleine Millicent, aber dein alter Onkel möchte jetzt kurz ausruhen, seinen Tee trinken und ein wenig für sich sein. Hab Mitleid mit einem alten Mann und lass mich gehen.«

Zielstrebig balancierte er seine gut gefüllte Tasse auf die Tür der Schlossbibliothek zu, doch das Mädchen, das noch immer an seinem Jackenärmel hing, gab nicht so schnell auf.

»Aber zur Scharade bist du wieder bei uns, nicht wahr? Ich habe mir ein paar wunderbare Begriffe einfallen lassen, das wird ein Riesenspaß.«

»Mal sehen«, murmelte Onkel Tibby, entwand sich geschickt dem Zugriff der jungen Millicent und floh in die Stille eines leeren Raumes. Als er die Tür schloss, entfernte sich das Mädchen bereits hopsend, um zum Rest der Familie zurückzukehren.

Glückliche Jugend.

Tiberius Harrowmore, der von all seinen Verwandten nur Tibby genannt wurde, war nun allein in der Bibliothek des Familienschlosses, stellte sich ans Fenster und blickte hinaus in das wilde Schneetreiben. Er ließ den Tee in seiner Tasse kalt und kälter werden und sah den Flocken beim Tanzen zu. In der Fensterscheibe spiegelten sich sein altes Gesicht und seine Glatze.

Da veränderte sich plötzlich und ohne jede Vorwarnung das Licht in dem ehrwürdigen Büchergrab und in einem Strudel aus Farben erschien eine junge Frau in einem blauen Samtkleid vor ihm. Eine etwas zerzaust wirkende junge Frau mit wirren schwarzen Locken, ein bisschen rundlich um die Mitte, was ihr knöchellanges Samtkleid aber leidlich kaschierte.

»Oh, Entschuldigung«, war das Erste, was sie hervorbrachte, und Tibby wartete geduldig auf weitere, aufschlussreichere Kommentare der Fremden. »Ich habe mich irgendwie … verreist. Sagt man das so, wenn man bei einer Zeitreise Mist gebaut hat? Oder hat man sich eher verflogen? Ach, ist ja auch egal. Können Sie mir vielleicht sagen, wann ich gerade bin und wo ich bin?«

Tibby versuchte gar nicht erst, sich sein amüsiertes Grinsen zu verkneifen. Bereitwillig gab er der Fremden die gewünschte Auskunft.

»Dies hier ist Schloss Harrowmore, meine Liebe. Und wir befinden uns im Jahre 2009. Es ist der erste Weihnachtstag und alle Bewohner dieses Schlosses sitzen zusammen vor dem Kamin, ziehen an Knallbonbons, spielen alberne Spiele und trinken Punsch.«

»Klingt wunderbar.« Die Fremde klatschte vor Freude in die Hände. »Dann habe ich ja doch fast alles richtig gemacht. Bin nur im falschen Zimmer gelandet.«

»Darf ich vielleicht erfahren, wer Sie sind?«, fragte Tibby höflich und nippte an seinem kalt gewordenen Tee.

»Oh, ich bin Livie, guten Tag. Ich bin die Banshee von Schloss Harrowmore und für die Sicherheit dieses ganzen verrückten Haufens zuständig.«

Tibby schüttelte den Kopf. »Nein, tut mir leid, aber da müssen Sie sich irren, meine Liebe. Ich bin seit meiner Geburt vor fünfundsiebzig Jahren ein Harrowmore und kenne die aktuelle Banshee des Hauses sehr genau. Sie sind es jedenfalls nicht.«

»Na klar … äh … ich meine, klar, dass Sie mich nicht kennen.« Die junge Frau strahlte ihn an. »Ich komme ja auch aus der Zukunft hierher zurückgereist, quasi nur so auf Besuch. Aus Ihrer Sicht werde ich erst noch die neue Banshee dieser Familie. Aber das näher zu erklären, führt zu weit, es ist eine lange Geschichte.« Sie winkte ab. »Da fällt mir ein, warum können Sie mich überhaupt hören und sehen?

Ihr Harrowmores dürft mich doch entweder nur sehen *oder* mein Klagen hören, eines von beidem.«

Tibby versuchte, nicht zu selbstgefällig zu wirken, als er antwortete. »Ich habe schon immer mehr hören und sehen können als der Rest der Familie. Ich bin eben etwas Besonderes.«

»Zweifellos«, erwiderte die Banshee aus der Zukunft und raffte ihr Kleid. »Jetzt muss ich aber los zur Party. Knallbonbons sind doch das Beste am Weihnachtsfeiertag, oder nicht? Vielleicht kann ich sogar ein Gläschen Punsch abgreifen, sieht ja eh keiner.«

»Sie sind aus der Zukunft zurückgekommen, um hier das Weihnachtsfest mit der Familie zu feiern? Ja gibt es denn in Ihrer Amtszeit kein Weihnachten mehr auf Schloss Harrowmore?«

»Nennen Sie mich doch einfach Livie«, schlug der junge Hüpfer vor und hakte sich ungefragt bei ihm ein. »Und lassen Sie uns zusammen zur Party gehen. Es ist nicht gut, trübsinnig in den Schnee zu starren, schon gar nicht am Weihnachtstag.«

»Nur, wenn du mich Onkel Tibby nennst«, erwiderte er und versuchte, sich nicht von ihr abführen zu lassen. »Ich möchte allerdings auf keine Party, vielen Dank. Ich möchte einfach hier stehen und den Tag in Ruhe ausklingen lassen. Aber geh nur, Livie. Geh und amüsiere dich zusammen mit den anderen.«

Die Banshee hielt inne. Sie machte keinerlei Anstalten, seinen Arm freizugeben und ohne ihn die Bibliothek zu verlassen. Sie war nicht weniger penetrant als seine junge Großnichte.

»Warum willst du denn nicht mit deiner Familie feiern?«

»Warum willst du lieber in der Vergangenheit feiern?«, entgegnete Tibby.

»Ich habe zuerst gefragt«, behauptete die Banshee.

»Stimmt ja gar nicht.« Er gab ein Schnauben von sich. »Aber wenn du es unbedingt wissen musst: Ich fühle mich langsam zu alt für diesen ganzen Rummel.«

»Zu alt für Weihnachten?« Sie sah ihn entsetzt an.

»Jedes Mal das gleiche Festessen«, brummelte Tibby. »Und immer ist der Rotwein zu warm und der Punsch zu lasch. Meine Großnichte Millicent singt fürchterlich falsch moderne Weihnachtslieder und ihr Bruder nervt alle Anwesenden mit seinen Geschenken, die ihm entweder zu groß, zu klein oder sonst irgendetwas sind.« Er seufzte. »Ich bin ein alter Mann und will meine Ruhe. Das Leben und das Feiern sollen mal getrost die Jüngeren übernehmen.«

Die Banshee namens Livie sah ihn ernst an. »Wie alt ist Millie jetzt, Onkel Tibby? Sie muss ein Teenager sein, richtig?«

»Ein ganz besonders nerviger Teenager«, bestätigte Tibby. »Nicht, dass ich sie nicht mögen würde, aber sie geht mir wirklich auf den Wecker mit ihrer albernen Art. Aus dem Mädchen wird nie etwas.«

»Also, das kann ich so nicht stehen lassen.« Die Banshee sah ihn finster an. »In ein paar Jahren wird sie meine beste Freundin sein, mich sehen, hören und anfassen können wie du, Tibby. Sie ist sehr begabt, ja wirklich.«

»Aha.« Tibby versuchte gar nicht, seine Zweifel zu verbergen. »Und was kann sie so, außer Chaos anrichten?«

»Äh ...« Livie sah ratlos auf den flauschigen Teppich der Bibliothek hinab.

»Wusste ich es doch. Und jetzt erzählst du mir, warum du das Weihnachtsfest nicht in deiner eigenen Zeit feierst.«

»Es ist einfach kein gutes Jahr für ein besinnliches Weihnachtsfest.« Livie sah düster drein. »Die jüngste Generation der Harrowmores zahnt gerade, Ruthie hat den Braten anbrennen lassen, der Lord ist gestolpert und hat die ganze Minzsoße auf den Teppich gekippt, seine Gattin bespricht den Fleck mit Zauberformeln, wovon er natürlich nicht weggeht, und der Punsch ist ungenießbar, weil mein Mummel zuvor in der Bowleschale ein Schaumbad genommen hat, und zwar mit echter Seife. Er wollte so gern bunte Blasen pupsen.«

»Was ist ein Mummel?«

Tibby durchforstete sein altes Gedächtnis bis in den letzten Winkel, war sich aber sicher, dass er dieses Wort noch nie zuvor gehört hatte.

»So eine Art schwimmende Karotte, die mir Gesellschaft leistet.« Livie versuchte erneut, ihn mit sich zu zerren. »Und jetzt lass uns Weihnachten feiern, Onkel Tibby. Das ist nur einmal im Jahr und bei euch gibt es sogar Minzsoße.«

»Ich will aber nicht«, wiederholte Tibby störrisch und sah mit leichtem Befremden, wie ein Ausdruck der Enttäuschung auf dem Gesicht der Banshee erschien.

»Na schön. Wenn du wirklich nicht willst.«

Sie machte trotzdem keine Anstalten, ohne ihn zu gehen.

»Wirklich nicht. Nicht noch ein Weihnachtsfest im Kreise der Familie, ich hatte genug davon. Ich …«

Er verstummte, als ihm plötzlich ein Gedanke kam. Einen Augenblick lang beschäftigte er sich ganz in Ruhe mit ihm, dann sprach er ihn laut aus.

»Du kennst also Millie? Weit aus der Zukunft kannst du demnach nicht angereist sein.«

»Nur ein paar Jahre.« Die Banshee zuckte mit den Schultern.

»Aber mich kennst du nicht?«

Sie schwieg.

»Du bist mir nie zuvor begegnet, richtig? Du kanntest mich bis zu diesem Moment gar nicht.«

Sie sagte noch immer kein Wort.

»Das bedeutet, dass ich in deiner Zeit nicht mehr lebe.«

Jetzt war ihr Schweigen ihm Antwort genug.

Tibby schwieg ebenfalls eine Weile mit ihr zusammen. Dann räusperte er sich. »Ich denke, ich werde dich doch begleiten. Vielleicht ist es ganz nett, diese verrückte Familie noch einmal Weihnachten feiern zu sehen.«

Damit hakte er sich bei ihr ein und gemeinsam verließen sie die Bibliothek.

Einen Augenblick später löste sich neben einem der langen Fenstervorhänge ein Schatten aus der Dunkelheit. Er war von Kopf bis Fuß in eine rotbraune Kutte gehüllt, deren Kapuze er tief in die Stirn gezogen hatte. Vor sich her trug er ein Goldfischglas, in dem eine orangefarbene Karotte schwamm, die leise *Jingle Bells* sang.

Jetzt hörte die Karotte auf, zu singen, und fragte ihren Träger mit hoher Stimme: »Das war jetzt aber kein echter Banshee-Einsatz, oder? Es bestand doch für keinen hier im Schloss Lebensgefahr.«

»Nein.« Der Kuttenträger, bei dem es sich um den direkten Vorgesetzten der Harrowmore-Banshee handelte, schüttelte seine Kapuze. »Das war es nicht. Ich habe Livie nur gebeten, Onkel Tibbys letztes Weihnachtsfest ein wenig schöner zu machen. Ich denke, sie hat das ganz gut hinbekommen.«

»Jingle bells, jingle bells«, sang der kleine Mummel fröhlich und wippte im Wasser auf und ab wie eine kleine Boje.

»Wir alle sollten aus jedem Weihnachtsfest, das uns geschenkt wird, ein ganz besonderes machen. Denn es könnte immer das letzte sein.«

Walt drückte das Mummelglas fest an sich. »Komm, Sniff. Lass uns ebenfalls zu den Harrowmores und Livie gehen und mitfeiern. Ich bin ganz gut beim Scharade-Spiel. Zusammensein ist an Tagen wie diesem das Wichtigste.«

»Oh what fun it is to ride in a one-horse open sleigh!« Der Mummel sprang einen Salto und ließ beim Eintauchen ins kühle Nass eine kleine Dusche auf die Kutte des Todesboten niedergehen. »Entschuldigung«, rief er, als er wieder auftauchte, und fügte hinzu: »Meinst du, es ist in Ordnung, heute eine Runde durch die Weihnachtsbowle zu schwimmen?«

Unter der Kapuze des Todesboten erklang ein leises Lachen. »Solange du keine Seife mit hineinnimmst, sei dir diese Weihnachtsfreude gestattet. Frohe Weihnachten, Sniff. Feiere es, so gut du kannst.«

DAS BUCH ZUR KURZGESCHICHTE

Banshee Livie

Als Taschenbuch & E-Book, fortlaufende Reihe, bisher 5 Bände erschienen
Urban Fantasy

So hat sich Livie ihren Tod nicht vorgestellt. Sie bekommt einen Job, der aus Heulen und Scharade besteht, einen altklugen Kollegen mit sexy Stimme, aber ohne Gesicht und eine staubige Dachkammer ohne Internetanschluss. Livie ist jetzt die Banshee von Schloss Harrowmore und hat in ihrer Rolle als Schutzgeist die Aufsichtspflicht über eine der tollpatschigsten Familien Englands. Als dann auch noch ein nachtragender Dämon auftaucht, um eine uralte Rechnung zu begleichen, ist Livies Tod endgültig aufregender als es ihr Leben jemals war.

MIRJAM H. HÜBERLI

Informationen zur Kurzgeschichte:

Die Weihnachtsferien stehen vor der Tür, doch an alles, was Zoe denken kann, ist dieser geheimnisvolle Junge, der ihr in einer folgenschweren Szene begegnet. Ob der Funke der Weihnacht doch noch auf sie überspringt? Diese Geschichte stellt eine Vorgeschichte zum Jugendroman ›Lash‹ dar und lässt sich spoilerfrei lesen.

Über die Autorin:

Vor vielen Jahren erblickte Mirjam H. Hüberli, dicht gefolgt von ihrer Zwillingsschwester, in der schönen Schweiz das Licht der Welt. Erst während des Studiums zur Online-Redakteurin wurde ihr bewusst, was sie wirklich will. So beschloss sie, den Schritt aus dem stillen Schreibkämmerchen in die aktive Szene zu wagen, um das zu leben, was das Herz ihr zuflüstert: Eigene Geschichten schreiben.

GLITZERN TUT ALLENFALLS DER REGEN

»Was zur Hölle ist mit dir auf dem Klo passiert?« Mein Ausruf des Erstaunens gilt der Haarpracht meiner besten Freundin Nicky. »Hat dich ein unsichtbares Haarmonster angegriffen oder hast du kurzerhand beschlossen, einen Bad-Hair-Day zu erleiden?«

Nicky betrachtet mich seelenruhig und meine herumfuchtelnden Bewegungen beeindrucken sie keineswegs.

Flüchtig huscht ihr Blick zur Sitzbank gegenüber, denn der Junge, der während ihres Kloaufenthalts das Abteil als sein Reich erobert hat, gibt ein seltsames Grunzgeräusch von sich – es klingt verdächtig nach einem unterdrückten Kichern und ich kann es ihm nicht verübeln.

Nicky sieht wirklich zum Schreien komisch aus.

»Von was redest du, Zoe?«

»Na ja, du siehst aus, als hättest du unfreiwillig Bekanntschaft mit einer Steckdose gemacht«, erkläre ich und kann mir das Lachen nicht länger verkneifen. Nickys wasserstoffblonde Mähne steht in alle Himmelsrichtungen von ihrem Kopf ab – beinahe verwunderlich, dass keine Rauchschwaden zwischen den Strähnchen hervorsteigen. Mit dem Kinn deute ich zur Fensterscheibe, damit sie sich selbst ein Bild davon machen kann. »Hat dir die Kloschüssel einen Stromschlag verpasst?«

Draußen ist längst die Nacht hereingebrochen, schließlich steht uns demnächst der kürzeste Tag des Jahres bevor. Vor dem Fenster erhasche ich Weihnachtsbeleuchtungen in allen Farben und Formen, dazu gesellen sich leuchtend rote Weihnachtsmänner und Rentiere, an denen die Bahn in rasantem Tempo vorbeisaust. Als Kleinkind habe ich mir ein Spiel daraus gemacht, sämtliche Weihnachtsbeleuchtung zu zählen, und freute mich wie verrückt, wenn die Anzahl von Tag zu Tag anstieg, denn das bedeutete: Weihnachten kommt näher.

»Upsi«, sagt Nicky nun und verstummt für einen kurzen Augenblick. Mit vorgeschobener Unterlippe betrachtet sie ihr verzerrtes Spiegelbild, beginnt zu glucksen und drückt sich sogleich energisch die Haare platt. »Nie wieder, ich schwöre hoch und heilig: nie wieder, gehe ich während einer Bahnfahrt aufs Klo.«

»War's so schlimm?«

»Schlimmer«, kontert meine Freundin, rümpft die Nase und lässt sich endlich wieder auf den Sitz neben mir plumpsen. »Aber immer noch besser, als zwei Stunden beim Konzert Schlange zu stehen.«

»Keine Frage, bestimmt würden wir uns jetzt noch die Beine in den Bauch stehen.«

»Aber eines muss mal erwähnt werden: Dieser Abend war überirdisch! Deine Oma hat es einfach drauf. Das war das coolste, unvergesslichste …«

»… vorgezogene«, werfe ich dazwischen, denn ich ahne sofort, was folgen wird. Dabei erhebe ich theatralisch den Zeigefinger, um gekonnt meine Oma Ida zu imitieren.

»… vorgezogene Weihnachtsgeschenk, das ganz bestimmt für immer in die Fischer-Hahn-Freundschaftsgeschichte eingehen wird.«

»Definitiv«, gebe ich ihr recht und lasse mein Augenmerk geistesabwesend in die Nacht hinauswandern. »Die Show war ultimativ stark.«

Abermals rauschen wir an einem gigantisch beleuchteten Weihnachtsbaum vorbei, den man unmöglich übersehen kann, dem folgt ein blinkender Stern auf der Spitze eines Hauses, dessen Kanten und Fenster unzählige Lichter schmücken. Instinktiv verfalle ich in mein altes Muster und beginne, zu zählen.

Drei, vier, fünf …

Ja, überall Weihnachtsbeleuchtungen, und trotzdem will die Weihnachtsstimmung nicht so richtig aufkommen. Ich wünschte mir, alles würde unter einer dicken Schneedecke liegen. Ist es nicht der Zauber der weißen Pracht, der allem eine märchenhaft stille und festliche Wirkung verleiht?

»Wo bleibt der Schnee, wenn man ihn braucht?«, sagt Nicky stöhnend und lässt den Kopf gegen die Scheibe sinken.

Einerseits bin ich überrascht über diesen abrupten Themenwechsel, andererseits bin ich es von ihr nicht anders gewohnt, dass sie meine Gedanken nur allzu oft errät – eine unsichtbare Verbindung, wie sie nur zwischen besten Freundinnen besteht.

Abgesehen von dem Jungen auf der anderen Seite ist der Bahnwaggon praktisch leer. Eigentlich erstaunlich, bei diesem Hundewetter. Nur spärlich treiben Wortfetzen weiterer Fahrgäste zu uns herüber.

Nicky haucht gegen die Scheibe und malt undefinierbare Zeichen hinein – oder sollen es Schneeflocken sein? »In weniger als zwei Wochen ist Weihnachten und nirgendswo ist ein Flöckchen zu entdecken.«

»Ich weiß genau, was du meinst.« Ich seufze, als würde die ganze Last der Schneegöttin auf meinen Schultern liegen, und fahre mit der Fingerspitze die Laufbahn eines Regentropfens nach. Doch hier glitzert nichts Winterliches vor dem Fenster, hier glitzert allenfalls der Regen. »Von Oh-du-fröhliche-Vorweihnachtsstimmung ist überhaupt nichts zu spüren.«

»Tja, auf die Naturgewalten ist eben auch kein Verlass mehr«, wirft Nicky ein und pustet sich eine Strähne aus der Stirn, die ihr neckisch ins Gesicht fällt. »Was soll's, dann gibt es eben verregnete Feiertage.«

»Du weißt doch, was Ida über den Regen sagt?«, versuche ich, sie aufzumuntern, und die nachfolgenden Worte sprechen wir im Chor aus, was nur daran liegen kann, dass ich Ida zu oft zitiere. »Regen ist das Konfetti des Himmels.«

Kaum dass wir es ausgesprochen haben, kichern wir wie auf Kommando los.

Schnell schiele ich zu unserem Wegbegleiter hinüber, aber er scheint weder Notiz von uns zu nehmen noch zu uns rüberzuschauen, dafür starrt er angestrengt aus dem Fenster. Mehr als seine gelbe Mütze und das Antlitz, das sich in der vom Regen verperlten Fensterscheibe spiegelt, ist nicht zu erkennen. Dennoch überkommt mich der Verdacht, dass er mit halbem Ohr unserer Unterhaltung lauscht …

»Zum Glück ist auf Idas Weisheiten immer Verlass«, fügt Nicky an und holt meine Aufmerksamkeit mit diesen Worten zurück zu sich.

»Und sie ist so was wie eine ganz eigene Naturgewalt.«

Ich kichere schon wieder. Ja, meine Oma ist eine Klasse für sich. Entweder man mag sie sofort oder man hält sie für ein verrücktes Huhn.

Ich meine, welche Oma geht schon regelmäßig auf Konzerte – okay, dass es in erster Linie Schlagermusik ist, muss an dieser Stelle ja keiner erfahren! – und welche Enkelin nennt ihre Oma freundschaftlich beim Vornamen? Was vor allem auch daran liegt, dass sie überhaupt nicht wie eine typische Oma rüberkommt.

Sie hat langes rotes Haar, darin einzelne graue Strähnen, die mehr und mehr die Oberhand gewinnen. Sie ist einer der leidenschaftlichsten und lebhaftesten Menschen, die ich kenne – eben eine wirbelnde Naturgewalt auf zwei Beinen. Jedenfalls ist sie nicht das, was man sich unter einer 08/15-Oma vorstellt. Ihr Herz schlägt für Individuen, die aus der Reihe tanzen. Dass sie ein gewisses Faible für Skurriles und Übersinnliches besitzt, lässt sich nicht verleugnen und diese Mischung ist, sagen wir mal, gewöhnungsbedürftig. Sie hat unzählige Freunde über die ganze Welt verteilt, manche von ihnen sind höchstens halb so alt wie sie selbst (allen voran ihr Seelenverwandter Emil!), aber trotzdem, oder genau deswegen, könnte ich mir ein Leben ohne sie nicht vorstellen. Gleichzeitig hat sie auch klare Vorstellungen, was Anstand und Moral betrifft, und sie hat mich früh gelehrt, was im Zwischenmenschlichen wichtig und richtig ist.

Aber eines steht fest: Ihre Weisheiten sind untrennbar mit meinem Leben verknüpft. Kein Wunder, sie hat praktisch für jede Lebenslage einen Rat parat. Und auf die Weisheiten seiner Oma sollte man hören, richtig? (Natürlich ist auch das eine weitere Weisheit von ihr.)

Wenn ich gedanklich schon bei Ida festhänge, könnte ich ihr eben husch eine Nachricht mit der genauen Ankunftszeit unseres Zuges zukommen lassen, sie spielt nämlich unseren Taxidienst.

»Was suchst du?« Nicky beobachtet meinen plötzlichen Anfall von Bewegung, der eher einer Art Abtasten meiner Bekleidung gleicht.

»Mein Handy. Eigentlich dachte ich …« Ich unterbreche mich selbst, greife in jede Tasche meiner Daunenjacke und fasse leider ins Leere. Mittlerweile leicht panisch, ziehe ich den Beutel nach vorne, der in meinem Rücken hängt, und zerre ihn auf. »Ich dachte, ich hätte es in der Jackentasche verstaut, aber …«

»… da ist es nicht?«, beendet meine Freundin den Satz mit einer nüchternen Feststellung.

Ich schüttle den Kopf. In meinem Innern geht gerade das wildeste Kopfkino ab, denn hey, wenn ich mein Smartphone verloren habe (Hilfe!), bin ich nur noch ein halber Mensch. Wie soll ich dann über-leben? Und die Story meines heimlichen Schwarms auf Instagram stalken, um up to date zu bleiben? »Mist, wenn ich mein Zweithirn verloren habe, bin ich aufgeschmissen.«

»Lass mich mal sehen«, sagt Nicky mit bemüht ruhiger Stimme – okay, sie behält tatsächlich meist die Nerven, wenn ich schon längst am Hyperventilieren bin. Für diese Eigenschaft liebe ich sie noch ein bisschen mehr als ohnehin schon.

Nun entwendet sie mir entschlossen meine Tasche aus den Fingern und zieht sie zu sich hinüber, um einen Gegenstand nach dem ande-ren ans Tageslicht zu befördern. Brieftasche, Ladekabel, Hand-schuhe, Ed-Sheeran-CD und einen coolen Trinkbecher mit seinem Künstlernamen drauf. Fein säuberlich deponiert sie alles auf dem leeren Sitz neben sich, bis sie auf etwas stößt, das sie aus dem Kon-zept bringt. »Äääähm, was ist denn das?«

Ich fasse es nicht! Wann hat sie mir das bloß in die Tasche geschmuggelt?

Die Rede ist von niemand Geringerem als meiner Oma …

»Typisch Ida«, schüttle ich peinlich berührt den Kopf, zupfe Nicky postwendend die Karte aus den Fingern und stopfe sie in die Jackentasche. Ida ist nicht nur eine Naturgewalt, sondern auch ein echtes Unikat.

Erneut blicke ich verstohlen zu dem Jungen hinüber und hoffe, dass er von dem Ereignis nichts mitbekommen hat. Ich will nicht, dass er mich als irgendeinen esoterikgestörten Freak abstempelt.

Warum eigentlich? Ich kenne ihn doch überhaupt nicht.

Erleichtert stelle ich fest, dass er mit seinem eigenen Kram beschäftigt ist, also kann ich mich getrost Nickys Frage widmen. Mit gesenkter Stimme erkläre ich, um was es sich bei dem Gegenstand handelt: »Es ist eine Tarotkarte.«

»Cool, Ida ist eine richtige Wundertüte.« Nicky grinst breit, doch von einer Sekunde auf die andere macht sie ein ernstes Gesicht. Sie rutscht mit dem Po bis an den Rand der Sitzfläche, beugt sich vor, legt mir mit vorsichtiger Geste eine Hand auf die Schulter und wartet offensichtlich zuerst meine Reaktion ab (ein verängstigtes »Was ist los?«), bevor sie mir in die Augen sieht. »Erinnerst du dich noch daran, wann du das Handy zum letzten Mal gebraucht hast?«

»Mal überlegen …«

Im Schnelldurchlauf gehe ich die letzten Schritte durch:

- *Ed Sheeran gab die zweite Zugabe (Shape of you).*
- *Und ich bin mir sicher, ich habe Millionen Fotos geknipst.*
- *Mit dem Ende des Songs folgte die Erkenntnis, dass wir schleunigst zum Zug stressen müssen.*

- Also haben wir unsere Jacken und Taschen gepackt und sind rausgestürmt.

Der Rückblick hilft mir nicht weiter.

Verdammt, verdammt, verdammt! Habe ich das Smartphone echt in der Halle liegen gelassen?

Mein Puls rast.

Erst als Nicky vor meinen Augen an Schärfe gewinnt, verstehe ich, worauf sie hinauswill.

»Ich könnte wetten, du hast zuerst das Handy verstaut und dann die Jacke angezogen, stimmt's?« Sie deutet mit dem Finger auf meine Brust. »Bestimmt in der Tasche deines Hemdes.«

Hastig (wohl eher hysterisch!) zerre ich den Reißverschluss auf, presse die Hand auf meine Brust und atme erleichtert aus.

»Alles da, wo es hingehört?«, fragt Nicky und wackelt amüsiert mit den Brauen – an ihr ist echt eine Detektivin verloren gegangen. Sherlock Holmes war bestimmt ein Urahne von ihr!

Ich schwöre, ich kann das Herz unter meinen Fingern klopfen spüren – vor Erleichterung! »Alles, wo es hingehört.«

Die Zweideutigkeit ihrer Worte wird mir in dem Moment bewusst, als ich bemerke, wie mir der fremde Junge einen flüchtigen Seitenblick zuwirft. Nicht etwa belustigt, eher aufmerksam musternd.

Er ist echt süß!, ertappe ich mich bei dem Gedanken. Seine dunklen Locken lugen unter der gelben Wollmütze hervor und kräuseln sich verspielt im Nacken.

Als ob er mich ebenso bei meinem Gedankengang ertappt hätte, lächelt er mich an.

Definitiv süß!

Doch zu mehr als einem Lächeln und intensivem Blickaustausch reicht die Zeit nicht mehr, weil …

»Zoe, pack deine Sachen, wir müssen raus.«

»Sind wir schon in Würzburg?«

»Wenn du weiter so trödelst, sind wir bald in München …«

Hektisch stopfe ich meine sieben Sachen zurück in den Beutel, stecke mein Handy in die Innentasche meiner Jacke (nachdem ich kurz gecheckt habe, ob Ida sich gemeldet hat – nichts!), und als der Zug quietschend zum Stehen kommt, hüpfen wir beide raus.

»Wo wartet Ida?«, fragt Nicky, während wir mit großen Schritten die Bahnhofshalle durchqueren.

»Hinten, beim Parkplatz.«

Zwei Minuten später treten wir aus dem Gebäude, steuern zielstrebig den Parkplatz an, und es ist, als hätte Petrus die Schleusen geöffnet. Es schüttet wie aus Eimern.

Eigentlich war geplant, dass Ida uns zu dieser späten Stunde direkt am Bahnhof abholt, weil meine Mama und mein Papa erst morgen von ihrem Prager Städtetrip zurückkommen. Andernfalls hätten Nickys Eltern wohl kaum zugestimmt, dass wir ohne Aufsicht zum Konzert fahren dürfen, mit anschließender Übernachtung bei mir.

Ähm, ja, *eigentlich* …

Die Realität sieht anders aus. Denn als wir beim Parkplatz ankommen, ist von Ida weit und breit keine Spur zu sehen – und ihren blauen Enterich (wie sie ihren fahrbaren Untersatz liebevoll nennt) würden wir garantiert nicht übersehen.

»Mist«, murmle ich, krame das Handy wieder aus der Jackentasche und wähle hastig ihre Nummer.

Es ist kalt, nass und dunkel. Innerhalb kürzester Zeit scheinen meine Klamotten den Regen aufgesaugt zu haben und die Feuchtigkeit überzieht meinen Körper mit ungemütlich eisiger Kälte.

Es klingelt. Einmal, zweimal, dreimal ...

»Sie geht nicht ran«, erkläre ich überflüssigerweise.

Viermal, fünfmal, sechsmal ...

Ratlos lege ich auf und vergewissere mich, ob unterdessen eine Nachricht von ihr eingegangen ist. Nein, nichts. Weder eine WhatsApp-, SMS, Mail noch eine Sprachnachricht.

»Ruf noch mal an«, fordert Nicky mich ungeduldig auf.

Wortlos folge ich ihrer Aufforderung, doch es bleibt auch beim zweiten Versuch bei demselben Ergebnis – keine Ida am anderen Ende.

»Entweder ist sie eingeschlafen oder sie hat uns vergessen«, raunze ich, weil sie sonst echt die Zuverlässigkeit in Person ist. »Und was nun? Laufen?«

»Bei dem Kackwetter?« Nickys fehlende Begeisterung ist nicht zu überhören.

»Hast du eine bessere Idee?«, entgegne ich nicht minder begeistert – die eisige Nässe lässt mich kratzbürstig werden. »Aber ganz ehrlich, bei diesen frostigen Temperaturen habe ich keinen Bock, mir die Füße in den Boden zu stehen, bis sie Eisklumpen sind.«

Nickys Mund verformt sich zu einer Schnute.

»Oder willst du etwa deine Eltern anrufen?«, mache ich einen weiteren Vorschlag, von dem ich genau weiß, wie ihre Reaktion darauf ausfallen wird.

Ihre Schnute verwandelt sich zu einer Grimasse und sie sieht aus, als hätte sie gerade in eine äußerst saure Zitrone gebissen.

Widerstrebend, aber nickend stimmt sie meinem ursprünglichen Plan schließlich zu, denn die Alternative, ihre Eltern zu dieser nachtschlafenden Uhrzeit aus dem Bett zu klingeln, gefällt ihr noch weniger, als die paar Hundert Meter durch strömenden Regen zu gehen.

»Okay, okay, laufen wir durch das Konfetti des Himmels.«

Ein letzter Kontrollblick aufs Handy, dann rennen wir los.

Wir sind kaum zwei Straßen weiter, als ich plötzlich ein Geräusch wahrnehme. Automatisch bleibe ich stehen und werfe einen Blick über die Schulter.

»Zoe, was hast du?«

»Hast du das nicht gehört?«, gebe ich zurück und im selben Moment bemerke ich einen Schatten, der aus dem Nichts auftaucht.

Er rennt geradewegs auf uns zu.

Für eine Sekunde halte ich erschrocken den Atem an. Dann erahne ich die gelbe Wollmütze und die dunklen Haare, die ihm feucht in der Stirn kleben, obwohl er im Schutz eines Regenschirms steht. Trotz Dunkelheit mache ich schemenhaft die Konturen eines Gesichts aus, das ich kaum kenne. Es gehört zu dem süßen Typen aus der Bahn.

Was will er hier?

Ich verstehe nicht. Ist er uns gefolgt?

Dicht vor uns bleibt er stehen und grinst schief, vielleicht auch verlegen, das zu beurteilen, bin ich nicht imstande. Bevor Nicky oder ich etwas sagen können, drückt er mir unerwartet seinen Minion-Regenschirm in die Hand und raunt: »Für dich.«

Nur kurz berühren sich unsere Hände, doch für diesen flüchtigen Moment ist es, als würden die Regentropfen in Zeitlupe fallen. Alles um uns herum scheint zum Stillstand zu kommen.

Für eine, vielleicht auch zwei oder drei Sekunden tanzen unsere Herzen im Gleichtakt. Dieser Blick aus nachtblauen Augen, dieses Lächeln, das mitten ins Herz geht, und ich ahne es sofort: Das ist eine Begegnung, die mir immer in Erinnerung bleiben wird, für immer eingebrannt in meinem Innern. Und dennoch ist es nicht mehr als der Bruchteil eines Augenblicks, der so schnell verfliegt, dass ich nicht reagieren kann.

Ich blinzle, starre ihn an, weil mir partout nichts Geistreicheres einfallen will, und so greife ich mechanisch nach dem Schirm. Ehe ich mich versehe, verschwindet er zwischen den Regenfäden und verschmilzt mit den Schatten der Nacht. Zurück bleiben nichts als der Geruch von Regen, ungesagte Worte und die Sehnsucht nach Schneeflocken.

»Danke«, flüstere ich ihm hinterher, obwohl er mich längst nicht mehr hören kann.

Mit diesem Laut breitet sich ein seltsames Kribbeln in meiner Brustgegend aus – keines der guten Art. Ich werde das unbestimmte Gefühl nicht los, zwar zur richtigen Zeit am richtigen Ort gewesen zu sein, aber komplett falsch gehandelt und falsch reagiert zu haben.

»Was um alles in der Welt war das denn?« Nicky starrt mich aus großen Augen an.

»Was … Was meinst du?«

Sie fuchtelt wie wild vor meinem Gesicht herum und schmeißt ihrerseits Wassertropfen wie kleine Wurfgeschosse durch die hormongetränkte Atmosphäre. »Na, dieses ›Für dich‹ und dieses Funkensprühen zwischen euch?«

Mein Herz pocht, pocht, wie ich es noch nie zuvor erlebt habe, und trotzdem bringe ich nichts anderes über die Lippen als: »Ich habe keine Ahnung, wovon du redest.«

Der Rest des Heimwegs verläuft ereignislos – stimmt nicht ganz, Nicky plappert ohne Punkt und Komma über die Weihnachtsferien und ihre Pläne, aber ich bin gefangen in dem eben Erlebten und wünschte mir, ich könnte mir von Hermine den Zeitumkehrer ausleihen und noch mal zu der Begegnung zurückkehren, um den Jungen zu fragen, wer er ist, wo er wohnt oder wenigstens, wie er heißt ...

Erst als mein Handy surrt, löst sich meine gedankenschwere Starre und ich schaffe es, meine Lebensgeister wieder auf Kurs zu bringen.

»Wer ist es?« Nicky schaut mich erwartungsvoll an.

»Ida«, gebe ich einsilbig zurück und überfliege ihre Zeilen.

Sorry, kleine Hexe!!! Enterich hat den
Dienst quittiert. Nehmt euch doch bitte
ein Taxi, ich warte vor dem Haus auf
euch und übernehme die Kosten. U & B

Tatsächlich steht Ida wartend vor dem Hauseingang, als wir wenige Minuten später ankommen.

»Großer Gott, seid ihr nach Hause gelaufen?«

Mit besorgtem Blick mustert sie uns, beteuert mehrfach, wie leid es ihr tut, und dirigiert uns Richtung Korridor. Als ich kurz den Regenschirm ausschüttle, ehe ich ihn zuklappe, entdecke ich etwas, das unter den metallenen Speichen klemmt.

»Was ist das?«, murmle ich mehr zu mir selbst als an Ida oder Nicky gerichtet.

Es ist ein Fetzen Papier. Rasch ziehe ich es heraus, um es mit klopfendem Herzen zu entfalten.

»Uhh, das ist bestimmt von ihm.« Das letzte Wort betont Nicky dermaßen, dass Ida sofort klar wird, dass hier irgendetwas im Busch ist. »Was steht drauf?«

Oh mein Gott! Möglicherweise hat mir der geheimnisvolle Junge auf diesem Weg tatsächlich eine Botschaft hinterlassen?

Doch die Enttäuschung folgt auf dem Fuß. Das Papier ist komplett aufgeweicht und die darauf gekritzelten Zeilen sind mit dem Regen zu einem unleserlichen wasserblauen Schimmer zerflossen. Tja, Pech gehabt! Was immer auch darauf stand, ich werde es nie erfahren.

»Wenn auf etwas *kein* Verlass ist, dann auf den Einsatz deiner Glückssträhne«, fasst Nicky in Worte, was sich in meinem Innern abspielt.

»Erzählt mir vielleicht eine von euch zweien, was hier los ist?« Ida schaut mich eindringlich und zugleich auffordernd an.

Seltsamerweise bringe ich kein Wort über die Lippen, vermutlich weil ich mir gerade nichts sehnlicher wünsche, als aus den nassen Klamotten zu kommen … Stattdessen übernimmt Nicky und schildert mit wenigen sachlichen Worten, was sich vor wenigen Minuten abgespielt hat.

»Und nun wird Zoe nie erfahren, was der süße Typ ihr mitteilen wollte«, endet sie seufzend die Beschreibung des romantischen Szenarios mit dem Titel: Kürzeste Romanze der Weltgeschichte.

Mittlerweile hat Ida uns in ihr Wohnzimmer bugsiert. Noch während Nicky erzählte, flitzte sie ins Nebenzimmer und kam mit Wolldecken zurück, die sie uns fürsorglich um unsere Schultern bettete.

»Ein zauberhaftes Erlebnis, und so passend zur Zeit des Festes der Liebe.«

Idas Gesicht nimmt einen Ausdruck an, der beinahe verträumt wirkt. Aber so wie ich meine Oma kenne, folgt gleich ein halber

Monolog, gespickt mit ihren Weisheiten, also wappne ich mich innerlich bereits dafür …

Ein seltsames Lächeln umspielt Idas Mund. Doch ich habe mich getäuscht. Alles, was sie noch darauf erwidert, ist: »Kopf hoch, meine kleine Hexe.«

Kleine Hexe … Bei diesen Worten fühle ich mich augenblicklich wie das kleine Mädchen, das zu Kindergartentagen Omas verrückten Geschichten lauschte. Mir ist klar, dass ich für Ida immer *die kleine Hexe* bleiben werde, und wenn mich jemand so nennen darf, dann sie.

Unerwartet greift sie mit ihrer Hand in meine Jackentasche und zieht in einer solch selbstverständlichen Geste die Tarotkarte heraus, dass ich mich gar nicht erst frage, woher sie wusste, wo ich sie verstaut habe – als sie mir die Karte unter die Nase streckt, verstehe ich, was ihr seltsames Lächeln zu bedeuten hat: Es ist das Herz.

»Du weißt, bald ist Weihnachten, und an Weihnachten darf man sich etwas wünschen.« Nun strahlt ihr Lächeln bis zu den Augen und sie zwinkert mir aufmunternd zu.

Ich bin dankbar für ihren Zuspruch und versuche mich an einem Lächeln. Zu meiner eigenen Verwunderung gelingt es mir. Nicht etwa wegen Idas Worten, nein, es ist weit mehr als das. Wie durch Zauberhand beginnt der Regen, der stetig gegen die Fensterscheibe klopft, sich zu verwandeln. Er wird heller, gar weißer, und entschleunigt sich auf wundersame Weise. Sanft fallen die schweren Schneeflocken vom Himmel, tanzen durch die Nacht und spielen ihre eigene stille Musik. Es mag kindisch klingen, aber es gibt mir das sichere Gefühl: Alles ist möglich.

»Du siehst, jeder Tag ist voller kleiner Wunder.« Ida ist meinem Blick gefolgt.

»Oh mein Gott, es schneit!« Nickys Augen leuchten vor Begeisterung. »Genau wie ich es dir prophezeit habe, Zoe. Dieser Tag geht in die Fischer-Hahn-Geschichte ein.«

Ihre Begeisterung ist ansteckend, sodass die Beklemmung in der Brust nachlässt und dem vorhin gewonnenen Gefühl Platz gibt: Ja, alles ist möglich.

Als ich mich wieder in Idas Blickfeld befinde, fragt sie: »Geht's wieder besser?«

»Ja, alles gut«, gebe ich zurück.

»Prima, dann mache ich euch beiden begossenen Pudeln erst einmal zwei große Tassen heiße Schokolade.«

»Mit Marshmallows?«

Ida lacht mich an. »Mit Marshmallows.«

Kaum dass sie das Wohnzimmer verlassen hat, kehrt sie mit vielsagender Miene zurück. Ihr erhobener Zeigefinger wirkt nicht schulmeisterlich, sondern verdeutlicht lediglich, dass das, was gleich folgen wird, für sie von immenser Wichtigkeit ist.

»Vergiss eines nicht, Zoe.« Ida nimmt mein Gesicht in beide Hände. Sie sind wohlig warm und ich fühle mich augenblicklich geborgen. Meine Oma schenkt mir einen intensiven Blick und es ist mir, als könnte sie bis ins Innerste meiner Seele blicken. »Man sieht sich immer zweimal im Leben.«

Tja, habe ich es nicht gesagt? Ida hat für jede Lebenslage einen weisen Rat auf Lager. Und diesmal glaube ich ihr, ohne zu zweifeln, denn wie bereits erwähnt: Auf die Weisheiten seiner Oma sollte man immer hören …

DAS BUCH ZUR KURZGESCHICHTE

Lash: Von Herzen fies

Als Taschenbuch & E-Book, Einzelband
Young Adult Liebesroman

Manchmal reicht ein gemeinsamer Herzschlag aus und er wirkt für die Ewigkeit ...

Als Zoe von dem ebenso attraktiven wie undurchschaubaren Mitschüler Sam eine Aufgabe erhält, hegt sie die leise Hoffnung, endlich von ihrem heimlichen Schwarm bemerkt worden zu sein. Sie soll Lash, den Neuen an der Schule, zur Belustigung der Clique ausspionieren. Nicht ahnend, welch finstere Hintergedanken Sam hegt, nimmt Zoe die Herausforderung an.
Plötzlich merkt sie allerdings, dass sich hinter Lashs Fassade, mit seiner Wolfgang-Petry-Frisur, dem Faible für Schlagermusik und seiner Höllenmaschine, weit mehr verbirgt als zunächst angenommen. Aber da steckt sie schon viel zu tief in den Intrigen, um urteilen zu können, was richtig und falsch ist - und zu sehen, dass sie gerade kopfüber in ein Gefühlschaos stolpert.

NICOLE SCHUHMACHER

Informationen zur Kurzgeschichte:

Eine verpeilte WG in einem magischen New Orleans mit Wichteln, Dämonen, Zentauren, Nymphen und weiteren Fantasywesen gibt es nicht? Oh doch – und zwar in Tess Carlisles Leben. Besucht die sympathische Kautionsdetektivin und ihre Freunde, die in ihrem Zuhause den Weihnachtsbaum anzünden. Ja. Tun sie wirklich … nein, das ist kein Wortsp… ach lest selbst. Unabhängig von der ›Tess Carlisle-Reihe‹ lesbar.

Über die Autorin:

Nicole Schuhmacher, geboren im Mai 1987 in der wunderschönen Sächsischen Schweiz, lebt und arbeitet auch noch heute in einem kleinen Ort in Ostsachsen. Ihre Liebe zum Schreiben entdeckte sie im Teenageralter und frönte dieser Leidenschaft jahrelang als exzessive Verfasserin von Fanfictions. Nicole ist außerdem Cosplayerin, Disney-Verehrerin, Musical-Gängerin und Hunde-Mama. Sie bezeichnet sich selbst als Fangirl, Superhelden-Süchtling und Vampir-Lady. Die bekennende Tagträumerin mag außerdem: Meerjungfrauen, Comics, Zombies und völlig unnütze glitzernde Sachen (PINK! Sie müssen PINK sein!!!1!!11!!!). Sie liebt ihre Playstation, Mangas und Animes, Uniformen, Knoblauch, die Ich-Erzählperspektive, ausgefallene Haarfarben und natürlich Bücher!!! Übrigens ist sie als Baby einmal ganz unglücklich vom Wickeltisch gefallen und hält eigentlich überhaupt nichts von diesen übermäßig seriös wirkenden Autorenporträts … ;D ›Jägerseele‹ ist ihr Debütroman.

JÄGERWEIHNACHT

Ein Schrei durchbricht die besinnliche Stille, als ich meine Haare in eine aufregende Hochsteckfrisur zwinge. Ich zucke zusammen, lasse die letzte Haarnadel ins Waschbecken fallen und verlasse eilig das Badezimmer.

»Puck?«, rufe ich, ernsthaft um den Wichtel aka meinen Vermieter aka besten Freund aka Obernervensäge vom Dienst besorgt, und stöckle in meinem Etuikleid ins Erdgeschoss hinunter. »Alles in Ordnung?«

Der räucherkerzengeschwängerte Raum lässt mich kurz husten, als ich ins Wohnzimmer trete. Eine Dunstwolke Weihrauch und Myrrhe liegt in der Luft, was mir zusätzlich Tränen in die Augen treibt.

Mein Blick gleitet über allerhand weihnachtliche Dekorationsartikel und eine beachtliche Ansammlung an Knabbereien, welche überall für unsere bald eintreffenden Gäste bereitstehen. Liebevoll verpackte Geschenke unter einem dekadent blinkenden Weihnachtsbaum lassen Vorfreude in mir aufsteigen.

Inmitten dieser kitschigen, fröhlich leuchtenden Weihnachtslandschaft entdecke ich meinen Mitbewohner. Der etwa achtzig Zentimeter große Wichtel hat entweder gerade einen Anfall oder er hält wild zuckende Gesichtsnerven für besonders weihnachtspartytauglich.

Seine wenigen Haare und das faltige Gesicht lassen ihn wie einen Greis erscheinen, obwohl er mit Anfang vierzig im besten Wichtelalter ist.

»Ich habe dich schreien gehört. Kann man dir helfen?«

»Der Kamin!«, ruft der laufende Meter und zeigt vage auf die Wand hinter seinem besten Freund, dem fünfundfünfzig Zoll großen LCD-Fernseher. In den knochigen Händen trägt er eine Ansammlung an Nikolaussocken, welche aufgrund seiner geringen Körpergröße enorme Ausmaße vorgaukeln.

»Was ist damit?«, will ich wissen. Dabei trete ich prüfend von einem Bein auf das andere. Meine Füße tun bereits weh. Vielleicht hätte ich die Pumps am Heiligen Abend lieber stecken lassen sollen.

»Wir haben keinen«, flüstert der Hausherr. Seine großen herunterhängenden Ohren und die traurigen Augen verpassen ihm einen bedröppelten Ausdruck.

Ich verstehe das Problem nicht ganz, muss daher nachhaken. Diese Tatsache kann ihm unmöglich erst jetzt aufgefallen sein. »Und?«

»Wie soll ich die Nikolaussocken an den Kaminsims hängen, WENN WIR GAR KEINEN KAMINSIMS HABEN?!«

Der wichtelige Gefühlsausbruch lässt mich gänzlich kalt. Ich hole ihm weder eine Papiertüte noch lasse ich mich dazu herab, mit den Augen zu rollen. »Du wohnst hier schon dein halbes Leben und das fällt dir erst jetzt auf?«

»Die habe ich extra anfertigen lassen.«

»Gib mal her.«

Ich bahne mir meinen Weg vorbei an Lichtergirlanden und Weihnachtsengeln aus Pappmaché, um Puck die Socken abzunehmen.

»Vielleicht sollten wir schnell einen Kamin an die Wand zeichnen. Fällt bestimmt niemandem auf, dass er nicht echt ist.«

»Genau«, stimme ich ihm ganz und gar nicht überzeugt zu, während ich den Kleiderständer neben der Eingangstür umständlich mit einer Hand von Wintermänteln und Lederjacken befreie. »Plan doch noch einen Wanddurchbruch, dann kann Santa Claus gleich im Wohnzimmer landen.«

Ich bin froh, dass Puck ein Wichtel ist. Wäre mein Vermieter ein Troll oder ein Oger, hätten wir vielleicht innerhalb weniger Sekunden aufgrund einer fehlenden Wohnzimmerwand freien Einblick in Nachbar Endicotts Garten gehabt.

Ich habe das Gefühl, dass Puck mir überhaupt nicht zuhört, denn er starrt nur weiter vor sich hin und kriegt gar nicht mit, dass ich mittlerweile den Garderobenständer zweckentfremde und bunt gemusterte Füßlinge an die Haken hänge. Jede Socke ist mit einem hübsch gestickten Namen verziert.

Puck (Kackbratze von einem Wichtel mit zukünftigen Kaminbau-Ambitionen).

Fin (Paradebeispiel eines gutherzigen Katzenmädchens – ja, richtig gelesen: Katze *und* Mädchen – und treue Seele in meinem Kautionsbüro).

T. C. (That's me!)

Danial (Dämon und Lieblingssohn des Teufels, der verdammt heiß aussieht – Wortspiel gewollt).

Shelly. (…)

Shelly?

Ich kenne keine Shelly.

»Wer ist Shelly?«

Puck wirbelt zu mir herum, als ich ihn fragend anblinzle. Seine sieben grauen Haare fliegen dabei wild umher.

Wie ein geölter Blitz reißt er mir die Shelly-Socke aus den Fingern und stopft sie in seine karierte Weste, welche sogleich eine merkwürdige Beule zur Schau trägt.

»Das hat dich überhaupt nicht zu interessieren«, faucht er mich an, sodass ich aus purem Reflex abwehrend die Hände hebe.

»Ist ja gut.«

Es interessiert mich zwar trotzdem brennend, aber ich kann mich gerade noch so beherrschen, den Wichtel nicht zu packen und eine Aufklärung aus ihm herauszuschütteln.

Als Ablenkung posiere ich wie die Buchstabenfee beim Glücksrad und bewerbe unseren aufgehübschten Kleiderständer. »Also was sagst du?«

»Warum siehst du aus wie eine niederländische Hafennutte, wenn du die Garderobe anpreist?« Puck beäugt mich mit zusammengekniffenen Augen, dann verschränkt er die Arme vor der Brust und kommt erst so richtig in Fahrt. »Ich fühle mich massiv unwohl dabei. Was hast du eigentlich an? Gab's das auch eine Nummer größer? Bisschen Presswurst, oder?«

Ich knirsche mit den Zähnen, während ich gedanklich durchgehe, was ich dem Wichtel alles antun könnte.

»Rot steht dir nicht«, stichelt er weiter. »Aber wenn du dich vor den Gästen blamieren willst, bitte schön.«

Vor meinem geistigen Auge läuft Puck gerade geteert und gefedert durch den Vorgarten. Hihi, ja, die Vorstellung gefällt mir.

Ich tue gut daran, seine Worte nicht zu mir durchdringen zu lassen. Es ist Heiligabend, das Fest der Liebe hat schon den Fuß in der Tür, er …

»Er meint es nicht so.«

Puck und ich drehen unsere Köpfe gleichzeitig zum Treppenaufgang. Augenblicklich werden wir von Danials wild blinkendem Weihnachts-LED-Strickpullover mit Rentiermuster geblendet.

»Hilfe, ich bin blind«, beschwert sich Puck, als ich schon wieder wegsehe und die entstandenen Flecken auf meiner Netzhaut wegblinzeln will.

»Oh, entschuldigt«, bittet der Dämon mit dem blonden Struwwelhaar und nestelt am Saum seines übertrieben festlich wirkenden Pullovers herum. »Man kann die Helligkeit einstellen. Irgendwo ist ein Schalter.«

Der Hausherr taumelt theatralisch nach hinten und hält sich die Hände vors Gesicht, wobei er gegen den Kleiderständer stößt und die Socken zum Wackeln bringt. »Mach schnell«, fordert er. »Du strahlst heller als jede Supernova.«

Mit zusammengekniffenen Augen, um keine bleibenden Sehschäden davonzutragen, wage ich es, zu dem dritten Mitglied unserer WG zu schielen. Ich finde es putzig, wie sich der menschlich wirkende Höllendämon unbeholfen um die eigene Achse dreht und versucht, die Intensität seiner Lichtinstallation zu verringern.

»Warte, ich helfe dir«, biete ich ihm an.

Mit ausgestrecktem Arm taste ich mich voran, bis meine Finger auf weichen Strickstoff stoßen. Ich umrunde Danial und werde nicht mehr geblendet, als ich direkt hinter ihm stehe. Suchend fahren meine Hände seinen Rücken hinab.

»Hier ist kein Schalter«, sage ich, als ich mir der Korrektheit dieser Aussage sicher bin.

»Ich glaube, er war hier vorn.«

Meine Hände wandern über Danials Vorderseite, was dazu führt, dass wir in einer seltsamen Umarmung vor Puck posieren, der uns mit hochgezogener Augenbraue beäugt.

»Hab ihn!«, rufe ich, als ich die Elektronik im Saum finde und an einem kleinen Regler schiebe.

»Jetzt ist es ganz aus«, sagt Puck mit blankem Tonfall und verschränkt die dünnen Ärmchen vor der Wichtelbrust.

»Kann gar nicht sein«, widerspreche ich und fühle mich arg in meiner Weihnachtspullover-Steuergerät-Bedienkompetenz gekränkt.

Voller Tatendrang, das Malheur auszubessern, schubse ich Danial in die Mitte des Raumes, dahin, wo unsere wild blinkenden Lichterketten eine bessere Beleuchtung versprechen. Vor ihm gehe ich umständlich in die Knie und betrachte mir den Mechanismus von Nahem. Erst als ich Pucks Räuspern höre, wird mir bewusst, dass diese Position ein wenig verfänglich aussehen könnte.

»Du solltest das mit dem Fest der Liebe nicht so wörtlich nehmen«, will er mich aufziehen, aber ich weigere mich, mir dies anzunehmen.

Es ist nur peinlich, wenn ich zulasse, dass es peinlich ist.

Mit einem triumphierenden Ausruf finde ich schließlich den richtigen Schalter und schieße in die Höhe, um mein Gesicht ganz nah vor Danials vorzufinden. Kurz bin ich irritiert, als mich grüne Augen wachsam anfunkeln, dann klatsche ich in die Hände, lächle breit und verkünde stolz: »Geht wieder. Ich hatte aus Versehen den Ausschalter betätigt.«

»Rot steht dir ausgezeichnet«, meint Danial unvermittelt mit einem Lächeln auf den Lippen.

Meine Wangen fühlen sich plötzlich heiß an, aber ich schiebe es auf die körperliche Tätigkeit meiner anstrengenden Schaltersuche.

»Schleimer«, hustet Puck und äußert dann, dass das Weihnachts-outfit des Dämons ohne die Intensitätsstufe ›atomarer Sprengsatz‹ sogar recht ansehnlich ist.

»Danke«, sagt Danial an mich gewandt und lächelt.

Es ist süß, dass er so viel Interesse an unserem irdischen Kram, den Gebräuchen und der ganzen Technik hat, obwohl er mit einem Fingerschnippen mehr erreichen könnte als die gesamte Menschheit in hundert Jahren. Und dass er das Fest des Sohnes des Erzfeindes seines Vaters mitfeiert … Wow, mind blow!

Ich will einen Schritt zur Seite tun, weil ich es komisch finde, dass wir so nah beieinander glucken, obwohl wir keinen Grund mehr dazu haben, doch Puck stellt sich mir in den Weg, seine Handflächen zeigen auf mich. »Wo willst du hin?«, will er barsch von mir wissen.

Verwirrt blinzle ich auf den Wichtel hinab. Seine karierte Fliege sitzt schief, aber das sage ich ihm nicht. Stattdessen murmle ich ausweichend: »Ich hole uns Punsch.«

»Du ziehst dich jetzt nicht aus der Affäre, Fräulein«, schimpft der Gastgeber. »Was glaubst du, wo ihr gerade steht?«

Mein Blick gleitet zu Weihnachts-Danial, der ahnungslos die Schultern hebt.

»Was meinst du?«, will ich von Puck wissen und werde langsam stinkig, weil er schon wieder so arschig ist, obwohl wir heute ganz besonders besinnlich sein wollten.

Die kleine Kackbratze grinst verschwörerisch und deutet mit dem ausgestreckten Zeigefinger an die Zimmerdecke.

Scheiße, wer hat den denn da hingehängt?!

Danial folgt meinem Blick und beäugt neugierig das Sandelholzgewächs mit den weißen Früchten, welches an unserer Lampe baumelt.

»Wieso hängt der da?«, frage ich mit leichter Panik in der Stimme.

Puck lacht gehässig, während er seine Arme in die Hüften stemmt. »Weil ihn da niemand vermuten würde. Heute Abend werden sich die peinlichsten Szenen genau an dieser Stelle abspielen.« Der Wichtel kichert verschwörerisch, bevor er sich wieder einkriegt und mit strengem Blick sagt: »Also, ich will Taten sehen.«

Ich winke ab. »Ich denke nicht, dass …«

»Was ist das?«

Danials Stimme lässt uns zu ihm schauen.

»Das ist ein Mistelzweig«, erkläre ich wahrheitsgemäß und spüre Unbehagen in mir aufsteigen.

Ich bin nicht gewillt, die Tradition hinter diesem vermaledeiten Gewächs näher zu erläutern, doch Puck übernimmt bereitwillig, nachdem der Höllendämon gefragt hat, was es damit auf sich hat.

Wer hat sich diesen Mistelmist eigentlich ausgedacht?

»Ein Zeichen für Versöhnung und Glück«, philosophiert Puck unterdessen und erläutert anschließend den Brauch, dass Frauen unter solchen Zweigen geküsst werden müssen. »Tu es einfach, sonst bleibt T. C. auch im nächsten Jahr Single.«

Ich wedle immer energischer mit den Armen und verliere auf den hohen Schuhen fast meine Balance. »Du musst dich zu nichts genötigt fühlen. Das ist nur ein alberner …«

»Tun wir's.«

»Bitte?«

»Ich will dich küssen.«

Ääähhh, okay, das kommt plötzlich.

Unser gemeinsamer Vermieter prustet hemmungslos, als ich verdattert nach Worten ringe und Danial mich unschuldig angrinst.

»Stell dich nicht so an, wir sind hier nicht im Kindergarten«, beschwert sich der Hausherr, als ich keine Anstalten mache, mich auf Danial zuzubewegen.

»Ist gut, ich mach ja schon.«

Okay, spreche ich mir Mut zu. *Es ist nur ein Kuss, nur ein Kuss.*

Ich hole tief Luft, trete eilig zwei Schritte nach vorn und werfe mich förmlich gegen unseren Höllengast. Meine Lippen legen sich derart heftig auf seine, dass es fast wehtut. Hastig ziehe ich mich von ihm zurück und atme erleichtert auf.

Das war doch halb so wild.

Stolz schaue ich in die Runde, sehe jedoch ein ungehaltenes Wichtelgesicht.

»Dein Ernst?«, will die dazugehörige Stimme wissen.

»Was denn?«, keife ich. Pucks Unterton lässt mich schlagartig grimmig werden. »Unsere Lippen haben sich berührt, das war definitiv ein Kuss.«

»Das war *kein* Kuss«, beharrt er. »Das war höchstens ein völlig verkorkster Schmatzer. Noch einmal, bitte.«

Ich wage es, den Blick zu Danial zu heben. Seine Schultern zucken. Ich will nicht, dass er denkt, dass ich ihn nicht attraktiv finde. Er ist eine unglaubliche Persönlichkeit, aber auch der Sohn des Teufels und damit nicht unbedingt mein Beuteschema. Andererseits …

Ehe ich mir weiter den Kopf über Für und Wider dieser Zusammenkunft zerbrechen kann, tritt der blonde Dämon an mich heran und packt mich an der Taille. Überrascht lasse ich geschehen, dass er seine andere Hand in meinen Nacken führt und mich zu sich zieht. Meine Pupillen werden vermutlich gerade so groß wie Wisconsin, als er mich küsst wie in einem dieser Hollywoodstreifen. Langsam, mit Bedacht.

Ich schließe die Augen, als mir Danials typischer Geruch von nasser Erde in die Nase steigt. Meine Hände verselbstständigen sich und wandern von ganz allein seinen Rücken hinauf.

Als mein Körper automatisch auf diese Intimität reagiert, keuche ich gegen seinen Mund. So plötzlich, wie ich Gefallen an der Nähe finde, beendet er den Kuss und tritt augenblicklich einen Schritt zurück. Verwirrt blinzle ich und existiere einfach nur so vor mich hin.

Unser Zaungast Puck schnalzt zufrieden mit der Zunge. »*Das* war ein Kuss. Danke, Kumpel.«

»Kein Problem«, winkt Danial ab und schickt sich an, zu gehen. Ich befeuchte mir unterdessen die geknutschten Lippen und zwinge mich zur Raison. »Entschuldigt mich, ich bin zu einer Party eingeladen. Ich bleibe aber nicht länger als notwendig, um noch mit euch feiern zu können.«

Innerlich muss ich über diese Aussage lachen. Der Dämon ist gerade einmal zwei Monate bei uns und schon hat er mehr soziale Verpflichtungen, als ich je haben werde.

Ich nicke seine Worte ab und beobachte, wie er am Garderobenständer innehält. In einer theatralischen Geste greift er in den Kragen seines Pullovers und holt ein Weihnachtspaket daraus hervor. Die Ausmaße des Geschenks passen unmöglich unter seine Kleidung, doch das grüne Licht, welches die Konturen umspielt, verrät, dass Höllenmagie hinter seinem Tun steckt. So hätte ich auch gern meine Präsente besorgt. Der alljährliche Kampf mit dem Geschenkpapier lässt mich jedes Mal verzweifeln.

Nach und nach erschafft Danial Geschenke aus Nichts und legt sie in die vorhin drapierten Nikolaussocken. »Bis später«, ruft er uns zwinkernd zu, als er mit dieser Tätigkeit fertig ist und in einer Wolke aus grünem Licht verschwindet. Von hier auf gleich löst er sich in Luft auf.

Ich winke dem Dämon noch immer, obwohl er schon längst auf Honolulu oder sonst wo sein könnte, als Puck sich zu mir herumdreht. Er lacht so laut auf, dass ich zusammenfahre und ihn erschrocken ansehe.

»Du solltest dein Gesicht sehen«, grölt er und hält sich den Bauch. »Und deinen Lippenstift nachziehen, der sieht irgendwie … weggeknutscht aus.«

In einer fahrigen Geste wische ich mir eilig die rote Farbe mit dem Handrücken von den Lippen. Schminke ist eh nicht so mein Ding.

Puck öffnet den Mund – ich wette, um eine weitere Gemeinheit loszuwerden –, da ertönt die Türklingel. Nun ist es der Wichtel, der erschrocken zusammenzuckt und den Kopf zwischen die schmalen Schultern zieht. »Es beginnt«, flüstert er ehrfürchtig. »Das sind sie. Unsere Gäste kommen.«

Es wundert mich, dass er plötzlich so ängstlich dreinblickt und keine Anstalten macht, als guter Gastgeber mit einem Apfelpunsch in der Hand die Besucher zu begrüßen.

Ihn derart aufgeregt zu sehen, tut mir beinahe leid.

Ich beuge mich zu Puck hinab, tätschle seinen fast kahlen Kopf und greife dann nach der Wichtelhand. »Wovor hast du Angst? Der Braten ist schon seit vier Stunden im Ofen, der Punsch schmeckt köstlich und für deine Spiele haben wir auch genügend Zeit eingeplant. Die Party wird toll.«

Die hängenden Schlappohren des Wichtels heben sich leicht, als er mich mit wässrigen Augen ansieht. »So gut wie unsere Halloweenpartys?«

Ich verneine vehement und richte mich wieder auf. Dabei schüttle ich so sehr den Kopf, dass sich Locken aus meiner Frisur lösen und auf meine Schultern fallen. »Nein, absolut *nichts* ist so gut wie unsere Halloweenpartys.«

Ein zaghaftes Lächeln zeigt sich auf Pucks Lippen, als es erneut klingelt. In den Wichtel kommt neues Leben und er klatscht voller Tatendrang in die Hände. »Du machst die Tür auf, ich hänge noch ein paar Lichterketten auf und zünde Räucherkerzen an.«

Schon bei dem bloßen Gedanken an noch mehr Tannenduft und Weihrauchbenebelung könnte ich husten, aber wenn sich der Hausherr darüber freut, lasse ich ihn lieber mal machen. Glücklicher Wichtel, glückliche Tess. Unglücklicher Wichtel, über alle Maßen genervte Tess.

»Abgemacht«, stimme ich dem Plan deshalb zu und stöckle los. »Fin!«, freue ich mich, als ich die Haustür öffne und das Katzenmädchen auf der Veranda vorfinde.

Meine Freundin und Assistentin trägt neben legerer Alltagskleidung wenigstens eine Weihnachtsmannmütze, aus der ihre Katzenohren hervorlugen. Fröhlich grinst sie mich an. »Ich liebe eure Gartendekoration.«

Mit einem Seufzen sehe ich an ihr vorbei zu Meister Yoda. Der Jedi hält ein rotes Lichtschwert und steht in Kampfposition auf dem Rasen. Um ihn herum liegen in kreisförmiger Anordnung Santa und dessen Rentiere.

»Ja, er ist der dunklen Seite der Macht verfallen. Schön, dass du da bist. Komm rein.«

Fin folgt meiner Einladung und tritt ins Innere. »Bin ich die Erste?«

Ich erfreue mich noch eine Zeit lang an der beleuchteten Straße, vorbeiziehenden Sternsingern und der weihnachtlichen Nachbarschaft, bevor ich die Tür schließe und ihr antworte: »Das bist du. Setz dich doch, ich hol dir Punsch. Mit oder ohne Schuss?«

»Natürlich mit!«, antwortet unser Weihnachtsbaum mit Pucks Stimme, was uns verwirrt. Fragend blicken wir uns an, bis der Baum wackelt und die Füße des Wichtels sichtbar werden. Langsam robbt er rückwärts unter den dichten Ästen hervor und hält das Ende einer Lichterkette in den Händen.

Ich wende mich ab, um unserem Gast etwas zu trinken zu holen.

Der Duft von Gebratenem, Süßkartoffeln und Soße lässt mir das Wasser im Mund zusammenlaufen. Schnell schenke ich zwei Gläser ein, füge je eine Zimtstange hinzu und eile zurück ins Wohnzimmer.

Die Klänge von Bing Crosbys *White Christmas* erfüllen den Raum. Als ich mich neben Fin auf das Sofa setze und wir gemeinsam Punsch schlürfen, wüsste ich nicht, wie man noch mehr in Weihnachtsstimmung sein könnte.

»Wo sind eure Eltern?«, will Fin wissen, als ich draußen Autotüren schlagen höre. Die Gäste?

»Meine Eltern kommen erst morgen«, erkläre ich. »Ihr Flug wurde verschoben.«

Gott sei Dank. Ich würde nicht ertragen, wenn meine Mutter dabei ist, wenn Puck das Flaschendrehen einläutet.

»Pucks Mom feiert lieber mit ihrem einäugigen Nachbarn. Ich glaube, da geht was. Je oller, je doller, sag ich dir.«

»Ach so. Was ist eigentlich mit deinem Mund passiert?«

Schnell benutze ich die Serviette meines Punschs, um mir Lippenstiftreste aus dem Gesicht zu wischen. »Nicht so wichtig«, winke ich ab.

Puck rettet mich, indem er sich vor uns aufbaut. »Aufgepasst!«, ruft er und will unter tosendem Applaus einen Stecker in die Steckdose … stecken. »Jetzt seht ihr gleich etwas wirklich Schönes.«

Ich frage mich, wie unser glitzernder Baum noch pompöser aussehen könnte, aber ich werde es sicherlich sofort erfahren.

Mit erwartungsvollem Gesichtsausdruck rammt der Wichtel den Stecker in die Dose. Funken sprühen, irgendwo explodiert eine Lampe, Fin quiekt, Bing Crosby verstummt und es wird dunkel.

»Also ich sehe gar nichts mehr«, merke ich an, nehme mir vor, absolut ruhig zu bleiben, obwohl Puck gerade unsere Elektrik gekillt hat.

»Mist«, höre ich ihn murmeln. »Fünfzehn Kabel in einer Dose waren wohl zu viel. Ich hole Kerzen, ihr singt ein bisschen. Ist gleich richtig besinnlich.«

Mir ist klar, dass er zu faul ist, auf den Dachboden zu klettern und die Sicherungen wieder einzuschalten.

Wir bleiben sitzen, während er durch die Dunkelheit stolpert, und warten, bis im gesamten Raum Teelichter, Weihnachtskränze und Kerzenhalter brennen.

Ja, hat was.

Im Garten erhebt sich Tumult, als wir überlegen, wie lange das Essen wohl warm bleibt, so ganz ohne funktionierenden Elektroherd. Aber die Sorge hat sich nun schnell erledigt.

Ich begebe mich zur Tür, noch bevor die Gäste klopfen müssen, und wundere mich stark, als eine Trolldame vor mir steht. Mit weit in den Nacken gelegtem Kopf blicke ich zu ihr auf und begrüße sie mit einem freundlichen Lächeln. Ihr kahler Schädel glänzt im Licht der Kerzen wie eine Speckschwarte. Ein enormer Nasenring erinnert an Nutzvieh, aber das Kleid, in welches sie sich gezwängt hat, ist herzallerliebst.

»Hallo. Ich bin Shelly«, sagt sie mit tiefer Stimme und mein Auge zuckt. Prüfend werfe ich einen Blick in den Raum, doch von Puck fehlt plötzlich jede Spur. Merkwürdig.

»H-Hallo, Shelly. Komm doch rein.«

Shellys nackte Füße, so groß wie meine Oberschenkel, stapfen ins Innere. Sie muss den Kopf einziehen und seitlich gehen, damit sie überhaupt durch die Tür passt.

Hinter der Trollfrau kommen weitere Gäste zum Vorschein. Schön, dass alle auf einmal ankommen. Ich begrüße Nachbarn, Bekannte, Fremde, den Bäckermeister aus Lakeview, Wichtel, Elfen, Leprechauns, Menschen und sogar das eine oder andere Irrlicht, bevor ich die Tür wieder ins Schloss fallen lasse und mich der Gesellschaft widme.

Huch, ist plötzlich schrecklich voll geworden. Und sehr laut.

»Das Essen ist in der Küche, bedient euch bitte, ehe es kalt wird!«, rufe ich und bringe mich hinter dem Wohnzimmertresen in Sicherheit, als ein Teil der hungrigen Meute in die Kochstube stürmt.

»Wartet!«, ruft Fin und eilt der Horde hinterher. »Ihr braucht noch ein paar Kerzen. Vergesst die Kerzen nicht!«

Der Geräuschherd verlagert sich einen Raum weiter und ich überlege, wo Puck stecken könnte, als mich etwas am Bein streift. Einen Aufschrei unterdrückend, sehe ich nach unten und erspähe den Wichtel, wie er soeben hinter einem Barhocker hervorkommt und über die Kante des Tresens lugt. Hinüber zu Shelly, die gerade ihre Nasenhaare in den Christbaumkugeln betrachtet.

»Deine Herzdame ist ein Troll?«, falle ich sofort mit der Tür ins Haus.

»Psst, sie hört dich sonst noch!«

»Na und? Geh hin und frag sie, ob du ihr etwas anbieten kannst.«

»Das schaff ich nicht.«

Puck ist kurz davor, wieder auf Tauchstation zu gehen. Seine Wangen glühen, wobei er seine Angebetete nicht aus den Augen lässt.

»Was hast du dann vor?«, erkundige ich mich gelangweilt.

»Ich betäube sie«, antwortet er zuversichtlich und schlägt während folgender Aufzählung mit seiner kleinen Faust in seine Handfläche, »sperre sie in den Keller und warte, bis das Stockholmsyndrom einsetzt.«

Mit blankem Gesichtsausdruck sehe ich ihn an. »Wir haben keinen Keller.«

»Du weißt, wie ich das meine.«

Das kann sich ja niemand mit ansehen.

»Shelly!«, rufe ich durch den Raum, was dem Wichtel beinahe einen Nervenzusammenbruch beschert. Die Angesprochene dreht sich fragend zu uns herum. »Puck möchte mit dir über seine Comicsammlung sprechen.«

Ich packe meinen Vermieter am Schlafittchen und stoße ihn in den Raum hinein, was er schimpfend über sich ergehen lassen muss, weil ich stärker bin als er.

Zufrieden sehe ich zu, wie er zu dem Troll hinübertapst. Ein erschreckend groteskes Bild zeigt sich mir, als die beiden sich direkt gegenüberstehen. Der Größenunterschied von zwei Meter zehn könnte problematisch werden, aber was weiß ich schon.

»Was machen wir jetzt?«, gesellt sich Fin zu mir, in der Pfote einen Teller voll mit Truthahn.

»Der Mistelzweig stört mich«, gestehe ich und sehe nach oben. »Wir müssen ihn abnehmen, bevor es zum Eklat kommt.«

»Was schlägst du vor?«

»Räuberleiter?«

»Wir könnten auch eine Schutzzone bauen, sodass niemand direkt darunter entlanggehen kann. Mit Geschenken oder so. Oh, schau, der Baum brennt.«

»Ja, es ist so schön, wenn alles leuchtet.«

»Nein, nein«, äußert sie für meinen Geschmack viel zu ruhig. »Der Baum brennt *wirklich*.«

Ich realisiere viel zu spät, was Fin tatsächlich damit meint. Mein Kopf fliegt herum. An den untersten Zweigen der Tanne züngeln Flammen, da auf dem Boden stehende Kerzen Geschenkpapier und Co. in Brand gesteckt haben.

»Puck!«, brülle ich. »Der Baum! DIE GESCHENKE!«

Nur aus dem Augenwinkel bekomme ich mit, wie erste Löschmaßnahmen vollzogen werden. Shelly pustet wie der Wolf bei den drei kleinen Schweinchen und macht somit alles nur noch schlimmer.

Ich haste in die Küche und rufe meinen Ärger frei heraus, als ich mich durch Partygäste schlängle. »Wer stellt Kerzen auf den Fußboden?! Vorsicht, ich muss hier mal durch!«

Hastig packe ich den Feuerlöscher unter der Spüle und rase zurück ins Wohnzimmer. Schreie werden laut. Erste Gäste flüchten ins Freie, die Flammen schlagen mittlerweile bis an die Decke und drohen die Gardinen zu entflammen.

»Achtung!«, rufe ich, dann entsichere ich die Gerätschaft und betätige die Löschpistole. Weißer Schaum fliegt durch den Raum, trifft das Feuer, aber auch Puck, der noch neben dem Brandherd steht und wild mit den Armen wedelt, als ich schreiend die Feuersbrunst ersticke.

Schwer atmend lasse ich den Löscher erst zu Boden fallen, als er komplett leer ist. So leer wie unsere Wohnung. Nur Puck steht als kleiner Schneemann vor mir, während überall Schaum von den Wänden tropft und unsere Party beendet, bevor sie richtig begonnen hat.

Der Wichtel wischt sich die Augen. Sein Gesichtsausdruck zeigt Fassungslosigkeit gepaart mit großer Enttäuschung. Wortlos stapft er durch den Raum, hinterlässt dabei eine Schneise im Löschmittel und verschwindet in Richtung Küche.

Ich betrachte das Dilemma. Hoffentlich sind die Geschenke nicht komplett hinüber. Während ich verbranntes, von Schaum durchnässtes Papier durchwühle, kehrt Puck stumm zu mir zurück.

»Was tust du da?«, will ich wissen, als er wie in Trance einen Teller und ein Glas mit weißer Flüssigkeit auf dem Wohnzimmertisch platziert.

»Ich stelle Santa Milch und Kekse hin.«

Mein Herz geht auf, als er sich mit baumelnden Beinen auf sein Sofa setzt und beginnt, ein Weihnachtslied zu summen.

In meinen Händen erscheint ein Umschlag, als verbranntes Papier zu Boden gleitet. »Hier«, reiche ich dem Wichtel die Konzertkarten, die er sich schon so lange gewünscht hat, als ich mich neben ihn setze. »Sind nur ein bisschen angekokelt.«

Mit tränenden Augen und zittrigen Fingern greift er danach, sieht mich dankbar an und lässt sich in einer Umarmung gegen mich fallen.

»Frohe Weihnachten, Puck.«

»Bei euch alles gut?«, streckt eine fragende Fin den Kopf zur offen stehenden Wohnungstür herein.

Ich lege mein Kinn an Pucks Schläfe und tätschle seinen Rücken.

Ja, signalisiere ich blinzelnd. *Alles ist gut.*

DAS BUCH ZUR KURZGESCHICHTE

Ein Tess-Carlisle Roman

Als Taschenbuch & E-Book, 3-teilige Reihe
Urban Fantasy

Na? Lust auf ein Abenteuer?

Mein Name ist Tess Carlisle und diese Geschichte erzählt von meinem verrückten Leben als Kautionsdetektivin im guten alten und magischen New Orleans. Puh, mein Alltag ist nicht immer einfach. Versteht mich nicht falsch, ich liebe diese Stadt! Aber meine tägliche Routine besteht leider allzu oft aus unschönen Begegnungen mit stinkenden Trollen, pöbelnden Kleinganoven und unkooperativen Nymphen. Von unheimlichen Voodoo-Shop-Besitzern und ständig Streiche spielenden Mitbewohnern will ich erst gar nicht anfangen. Und oh, die nächste Miete ist auch schon wieder fällig. Da kommt ein gut bezahlter Auftrag für diesen reichen Schnösel … also … den selbst ernannten Wohltäter der Stadt … doch gerade recht, oder? Hätte ich doch nur vorher gewusst, dass ein unerwartetes Ereignis plötzlich das nächste jagt und irgendwann auch vom Ende der Welt die Rede sein wird. Aber schließlich zeigt sich mir einmal mehr, wie wichtig es ist, Freunde zu haben. Auch wenn diese nicht immer menschlich sind.

PHILINA HAIN

Informationen zur Kurzgeschichte:

Nymphen lieben Feiern, doch Weihnachten gibt es in ihrem Jahresplaner noch nicht. Höchste Zeit, dieses ›Fest der Liebe‹ einzuführen – schließlich ist das Nymphenvolk, das zwischen Himmel und Hölle lebt, prädestiniert dafür. Diese Kurzgeschichte lässt sich unabhängig von der 7-teiligen Romantasy-Reihe ›Tavith‹ lesen, da sie vor Band 1 spielt.

Über die Autorin:

Philina Hain, geboren im September 1994, wuchs auf der Ostseeinsel Fehmarn auf. Nach dem Abitur zog sie mit ihrem Freund nach Sachsen-Anhalt, wo sie Sozialwissenschaften studiert und Bauchtanz unterrichtet. Da sie schon seit ihrer Kindheit dichtete und Geschichten schrieb, besuchte sie bereits im Alter von elf Jahren ihre ersten Schreibworkshops. Mit der Veröffentlichung ihrer Tavith-Reihe erfüllt sich nun endlich ihr Traum vom Autorensein.

Wenn Lichterketten Schatten werfen

Balamy schritt durch die Flure von König Jiyans Himmelsschloss. Das Pastellblau der Wände mit den goldenen Ornamenten wirkte wie die Himmelsdecke, wenn sie von Sonnenstrahlen durchbrochen wurde. Der dunkelblaue Boden hingegen erschien wie das Meer und die weiße Marmorierung wie die Schaumkronen der Wellen.

Es war ein magischer Ort voller Leben, denn Nymphenkönig Jiyan hatte all seinen Untertanen, die Opfer von Dämonenangriffen geworden waren, angeboten, hier zu leben. So konnten sich die Nymphen gegenseitig Trost spenden und sich neue Familien zusammenfinden.

Auch wenn Balamy ebenfalls zu den sogenannten Opfern zählte, lebte er nur aus dem Grund hier, weil er als einer der drei königlichen Berater immer für seinen Freund Jiyan da sein wollte, sollte der ihn brauchen.

Bei dem Gedanken daran, dass die Anzahl an Dämonen in diesem Teil der Welt stetig zunahm, biss er die Zähne so fest aufeinander, dass sein Kiefer verkrampfte. Auch wenn die Nymphen, wie viele andere Völker, nur auf der unteren Himmelsebene lebten, so befanden sie sich doch nah bei den Engeln. Es war überheblich von den Dämonen, sich so weit hinaufzuwagen. Doch sie fürchteten die Wolkenreiche nicht mehr.

Als er den hohen Klang von Frauenstimmen vernahm, setzte er ein Lächeln auf und bog um die nächste Ecke. Drei Nymphinnen wären beinahe in ihn hineingelaufen, doch blieben wie angewurzelt stehen. Genau wie er selbst trugen sie alle ein Lächeln im Gesicht. Als Nymphen, die ihre Kraft aus den Berührungen anderer schöpften, war ihnen bewusst, dass man mit einem Lächeln und Charme leichter andere verführte.

»Hallo, Ladys«, grüßte er die drei mit einem schiefen Grinsen.

Sie waren alle blond, wie die meisten Nymphen, doch statt der üblichen braunen Augen besaß die Linke Augen wie funkelnde Saphire. Sie trug einen tief sitzenden bodenlangen Rock und ein bauchfreies Oberteil. Die Rechte trug eine kurze Hose und ebenfalls ein bauchfreies Top, die Nymphin in der Mitte ein kurzes, hautenges Kleid. Sie zeigten getreu dem nymphischen Motto ›Weniger ist mehr‹ viel Haut und kleideten sich in farbenfrohen Stoffen.

Das ließ ihn sich wünschen, ihr König hätte die traditionelle Kleidung nicht aus dem Alltag verbannt, weil er diese als unpraktisch empfand. Dann würde Balamy statt eines T-Shirts nur eine Weste tragen und somit mehr von seinem Körper zur Schau stellen, was wiederum signalisieren würde, dass er für jeden Spaß zu haben war.

»Hallo, Balamy«, erwiderten die drei seinen Gruß unison und kicherten.

So süß, dachte er bei ihrem Anblick.

Ihm gefielen die Frauen seiner Art, weil sie sich sanftmütig und mädchenhaft verhielten. Er selbst war genug Krieger und ständig von solchen umgeben, sodass er nicht auch noch mit einer Kriegerin das Bett teilen wollte, mit der er um die Oberhand kämpfen müsste.

»Scheint, als wärst du beschäftigt, Balamy.« Die linke Nymphin mit den Saphiraugen warf einen Blick auf die zusammengerollten Pläne in seinem Arm. »Bist du auf dem Weg zum Besprechungssaal?«

Es verwunderte ihn nicht, dass sie seinen Namen kannte und vermutete, dass er seinen Pflichten als Berater nachkam. Wenn man seit Jahrhunderten an der Seite des Nymphenkönigs stand, war man fast so berühmt wie Jiyan selbst.

»Bin ich. Es sollte aber nicht lange dauern.« Balamy hielt ihren Blick mit seinem gefangen und senkte die Stimme. »Dürfte ich dich danach zum Mittagessen einladen?«

Ihre vollen Lippen formten ein verruchtes Lächeln. »Zum Mittag?« Sie trat auf ihn zu und strich mit den Fingerspitzen über seinen Unterarm. »Wie wäre es, wenn du mich zum Abendessen einlädst und danach zum Fest auf dem Marktplatz begleitest?«

Das war ein weiterer Grund, warum er die Frauen seiner Art bevorzugte. Sie brauchten die Berührungen genauso sehr wie der männliche Teil der Bevölkerung.

Das Streicheln über seinen Arm stärkte ihn und er wusste, dass es der Schönheit vor ihm ebenso ging. Er beugte sich zu ihr hinunter, bis seine Wange ihre berührte und er in ihr Ohr flüstern konnte. »Aber nur, wenn du mir deinen Namen verrätst und wo ich dich abholen soll.«

Sie lachte leise, schritt um ihn herum und ließ ihre Finger an seinem Arm aufwärts gleiten. »Ich bin Rinara. Wir sehen uns bei Sonnenuntergang am Eingang des Schlosses.«

Balamy dankte der einen wahren Gottheit des Himmels, dass er dunkelbraunes Haar und fast schwarze Augen besaß, die ihn auffallen ließen und ihm viele Verabredungen bescherten.

Rinara stellte sich auf die Zehenspitzen, um ihm einen Kuss auf die Wange zu drücken, und ließ ihn dann auch schon stehen.

Er sah ihr noch kurz nach. »Bis später«, murmelte er mehr zu sich selbst.

Ihre blonden Haare wippten um ihre Schultern und reichten bis zu ihren wiegenden Hüften. Diesen schönen Kurven könnte kein Mann widerstehen.

Außer Jiyan, der war die personifizierte Selbstbeherrschung.

Balamy schüttelte den Kopf und besann sich wieder auf sein Vorhaben. Er wollte die Pläne in seinen Armen den anderen beiden königlichen Beratern und zwei seiner drei besten Freunde vorstellen, Fionn und Leano.

Wäre das Treffen mit den beiden doch nur so leicht, wie ein Date mit Rinara klarzumachen. Aber er ahnte, dass ihn eine Diskussion erwartete. Nicht, dass er sich davon entmutigen oder sogar aufhalten lassen würde.

Er lief auf die nächste Doppeltür zu seiner Rechten zu, drückte die Klinke mit dem Ellenbogen herunter und stemmte sich mit der Schulter dagegen, um sie zu öffnen. Vor ihm lag der von marmorierten Säulen gestützte Saal, in dessen Mitte sich eine aus dunklem Holz gefertigte Tafel befand. Diese stand im Kontrast zu den hellen Blautönen darum und auch zum Sonnenlicht, welches hinter Fionn durch die Fenster fiel und seine hellen Haare golden glänzen ließ.

In diesem Raum trafen sie sich immer, um Organisatorisches mit Jiyans Untergebenen zu besprechen. Doch heute erwarteten Balamy nur Fionn und Leano.

Als er auf die beiden Nymphen zuschritt, sahen sie von den Tagesblättern in ihren Händen auf und zogen ihre blonden Augenbrauen hoch. Ihnen stand die Erwartung ins Gesicht geschrieben.

Wahrscheinlich hatte Fionn gerade den Wirtschaftsteil gelesen, während Leano auf den Klatsch-und-Tratsch-Seiten nachgesehen hatte, was der Rest des Volkes zu Jiyan, seiner Politik und auch zu seinen drei Beratern zu sagen hatte.

Fionns warme braune Augen glitten über Balamy. »Also, was gibt es so Wichtiges, dass du uns herbeorderst?«

»Schön, dass du fragst.« Balamy ließ die zusammengerollten Schriftrollen auf den Tisch fallen und grinste. »Wir sind Nymphen und es gibt bei uns kein Fest der Liebe. Das müssen wir ändern.« Er schaute zwischen seinen beiden Kameraden hin und her, während er sprach. »Die Menschen feiern dieses Fest und das sollten wir auch. Sie nennen es Weihnachten.«

Soweit Balamy wusste, war dieses Fest in der Menschenwelt durch die Geburt eines Heiligen entstanden. Auch wenn die Existenz der einen wahren Gottheit im Himmel ebenso unbestreitbar war wie die des Teufels und des Schicksals, so glaubte Balamy nicht an Heilige. Doch selbst Ungläubige feierten Weihnachten und nannten es ein Fest der Liebe, welches sie mit ihren Familien verbrachten. Zumindest hatte das sein letzter Ausflug in die Menschenwelt ergeben. Also könnten die Nymphen diesen Feiertag unter demselben Vorwand übernehmen.

»Weihnachten?« Leano legte die Zeitung vor sich ab, stützte seine Ellenbogen auf dem Tisch auf und rieb sich mit der Hand über das stoppelige Kinn. »Wir zelebrieren in etwa zweihundert Feiertage im Jahr.« Er verengte die Augen zu Schlitzen. Begeisterung sah anders aus. »Und jetzt willst du noch einen weiteren Feiertag einführen? Warum?«

Balamy verdrehte die Augen und nahm ebenfalls an der Tafel Platz. Sie alle drei saßen am selben Ende, an dessen Spitze sich Jiyans opulenter Sessel befand.

Um seinen Vorschlag durchsetzen zu können, hatte Balamy ganz bewusst seinem König nichts von dieser Besprechung gesagt, damit der alte Griesgram nicht gleich mit einem Nein aus dem Saal stürmen konnte. Sie alle liebten Jiyan und würden wohl alles für ihn tun. Aber … er musste dringend mal den Stock aus dem Arsch nehmen.

»Ich befürchte, du hast mir nicht zugehört.« Balamy rutschte mit dem Stuhl nach hinten, lehnte sich zurück und legte die Füße auf dem Tisch ab, sodass seine Stiefel dabei ein dumpfes Geräusch hören ließen. »Jungs, mal im Ernst. Wir sind Nymphen und feiern kein Fest der Liebe. Das ist eine Sünde!« Er fixierte Leano, der das Kinn auf den verschränkten Fingern abgelegt hatte. »Deine Frau und deine Tochter würden sich bestimmt riesig über das Fest freuen, wenn ihr zusammen als Familie Zeit verbringt und es um nichts weiter geht als darum, dass ihr euch lieb habt.«

Leanos Mundwinkel zuckten und er schüttelte den Kopf. »Ist ja schon gut. Mir gefällt die Idee, da brauchst du die Liebhaben-Karte gar nicht auszuspielen.«

»Sehr schön.« Balamy schaute zu Fionn hinüber, der die Arme vor seiner trainierten Brust verschränkte, wodurch sich sein T-Shirt spannte. »Dein Freund würde sich bestimmt freuen, mit dir auf das Fest zu gehen. Die Engel feiern doch sonst nicht.«

»Psst!« Fionn warf einen erschrockenen Blick zur Tür. »Bist du lebensmüde, ihn zu erwähnen?«, herrschte der blonde Nymphe ihn im Flüsterton an. »Hier hängt der Schlosssegen schief, wenn Jiyan herausfindet, dass ich nicht nur einen Freund habe, sondern der auch noch ein Engel ist.«

Die meisten Nymphen waren nicht wählerisch, wenn es um das Geschlecht ihrer Sexpartner ging. Irgendwann musste Jiyan jedoch eine negative Erfahrung gemacht haben, die ihn skeptisch gegenüber den Beziehungen zwischen Männern machte. Und die Engel waren in seinen Augen ohnehin Verräter, die seine Familie einst hatten sterben lassen.

Fionn hatte mit seinem Engelsfreund das ganz große Los gezogen.

Balamy schenkte seinem Kameraden ein verschmitztes Lächeln. »Dann stimm dem Fest zu oder ich erzähle Jiyan von den glücklichen Neuigkeiten.«

»Welche Neuigkeiten?«, fragte Jiyans tiefe, samtige Stimme vom Eingang des Saals.

Alle drei schauten zur Tür, gegen deren Rahmen sich ihr blauhaariger König lehnte. Er trug eine schwarze Hose, Stiefel und ein hellblaues T-Shirt, das seine Augen regelrecht zum Leuchten brachte.

»Hallo, Hulk«, scherzte Balamy, da Jiyan in den letzten zwei Millennien durch all sein Training enorm viel Muskelmasse aufgebaut hatte. »Was hältst du von einem Fest der Liebe?« Er griff sich einen der Pläne, auf denen er die Gestaltung des Festplatzes skizziert hatte, und winkte seinem Freund damit zu.

»Ihr seid unverbesserlich.« Jiyan fuhr sich in gewohnter Manier durch das blaue Haar, schüttelte den Kopf und kam auf sie zu.

»Warum ›wir‹?«, beschwerte sich Fionn. »Das war allein Balamys Idee.«

Jiyan stellte sich neben seinen Sessel und besah sich die Pläne. »Ja, ihr. Denn du, Fionn, lernst einfach nicht, dass ich dich nach zweitausend Jahren in- und auswendig kenne und schon längst weiß, dass du einen Freund hast und dieser ein Engel ist.« Jiyan hob den Kopf und statt des typischen Stirnrunzelns zeigte er Fionn ein Grinsen.

»Mein Beileid. Ich bin mir sicher, Engel wissen nicht mal, wie man Sex buchstabiert.«

Balamy und Leano lachten leise, wohingegen Fionn vor Schock die Gesichtszüge entglitten und er Jiyan mit großen Augen anstarrte.

Als Nymphen stärkten sie sich durch die Berührungen anderer. Sie alle. Außer Jiyan, da er einst einen kalten Entzug gewagt hatte und lieber sterben würde, als von anderen abhängig zu sein. Balamy hatte geglaubt, seinem König beim Sterben zusehen zu müssen, aber der verdammte Sturkopf hatte es durchgestanden.

Jiyan war so ausgemergelt gewesen. Fiebrig. Über Wochen hatten Fionn, Leano und Balamy an seinem Krankenbett gesessen und ihn angefleht, wenigstens die kleinste Berührung zuzulassen. Doch er war immer noch ihr König und hatte es ihnen untersagt.

Wenn man ihn jetzt anschaute, erkannte man auf den ersten Blick, dass er aus allen Schicksalsschlägen nur noch stärker hervorgegangen war.

»Ihr braucht gar nicht so zu lachen, mit euch bin ich noch nicht fertig«, fuhr Jiyan in tadelndem Tonfall fort und blickte zu Leano. »Von dir hätte ich erwartet, dass du mich über eure Treffen informierst. Ihr seid miese Freunde, wenn ihr mich ausschließt.« Bevor Leano eine Rechtfertigung äußern konnte, wandte sich Jiyan an Balamy. »Und du brauchst dringend Hilfe. Das ist der einhundertsiebzigste Feiertag und die Hälfte davon wurde von dir vorgeschlagen. Das weiß ich so genau, weil ich die ganzen Eröffnungsreden halten muss.«

Jiyan legte die Pläne zurück auf den Tisch und schaute Balamy mit seinen stechend blauen Augen an, bis dieser sich unwohl fühlte und sogar die Füße vom Tisch nahm.

»Okay, okay«, gab Balamy klein bei.

»Aber«, setzte Jiyan seine Rede fort und seine Mundwinkel zuckten belustigt, »mir gefällt die Bedeutung des Festes, also ist der Feiertag genehmigt. Feste im Winter mag ich ohnehin lieber.«

Balamy sprang auf die Füße. »Ehrlich? Danke!«

»Das mache ich nicht, damit du deine Feiersucht befriedigen kannst«, brummte Jiyan und hob mahnend den Zeigefinger. »Ich denke, ein Fest der Liebe, das man zusammen mit seinen Liebsten feiert, ist eine wunderschöne Idee.« Er zuckte mit den breiten Schultern. »Außerdem gefallen mir deine Skizzen. Der Festplatz wird fantastisch aussehen.«

Ein Fest, das man mit seinen Liebsten feiert, wiederholte Balamy Jiyans Worte in Gedanken. Dass dies das Argument darstellte, welches seinen Freund überzeugte, wunderte ihn nicht. Denn Jiyans Liebste waren vor geraumer Zeit ermordet worden und alles in diesem Schloss erinnerte ihn tagtäglich an seinen Verlust.

Den Schmerz konnte Balamy nur allzu gut nachempfinden.

»Gut, dann informieren wir alle, damit der Festtag rechtzeitig vorbereitet wird«, meinte Leano und stand ebenfalls auf.

Balamy griff sich seine Pläne. »Ich komme mit dir«, informierte er seinen Freund, der daraufhin nickte.

Sie beide blickten zu Jiyan und Fionn.

»Geht ihr nur.« Jiyan deutete mit dem Kinn in Richtung Tür.

Fionn seufzte. »Hier besteht noch Redebedarf.«

Balamy und Leano zuckten mit den Schultern und machten sich auf den Weg, um alle für die Festlichkeiten zuständigen Nymphen darüber zu informieren, dass sie bald ein Winterfest der Liebe abhalten würden.

Er fror sich den Arsch ab. Wessen dumme Idee war dieses Fest noch gleich gewesen?

Ach ja, seine. Verdammt.

Aber vor zwei Monaten war es ja auch noch nicht so kalt gewesen. Balamy rieb die Hände aneinander, um sie zu wärmen.

Ihre Himmelsinsel musste defekt sein, um überhaupt so etwas wie Jahreszeiten zustande zu bringen. Auf dem Olymp war schließlich auch immer Sommer.

Als eine Schneeflocke vor seinem Gesicht entlangflog, beschloss er, dass es Zeit für mehr Glühwein war, um sich warm zu halten. Also drängte er sich an Familien vorbei, die zwischen den Ständen entlangschlenderten und sich an dem weihnachtlichen Krimskrams, den vielen Leckereien und Getränken und auch an der kleinen Eislaufbahn erfreuten.

Über dem Platz hingen unzählige Lichterketten, welche die Festlichkeiten erstrahlen ließen und einen zweiten Sternenhimmel bildeten, der die Dunkelheit des Winters vertrieb. Balamy kam es jedoch eher so vor, als ob die Lichterketten Schatten werfen würden. Das musste an seiner miesen Stimmung liegen.

Er könnte sich auf die Schulter klopfen, weil alle Nymphen die Idee und Umsetzung des Weihnachtsfestes liebten, und trotzdem schwand seine Begeisterung, sobald die Feierlichkeiten begannen.

Wie immer.

Himmel, er brauchte mehr Alkohol, wenn er den Rest des Abends überstehen wollte.

Er reihte sich in der Schlange vor einem der Glühweinstände ein und ließ während des Wartens seinen Blick über die Umgebung gleiten. Selbst all die vielen fröhlichen Nymphen vermochten nicht, ihn zu erheitern. Er brauchte den Alkohol nicht, um seinen Körper zu wärmen, sondern sein Herz.

Jedes einzelne Fest tat ihm in der Seele weh.

Sobald er das Glas Glühwein in der Hand und es bezahlt hatte, machte er sich auf den Weg zu den äußersten überdachten Sitzmöglichkeiten und entdeckte Jiyan und Fionn, wobei Letzterer wie immer zu Jiyans Rechten saß.

Balamy nahm zu Jiyans Linken Platz und nickte Fionn zu.

»Ich bin dann mal weg und schaue mir auch endlich den Festplatz an«, meinte dieser lächelnd und stand auf.

»Viel Spaß.« Jiyan blickte grinsend zu seinem Kindheitsfreund auf. »Und grüß deinen Engelfreund von mir.«

Fionn stellte den Kragen seines schwarzen Mantels auf, verdrehte die Augen und zog von dannen.

Sofort wandte Jiyan sich Balamy zu. »Ich bin über zweitausend Jahre alt. Ich brauche keinen Bodyguard.«

Die Furche zwischen seinen Augenbrauen verriet seine Irritation. Das war nicht verwunderlich, da Jiyan der mit Abstand stärkste und fähigste Krieger in ihrem Land war und niemanden brauchte, der auf ihn aufpasste.

»Schon klar.« Balamy nahm einen Schluck vom Glühwein, welcher mit Ambrosia versetzt worden war, die auch als Götterdroge bekannt war und dafür sorgte, dass Unsterbliche wie die Nymphen betrunken werden konnten. »Aber Weihnachten ist ein Fest, das man mit seinen Liebsten verbringen sollte. Und wir drei sind deine Familie.« Seine Mundwinkel zuckten. »Also wirst du dich heute mit uns rumschlagen müssen.«

Jiyan lachte leise und Balamy war dankbar dafür, dass er nicht oft lachte, denn der sinnliche Klang verleitete sogar ihn dazu, sich mitten im Winter die Klamotten vom Leib reißen zu wollen. Jeder begehrte Jiyan, auch wenn er diese Empfindungen nie erwiderte.

»Und was ist mit dir?«, wollte Jiyan wissen. Die Belustigung war aus seiner Miene verschwunden, seine Augenbrauen hatte er wie immer zusammengezogen. »Solltest du dieses Fest nicht als Anlass nehmen, um dich mit deinen Eltern zu versöhnen?«

Balamy sah auf sein Glühweinglas und spürte, wie sich dank des Alkohols Wärme in seinem Inneren ausbreitete. »Es ist bereits über ein Jahrtausend her, seit sie mich rausgeworfen haben.« Sein Blick richtete sich wieder auf Jiyan. »Wir beide hätten unsere Geschwister beschützen können, wenn wir damals auch nur ein Quäntchen unseres gegenwärtigen Ichs besessen hätten.«

Jiyan neigte den Kopf, was Balamy verriet, dass sein König gerade all das gehört hatte, was er nicht ausgesprochen hatte.

»Ah, jetzt verstehe ich, warum du dich um all die Feiertage bemühst.« Jiyans eisig blaue Augen schienen bis in die dunkelsten Ecken von Balamys Verstand zu blicken. »Du hast Schuldgefühle wegen des Mordes an deiner Schwester, und jedes Mal, wenn du all die fröhlichen Familien auf den Festen siehst, leidest du. Es ist also deine Form der Selbstbestrafung.«

Verdammt.

Balamy stützte die Ellenbogen auf dem Holztisch vor sich ab und drehte die immer noch warme gläserne Tasse in seinen Händen.

Jiyan hatte ins Schwarze getroffen.

Vor über eintausend Jahren war Balamy mit seinen Eltern und seiner kleinen Schwester Laveda auf ein Fest gegangen. Sie waren noch Kinder gewesen, hatten sich gelangweilt und sich beim Versteckenspielen immer weiter vom Festplatz entfernt.

Damals hatten die Nymphen noch nicht den Ruf gehabt, sich als Krieger gegen all ihre Feinde behaupten zu können. Und so hatten sich Dämonen sogar mitten in die Hauptstadt gewagt, ihn und seine Schwester abseits der Festlichkeiten entdeckt und Laveda verschleppt. Binnen eines Wimpernschlags hatten sich die Monster mit ihr fortteleportiert, wie es viele Dämonen, Götter und andere Arten konnten.

Balamys Eltern gaben ihm die Schuld an Lavedas Entführung. Und er selbst auch.

Über Jahrhunderte hatte er alles versucht, um seine kleine Schwester zu finden, doch jeder, der sie hätte aufspüren können, hatte ihm das Gleiche mitgeteilt: Sie war nicht aufzufinden, da sie bereits verstorben war.

Irgendwann hatte er diese Tatsache akzeptiert und sich gedacht, dass es so besser wäre. Laveda sollte lieber tot sein, als in der Hölle misshandelt zu werden.

Ihr Tod ging auf sein Konto, weil er sie nicht beschützt und sie nicht schnell genug erreicht hatte, bevor die Dämonen mit ihr verschwunden waren. Hätte er damals auf seine Eltern gehört und sich nicht so weit von ihnen entfernt, wäre all das nicht geschehen.

Eine Schneeflocke landete auf seiner Nase und holte ihn wieder in die Gegenwart zurück. Er bemerkte, dass Jiyan ihn mit verengten Augen anstarrte, sodass seine schwarzen Wimpernkränze sich an den Rändern berührten. Im Gegensatz zu den meisten Nymphen wirkte nichts an Jiyan sanft und nachgiebig.

Dämonen hatten ihnen nicht nur ihre Familien genommen, sondern auch einen Großteil der Güte in ihren Herzen.

»Die Feste lassen mich die Einsamkeit spüren«, murmelte Balamy und zuckte mit den Schultern, weil er selbst nicht wusste, warum er es auf einmal zugab. Der Alkohol musste aus ihm sprechen. »Genau danach sehne ich mich, weswegen ich gar nicht genug Feiertage erschaffen kann. Denn so werde ich immer meine Schwester in Erinnerung behalten.«

Wie sehr er die Dämonen, die in ihr Land einfielen, dafür verabscheute, dass sie Trauer und Verlust über das sonst so blühende Nymphenreich brachten.

Er warf einen Blick auf Jiyan neben sich. Die Eiskristalle in seinem blauen Haar und seine hellen Augen verliehen ihm etwas Magisches.

Seine gebräunte Haut erinnerte daran, wie hart er tagtäglich draußen trainierte. Mit dem royalblauen Mantel, der über seinen breiten Schultern hing, war er eine Erscheinung ohnegleichen.

»Ich fühle die Einsamkeit ebenso.« Jiyans Stimme klang so unnachgiebig, wie er selbst in seinen Überzeugungen war. »Wir wissen uns nun gegen unsere Feinde zu verteidigen. Doch irgendwann werden wir es sein, die zum Gegenangriff übergehen.«

Um sie herum genossen die anderen Nymphen das Weihnachtsfest, lachten und stimmten Lieder an. Doch ihre heitere Stimmung schien an Balamy und Jiyan abzuprallen, als ob sie sich in einer anderen Welt befänden.

»Du hast recht«, stimmte er seinem König zu. »Und dann werde ich an deiner Seite kämpfen.«

Denn Jiyan, Fionn und Leano waren seine neue Familie und er würde nie wieder zulassen, dass dieser etwas zustieß. Daran würde ihn fortan jedes Weihnachtsfest erinnern.

DAS BUCH ZUR KURZGESCHICHTE

Tavith

Als Taschenbuch & E-Book, 7-teilige Reihe
Urban Fantasy

Ein Krieg zwischen Himmel und Hölle.
Eine Prophezeiung, die den Untergang der Welt vorhersagt.
Und eine Liebe, die nur Bestand hat, wenn sie akzeptiert werden kann.

Zweitausend Jahre ist es her, seit Dämonen die Familie von Nymphenkönig Jiyan er-
mordeten. Als die Engel ihre Botin Amaleya zu ihm schicken, um das Bündnis gegen
die Streitkräfte der Hölle zu erneuern, denkt Jiyan nicht daran, sich ihnen anzuschlie-
ßen. Waren es doch die Engel, die seine Familie damals im Stich ließen. Kurz darauf
erfährt er, dass ein Krieg zwischen Himmel und Hölle bevorsteht, und es scheint un-
umgänglich, Verbündete zu suchen. Denn das Nymphenreich liegt genau zwischen
den beiden Rivalen und auch die Hölle bemüht sich um eine Allianz. Doch bevor er
sich entscheidet, gibt es ein paar Ungereimtheiten, die Jiyan klären will. Wieso arbeitet
Amaleya mit den geflügelten Verrätern zusammen, wenn sie ganz augenscheinlich
nicht zu ihnen gehört? Wer oder was ist sie? Und wieso fühlt er sich so stark zu ihr
hingezogen, obwohl er entgegen seiner Nymphennatur abstinent leben wollte? Fragen,
deren Antworten ihn ebenso hart treffen könnten wie die drohende Apokalypse. Doch
manchmal braucht es eine Erschütterung, damit alle Puzzleteile an ihren Platz fallen.

REGINA MEISSNER

Informationen zur Kurzgeschichte:

Nicht alle Märchen enden so, wie man es sich wünscht. Das zeigte uns Regina in ›Blütenzauber‹, dem zweiten Band der ›Fluch der sechs Prinzessinnen‹-Reihe. Doch das Schöne an der Fantasie ist, dass man Dinge erleben kann, die es vielleicht niemals gab. Oder doch? Lest es in dieser weihnachtlichen Kurzgeschichte. Unabhängig von der Prinzessinnen-Reihe lesbar.

Über die Autorin:

Regina Meißner wurde am 30.03.1993 in einer Kleinstadt in Hessen geboren. Als Autorin für Fantasy hat sie bereits viele Romane veröffentlicht.

Regina Meißner arbeitet als Social-Media-Managerin. In ihrer Freizeit liebt sie neben dem Schreiben das Lesen, das Reisen und ihren Dackel Frodo.

DAS VERLORENE

WEIHNACHTSFEST

Mistelzweige.

Ihre Schwester Valyra hatte sie zu Dutzenden im Schloss aufgehängt, sodass sie beinahe jedes Zimmer zierten. Prinzessin Tatjana richtete den Blick an die Decke und betrachtete die immergrüne Pflanze, die an einem dünnen Seil hing und mit einer roten Schleife in Form gebracht wurde.

Glaubte man dem Brauch, der vor vielen Jahren im Königreich Brahmenien entstanden war, brachte es Glück, wenn zwei Liebende sich unter einem Mistelzweig küssten.

Wahrscheinlich war es kein Zufall, dass ihre frisch verheiratete Schwester Estelle und ihr Mann Ayden es sich zum Ziel gesetzt hatten, jeden einzelnen Mistelzweig im Palast aufzuspüren, um ewiges Glück zu finden.

Erst als Prinzessin Tatjana den Blick abwandte, merkte sie, dass ihre Hand zur Faust geballt gewesen war. Sie konnte die grünen Dinger nicht mehr sehen, hätte sie am liebsten von der Decke gerissen und draußen im Wald vergraben.

Aber sie wusste, dass Valyra es nur gut gemeint hatte, und Mistelzweige gehörten seit jeher zur Weihnachtsdekoration in Brahmenien.

Das ganze Schloss war geschmückt, so wie früher, als ihre Mutter noch gelebt und am Heiligen Abend ihren Geburtstag gefeiert hatte. Wie viel seitdem geschehen war.

Prinzessin Tatjana presste die Lippen aufeinander und wandte sich dem schmalen Spiegel neben ihrem Schrank zu, in dem ihr dunkelgrünes Kleid gut zur Geltung kam.

Früher hatte sie die Farbe geliebt, brachte sie doch ihre braunen Augen zum Leuchten.

Heute war da nichts mehr, was zu leuchten vermochte. Ihr Blick war trüb geworden, die Falten um ihre Augen hatten sich verdichtet und richtig lachen konnte sie schon lange nicht mehr.

In neunundneunzig von hundert Fällen verbot Tatjana sich den Gedanken an die Vergangenheit, weil dieser die Macht hatte, sie vollständig zu zerstören. Sie ahnte, dass die Mauer, die sie um sich herum errichtet hatte, längst nicht mehr so stabil war wie noch vor einigen Jahren. Und sobald ein Stein die ersten Risse bekam, konnte er brechen.

Sie wusste nicht, wieso sie heute Abend schwach wurde. Wieso sie die Tür, die fest verschlossen war, auf einmal öffnete. Vielleicht, weil sie sich nach Wärme sehnte.

Nach Geborgenheit und dem Gedanken an sorgenfreie Tage. Weil sie sich eingestand, dass das Glück ihrer älteren Schwester manchmal schwer zu ertragen war.

Tatjana wusste, dass die Tür sich nicht mehr so einfach verschließen ließ, jetzt, da sie sperrangelweit offen stand.

Dennoch schüttelte sie alle Bedenken von sich ab und trat entschlossen mit erhobenem Blick über die Pforte, hin zu ihrem liebsten aller Weihnachtsfeste.

»Ich bin so gespannt, was der Herr sagen wird, wenn er dich sieht.«
Ihre Zofe Liv steckte die letzte Strähne von Tatjanas Haar am Hinterkopf fest und hob ihr Kinn an, sodass sie in den Spiegel schauen konnte, der vor ihr aufgestellt worden war.

Die Prinzessin saß auf einem hölzernen Stuhl in ihrem Ankleidezimmer und betrachtete sich kritisch im Silberglas. Sie selbst war nur mäßig geschickt, wenn es darum ging, ihr langes, störrisches Haar zu bändigen, aber Liv wusste, wie viel man mit Spangen und ein bisschen Fingerspitzengefühl ausrichten konnte.

Die Zofe, die in den letzten Monaten zu ihrer besten Freundin geworden war, beugte sich nach vorn, sodass ihr Gesicht neben Tatjanas im Spiegel erschien. »Was sagst du?«, wollte sie wissen.

»Was ich sage?« Die Prinzessin schüttelte den Kopf. »Liv, ich bin sprachlos. Es ist wunderschön. Auch wenn ich normalerweise meine offenen Haare bevorzuge.«

Das Kleid aus dunkelrotem Samt berührte den Boden und trug durch die goldenen Verzierungen an der Hüfte etwas Weihnachtliches davon. Tatjanas Gesicht war dezent geschminkt, sodass ihre hohen Wangenknochen zum Vorschein kamen und der natürliche Braunton ihrer Augen betont wurde.

Doch am besten gefielen der Prinzessin ihre Haare, die in vielen geflochtenen Zöpfen lagen, welche Liv mit Spangen am Kopf befestigt hatte.

Tatjana reckte das Kinn und nickte ihrem Spiegelbild zufrieden zu. »Ich danke dir«, sagte sie zu Liv und griff nach ihren Händen. »Aber auch du siehst unglaublich aus.«

Scheu senkte die braunhaarige Zofe den Blick. »Das Kleid hat meiner Mutter gehört«, erklärte sie leise und fuhr über den hellblauen Stoff, der sich an den Ärmeln bauschte.

Es war ungewöhnlich, Liv in so strahlenden Farben zu sehen. Normalerweise hielt sie sich gedeckt.

»Sie hat es mir vor einigen Jahren zu Weihnachten geschenkt, deswegen dachte ich, dass heute endlich der richtige Zeitpunkt gekommen ist, um es anzuziehen.«

»Es lässt dich regelrecht strahlen, Liv. Du darfst es mit Stolz tragen.« Die Prinzessin sah ihrer Zofe so lange in die Augen, bis diese einen Teil ihrer Schüchternheit abgeschüttelt hatte. »Es besteht kein Grund, sich zu verstecken.«

»Ich weiß. Nur manchmal fällt es mir schwer, mich so hergerichtet zu zeigen, weil ich … ich weiß auch nicht …« Nervös nestelte sie am Saum ihres Ärmels herum.

»Weil du dann alle Blicke auf dich ziehst? Für einen kurzen Moment im Mittelpunkt stehst?«, mutmaßte Tatjana und lächelte ihre Zofe an. »Aber genau das solltest du genießen, denn das sind die Momente, die du nie vergisst. Außerdem …«, sie grinste schelmisch, »glaube ich, dass du Calzio heute Abend ganz besonders gefallen wirst.«

Liv riss die Augen auf, dabei war es längst kein Geheimnis mehr, dass sie eine heimliche Vorliebe für den Schlosskoch hegte.

Tatjana drückte die Hände ihrer Freundin. »Du solltest ihm langsam sagen, was du für ihn empfindest«, meinte sie.

Prompt schüttelte Liv den Kopf, wodurch ihre in Locken gelegten Haare nach links und rechts flogen. »Das werde ich ganz sicher nicht tun. So etwas ist die Aufgabe des Mannes. Falls er mich überhaupt mag.«

Tatjana seufzte. Klassischen Rollenbildern konnte sie nicht viel abgewinnen und wenn sie ehrlich war, langweilten diese sie. »Liv, schau dir Calzio an: Er ist ein netter Mann, aber er wird von selbst nie darauf kommen, dass du ihn magst. Ich bin mir jedoch sicher, dass er sich über einen Hinweis freuen würde.«

Liv machte ein unentschlossenes Gesicht. »Ich bin einfach nicht so selbstbewusst wie du.«

»Heute ist Heiligabend – und soweit ich mich erinnere, ist da alles möglich.«

Wie beiläufig deutete Tatjana auf den Mistelzweig, der über ihnen von der Decke hing.

Lucien, der Schlossherr, hatte seiner Prinzessin ein kleines, privates Weihnachtsfest vorgeschlagen, das sie zu zweit verbringen könnten. Doch sosehr Tatjana all die stillen Momente mit ihm schätzte, hatte sie sich gegen seine Idee ausgesprochen und stattdessen auf einer Abendveranstaltung bestanden, die alle Bediensteten mit einschloss und einen vollen Ballsaal versprach.

Tatjana wusste, dass ihre Entscheidung vor allem daher kam, dass sie sich an Weihnachten immer etwas allein fühlte und der Gedanke an ihre tote Mutter ihre Stimmung zusätzlich trübte. Tatjana sehnte sich nach anderen Menschen, nach guten Gesprächen und atmosphärischer Musik.

Doch vor allem hoffte sie, dass Lucien mit ihr tanzte.

Auf leisen Sohlen schlich sie durchs Schloss, das mit Tannengrün und Mistelzweigen geschmückt war. In der Eingangshalle stand ein riesiger Baum. Eine Leiter war vonnöten gewesen, um seine Spitze zu erreichen, doch jetzt strahlte er in Gold- und Silbertönen.

Die Prinzessin legte den Kopf in den Nacken, um den Anblick der geschmückten Tanne in sich aufzunehmen, bevor ihre Aufmerksamkeit von leiser Geigenmusik gefesselt wurde. Das Weihnachtsfest hatte bereits begonnen und die Prinzessin spürte, wie sich in ihr ein Gefühl der Vorfreude ausbreitete. Sie wandte sich vom Baum ab, schritt den beleuchteten Gang entlang und sah kurz darauf die offenen Türen, die freie Sicht in den Ballsaal boten.

Ihr Herz begann, schneller zu schlagen, als sie erkannte, dass sich Luciens gesamte Dienerschaft bereits im Raum versammelt hatte. Ein Teil von ihnen befand sich auf der Tanzfläche, andere bewunderten im Schlossgarten die sternklare Nacht. Das Festessen wurde nach und nach aufgetragen, der Geruch von frischem Apfelkuchen setzte sich in ihrer Nase fest.

»Guten Abend, Prinzessin Tatjana«, grüßte einer der Diener sie und vollführte eine umständliche Verbeugung. Seine Wangen waren vor Vorfreude gerötet und überhaupt sah er weniger getrieben aus als sonst.

Genau das hatte die Prinzessin sich gewünscht: dass dieses Weihnachtsfest nicht nur für Lucien und sie, sondern für die gesamte Dienerschaft ausgetragen wurde. Sie kümmerten sich jeden Tag aufopfernd um die Herrschaften, da sollte es an diesem Abend auch mal um sie gehen.

Nachdem Tatjana den Diener begrüßt hatte, kämpfte sie sich bis zu der Fensterfront durch, von wo sie den besten Blick über den Saal hatte. Die Stimmung war ausgelassen, das kleine Orchester auf der Empore spielte mit Herz und Seele Weihnachtslieder und die Bediensteten schienen sich gut zu amüsieren.

Neugierig ließ die Prinzessin den Blick über die Anwesenden schweifen, aber *er* war noch nicht da. Stattdessen entdeckte sie Liv, die abseits des Getümmels stand und Calzio aus der Ferne beobachtete.

Tatjana wollte sich soeben zu ihr gesellen, als sich ein Paar kalter Hände vor ihre Augen legte. Erschrocken zuckte sie zusammen, ehe sie den Griff löste und herumwirbelte.

Anfangs hatte sie sich gefragt, ob es je aufhören würde. Das warme Gefühl, das in ihr entstand, sobald sie ihn sah. Das Kribbeln in ihrem Bauch, die vielen Schmetterlinge, die unkontrolliert herumflogen und ihr tausend kleine Glücksmomente bescherten. Aber wenn sie ehrlich war, war alles noch genau wie damals. Genau wie an dem Tag, als sie sich eingestanden hatte, dass sie verliebt war.

Lucien trug einen dunkelgrauen Anzug, der mit silbernen Knöpfen verziert war. Seine schwarzen Haare hatte er nicht wie sonst zu einem Zopf frisiert, sondern offen gelassen, sodass sie ihm in sanften Wellen über die Schultern fielen. Doch alles, was Tatjana wahrnahm, waren seine Augen. Diese wunderschönen meerblauen Augen, in denen sie regelmäßig versank.

Die Prinzessin stellte sich auf die Zehenspitzen und hauchte Lucien einen Kuss auf die Lippen.

Anfangs war es ihr schwergefallen, in der Öffentlichkeit zu ihren Gefühlen zu stehen, bis sie erkannt hatte, dass es keinen Grund für ihre Zweifel gab. Die Dienerschaft war begeistert von ihr, war sie doch diejenige gewesen, die den Fluch gebrochen und ihren Herrn zurück ins Leben geholt hatte.

Und auch heute, Monate danach, wusste Tatjana, dass ihre Entscheidung die richtige gewesen war. Die Vorstellung, ihr Leben mit einem Mann zu teilen und dafür ihre Heimat aufzugeben, hatte ihr Angst bereitet. Doch zum ersten Mal überhaupt waren da diese Gefühle gewesen. Gefühle, die sich nicht leugnen ließen und auch jetzt bis in die Nervenenden ihres Körpers strahlten.

Tatjana schlang die Arme um Luciens Hals und intensivierte den Kuss. Ein Lächeln lag auf ihren Lippen. Sie hatte längst aufgegeben, in ihrem Leben nach Perfektion zu streben. Stattdessen schätzte sie die kleinen, gestohlenen Augenblicke, die dem Konzept der Vollkommenheit ziemlich nahekamen.

»Mein schönstes Weihnachtsgeschenk bist du«, hauchte Lucien an ihren Lippen.

Tatjana öffnete die Augen, die sie während des Kusses geschlossen gehalten hatte. »Das ist unser erster gemeinsamer Heiliger Abend«, flüsterte sie. »Und ich danke dir für dieses Fest.«

Lucien fasste Tatjana bei der Hand, lotste sie geschickt durch die tanzende Menge und nahm schließlich an der Tafel Platz, auf der sich vor Kopf zwei Stühle befanden, die für das Königspaar reserviert waren. Er musste sich kein Gehör verschaffen, seine Dienerschaft verstummte augenblicklich, als er die Stimme erhob und das Essen für eröffnet erklärte.

Nachdem Prinzessin Tatjana sich gesetzt hatte, suchten auch die Gäste ihre Plätze. Eine solche Zusammenkunft mit der Dienerschaft hatte es nie zuvor gegeben, umso mehr genoss Tatjana den seltenen Moment, in dem sie alle zusammenfanden und den Heiligen Abend feierten.

Über den Tisch hinweg sah sie Liv, die sich neben Calzio gesetzt hatte, auch wenn sie noch nicht mit ihm sprach. Dennoch wertete

Tatjana ihre Entscheidung als gutes Zeichen und sie lächelte ihrer Freundin aufmunternd zu.

Das Orchester spielte schon wieder eine Weile und langsam füllte sich die Tanzfläche. Während Lucien allen Bewegungen zur Musik weiterhin skeptisch gegenüberstand, hatte Tatjana ihre Liebe zum Tanzen nie verloren.

Sehnsüchtig blickte sie auf die Paare, die sich gebildet hatten, ehe sie ruckartig vom Stuhl aufstand und nach Luciens Hand griff. »Du weißt, was jetzt kommt«, warnte sie ihn vor, doch eine Möglichkeit zum Protest ließ sie ihm nicht.

Mit aller Kraft zog sie Lucien vom Stuhl hoch, hin zur Tanzfläche, wo sie ihre Hände auf seine Schultern legte. Das Orchester spielte gerade *Verloren im Schnee*, ein traditionelles Lied aus Alapania, das eine ruhige Melodie verfolgte und unaufgeregt daherkam.

Tatjana rückte näher an Lucien heran, der sie weiterhin zweifelnd ansah. »Keine Angst, du musst mir einfach nur folgen.«

»Das hatte ich befürchtet«, erwiderte er skeptisch. Er hatte wirklich zwei linke Füße, aber immerhin weigerte er sich nicht mehr, mit ihr zu tanzen.

Tatjana sah ihm tief in die Augen, bevor sie ihren Körper sanft zur Musik bewegte. Dem Rhythmus zu folgen, fiel ihr leicht, fühlte sich beinahe natürlich an, und nach einer Weile merkte sie, dass auch Lucien sich fallen und das Lied auf sich wirken ließ.

Sobald er sich an den Takt gewöhnt hatte, wurde Tatjana mutiger, tanzte ein paar Schritte von ihm weg, ehe sie sich wieder zu ihm drehte. Obwohl der Saal brechend voll war und die Gespräche der Dienerschaft ihre Ohren zum Klingeln brachten, zählten in diesem

Moment nur Tatjana und Lucien. Sie beide und das Lied, das vom Zauber des Winters erzählte.

»Ich muss dir unbedingt etwas zeigen«, raunte der Schlossherr, als das Orchester zu einer schnelleren Melodie ansetzte. Seine Augen funkelten geheimnisvoll, was die Neugierde in Tatjana schürte. Kurz sah Lucien sich im Ballsaal um. »Sieht nicht so aus, als würden wir gebraucht«, meinte er, dann zog er sie mit sich, durch die offen stehenden Türen und den Korridor entlang.

Er lief so schnell, dass Tatjana ihr Kleid anheben musste, damit sie nicht darüber stolperte. Ein Lachen löste sich aus ihrer Kehle, während sie sich von Lucien durch den Palast führen ließ, die Treppe hinauf und mehrere Meter geradeaus.

Außer Atem blieb Lucien schließlich vor einer Tür stehen, hinter der sich eine Dienstbotenkammer befand. Verwirrt zog Tatjana die Brauen zusammen, doch der Schlossherr presste einen Finger vor seinen Mund und öffnete die Tür.

Tatjana riss die Augen auf, als sie von einem Lichtermeer begrüßt wurde. Dutzende Kerzen standen auf dem Boden, dem Schränkchen an der Wand und der Fensterbank. Sie musste aufpassen, wohin sie ihre Füße setzte, damit sie kein Feuer entfachte.

Leise schloss Lucien die Tür, ehe er Tatjana bat, auf dem Bett Platz zu nehmen, das einen Großteil der schmal geschnittenen Kammer einnahm. Und als er vor ihr auf die Knie sank und ein weißes Kästchen aus seiner Hosentasche zog, wusste Tatjana nicht, wie ihr geschah. Ihr Herz begann zu rasen, während sie spürte, wie sich ein alter Widerstand in ihr regte.

»Tatjana«, begann Lucien mit belegter Stimme. Auf einmal wirkte er unsicher. Nervös fuhr er sich durch die Haare, bevor er das

Kästchen aufklappte, in dem ein roségoldener Ring zum Vorschein kam, der von seiner Form her an eine Krone erinnerte. »Auch wenn ich dich erst seit einigen Monaten kenne, kommt es mir vor, als wärst du schon immer ein Teil meines Lebens. Du … hast mich gerettet – und machst mich jeden Tag zum glücklichsten Mann auf der Welt. Es ist höchste Zeit, dich zu fragen.«

Tatjanas Unterlippe bebte. Sie wusste nicht, wohin sie schauen sollte. Lucien war auf einmal überall, die Luft war voll von ihm, sein Name ein starker Widerhall in ihren Gedanken.

»Ich will mit dir zusammen sein«, fuhr er fort. »Jetzt und in Zukunft. Jeden Tag, bis der Tod uns trennt. Möchtest du das auch?«

Und dann stellte er die eine Frage, die ihr den Boden unter den Füßen wegzog, obwohl sie doch genau gewusst hatte, dass es eines Tages so weit sein würde.

»Willst du meine Frau werden, Tatjana?«

Der Blick in seine Augen brachte sie beinahe um. Sie wollte schon den Kopf schütteln, als sie sich selbst am Riemen riss.

Was tat sie da? Verließ sie sich überhaupt noch auf ihr Gefühl oder kam da ihr altes Ich zum Vorschein – jenes, das im Traum nicht daran gedacht hätte, sich mal an einen Mann zu binden?

Tatjana schluckte schwer, bevor sie tief in sich hineinhörte. Aber eigentlich kannte sie die Antwort. Es hatte sich so viel verändert. Lucien hatte so viel in ihr verändert. Als Einziger war es ihm gelungen, ihre Mauern einzureißen.

Deswegen beschloss sie, mutig zu sein.

»Ja«, flüsterte sie, um es dann lauter zu wiederholen. »Ja, ja, ja! Ich möchte unbedingt deine Frau werden!«

Der angespannte Ausdruck in Luciens Gesicht verschwand von einem auf den anderen Moment. Überglücklich griff er nach ihrer Hand und zog den goldenen Ring über ihren schmalen Finger.

Tatjana schossen Tränen in die Augen, aber sie hatte keine Möglichkeit, ihren Gefühlen freien Lauf zu lassen, denn Lucien stand vom Boden auf und schlang seine Arme um ihre Hüfte, sodass er sie vom Bett hochheben konnte.

Übermütig wirbelte er sie mehrmals im Raum umher, ehe er sie sanft am Boden absetzte. Seine Wangen waren gerötet und in Tatjana entstand das tiefe Bedürfnis, ihn zu küssen. Sie schloss die Augen und gab sich ganz ihren Gefühlen hin.

Welchen Eindruck sie wohl auf ihre Schwestern machen musste? Die kannten sie nur als selbstbestimmtes, eigensinniges Wesen. Aber Tatjana hatte gelernt, dass man einen Mann lieben und sein eigenes Leben behalten durfte.

Ergriffen blickte sie auf den Ring an ihrem Finger. Wie surreal sich das Ganze anfühlte!

»Ich … danke dir«, flüsterte sie mit unsicherer Stimme. »Ich …«

Orientierungslos stolperte sie ein paar Schritte nach vorn, sprang über zwei Kerzen hinweg und hielt sich am Kleiderschrank fest.

Lucien musste ihr ansehen, wie überfordert sie mit der Situation war. Aber sah er auch, wie glücklich sie war?

»Ich möchte es allen sagen«, eröffnete er ihr. »Jetzt gleich – natürlich nur, wenn du nichts dagegen hast.«

Wie sehr seine Augen strahlten! Was konnte sie anderes tun, als zu nicken?

Entschlossen streckte sie ihm ihre Hand entgegen und ließ sich von ihm aus der Kammer führen.

Wie lange er seinen Antrag schon geplant hatte? Ob jemand davon wusste?

Tatjanas Wangen glühten, als sie den Ballsaal erreichten. Ihr Blick glitt über die Menge und sie erkannte zufrieden, dass Liv und Calzio miteinander tanzten.

Umso schwerer fiel es ihr, die Avancen der beiden zu unterbrechen, doch Lucien hatte sich bereits auf die Holzplatte gestellt, die auf der rechten Seite des Ballsaals aufgebaut worden war. Übermütig winkte er Tatjana zu sich heran. Sobald sie neben ihm stand, legte er seine Hand um ihre Hüfte und weihte die Anwesenden in sein Geheimnis ein. Die Prinzessin war so erfüllt von all dem, was er sagte, dass der Drang, sich selbst zu Wort zu melden, immer größer wurde, bis sie ihn nicht mehr unterdrücken konnte.

Bevor der Monarch seine Rede beendet hatte, schaltete sie sich ein. Obwohl sie sich unzähligen Augenpaaren ausgesetzt fühlte, war sie nicht nervös. Ganz im Gegenteil: Sie genoss die Aufmerksamkeit, die ihr zuteilwurde.

»Ich freue mich nicht nur darauf, an Luciens Seite über Alapania regieren zu dürfen«, begann sie, »sondern vor allem auf mein gemeinsames Leben mit euch. Ihr seid mir schon während des Fluchs sehr ans Herz gewachsen und ich bin euch unendlich dankbar, dass ihr mich so freundlich aufgenommen habt, obwohl es nicht immer einfach mit mir war.«

Tatjanas folgende Worte gingen in einem tosenden Applaus unter, der erst abklang, als sich Stefano, einer der Wachmänner, durch die Tür schob und mit seinem Eisenstab energisch auf den Boden schlug.

Die Prinzessin zuckte zusammen.

»Stefano, was soll der Lärm?«, rief Lucien durch den Saal.

»Es ist Besuch gekommen«, erwiderte der Mann nur. Er ließ sich selten aus der Ruhe bringen.

Tatjana tauschte einen schnellen Blick mit dem Schlossherrn, doch der sah so ahnungslos aus, wie sie sich fühlte.

»Besuch aus Brahmenien«, konkretisierte Stefano. »Eine fremde Frau verlangt nach der Prinzessin.«

»Wie … Das kann nicht sein«, murmelte Tatjana.

Niemand hier hatte schon einmal von ihrem Heimatland gehört – eine Tatsache, die sie noch immer irritierte.

Dennoch breitete sich ein ungutes Gefühl in ihr aus, das sie dazu brachte, die Erhebung zu verlassen und sich durch die Menge zu schälen, bis sie bei Stefano ankam.

Der dunkelhaarige Mann mit Vollbart lotste sie aus dem Raum. Während sie ihm durch die nächtlichen Gänge folgte, schlug ihr das Herz bis zum Hals. Tatjana wusste nicht, wo das Gefühl herrührte, aber sie spürte, dass etwas nicht stimmte.

»Sie steht da vorn«, erklärte Stefano knapp, als sie die Eingangshalle erreicht hatten.

Hastig trat Tatjana auf die komplett in Schwarz gekleidete Gestalt zu, die sich auf der Fensterbank abgestützt und den Blick nach draußen gerichtet hatte.

Noch bevor sie die Fremde in Luciens Schloss begrüßen konnte, wirbelte sie zu ihr herum. Und ein einziger Blick in ihr diabolisches Gesicht genügte, um Tatjana das Blut in den Adern gefrieren zu lassen.

Rania, ihre verhasste Stiefmutter, trug ihr dunkles Haar hochgesteckt. Ihre Augen waren dunkel geschminkt, die Lippen in einem blutroten Ton angemalt. Das schwarze Gewand, das sich an ihren knochigen Körper schmiegte, erinnerte an einen Albtraum.

Tatjana bekam noch mit, wie Rania den Mund öffnete und die ersten Worte über ihre Lippen purzelten, aber das, was sie sagte, drang nicht mehr an ihre Ohren. Es machte ohnehin keinen Unterschied, denn Tatjana hatte verstanden, wieso Rania hier war. Sie war ein Zeichen, ein Symbol dafür, dass die Prinzessin sich einer Illusion hingegeben hatte, die nicht ihrem echten Leben entsprach. Dass sie sich in Tagträume flüchtete, die ihr nicht mehr bescherten als ein gebrochenes Herz.

Deswegen ging sie zurück.

Als sie wieder vor ihrem Spiegel stand und ihre Silhouette im Silberglas musterte, blinzelte sie hastig die Tränen weg, die sich in ihren Augen gebildet hatten. Wenn sie sich heute Abend erlaubte, zu weinen, hatte sie verloren. Nein, sie musste stark bleiben. Und dazu gehörte, dass sie sich eingestand, dass es das Weihnachtsfest, das vor wenigen Minuten in ihren Gedanken lebendig gewesen war, nie gegeben hatte.

Energisch redete Tatjana sich ein, dass sie das alles nicht brauchte. Sie hatte sich selbst – und das war genug.

Doch als ihr Blick zu dem Mistelzweig glitt, der über ihr hing, wurde sie von einer heftigen Welle der Wut überschwemmt. Zornig stieg sie auf ihr Bett und stellte sich auf die Zehenspitzen, um den vermaledeiten Zweig zu erreichen.

Kurz dachte sie darüber nach, ihn aus dem Fenster zu schleudern, aber das erschien ihr nicht genug. Stattdessen riss sie jedes Blatt einzeln ab, bis nur noch ein kahler einsamer Zweig übrig blieb.

Und sie kam nicht umhin, zu denken, dass die zerstörte Pflanze ein Sinnbild ihres eigenen Lebens war.

Tatjana schluckte gegen den Kloß in ihrer Kehle an, dann sprang sie vom Bett. Sie wollte nach unten zu ihren Schwestern gehen, vielleicht gab es etwas, bei dem sie helfen konnte und das ihren trüben Geist für eine Weile beschäftigen würde.

Leise schloss sie die Tür hinter sich – und damit auch die Tür zu Lucien und einer Vergangenheit, von der sie sich nicht länger bestimmen lassen wollte.

Auch wenn ihr dummes, verräterisches Herz weiterhin für ihn schlug.

Der Fluch der sechs Prinzessinnen

Als Taschenbuch & E-Book, 5-teilige Reihe
Märchenadaptionen

Am Tag ein Schwan, in der Nacht ein Mensch, gefangen an einem einsamen See mitten im Wald. Das ist das Schicksal der verwunschenen Prinzessin Estelle. Es erscheint ihr aussichtslos, den Fluch zu brechen. Der Sinn der rätselhaften Worte auf einem geheimnisvollen Pergament, das der einzige Schlüssel ist, bleibt ihr verborgen. Erst als der junge Jäger Ayden am Schwanensee auftaucht, erhält sie neue Hoffnung. Womöglich gelingt es mit seiner Hilfe, das Rätsel zu lösen und den Weg zu beschreiten, der Estelles Dasein als Schwanenprinzessin beenden könnte? Doch was wird dann aus ihren Schwestern, die ebenfalls von einem Fluch befallen zu sein scheinen?

Smilla Johansson

Informationen zur Kurzgeschichte:

Wikinger feiern kein Weihnachten und sind alles andere als still. Daher hält sie nichts davon ab, in der Weihnachtszeit zu plündern – selbst wenn ihr Ziel ein Kloster ist. In ihrer düsteren und blutigen Kurzgeschichte zeigt Smilla einmal mehr, dass in ihrer Brust ein wahres Wikingerherz schlägt. Die Geschichte lässt sich unabhängig von der zugehörigen Trilogie ›Die Wikinger von Vinland‹ lesen, da sie vor Band 1 spielt.

Über die Autorin:

Smilla Johansson, Jahrgang 1998, lebt mit ihrer Familie in der kleinen Stadt Bocholt an der niederländischen Grenze. Benannt nach der bekannten Ermittlerin aus Peter Høegs Kriminalroman Fräulein Smillas Gespür für Schnee hatte sie kaum eine andere Wahl, als sich in der Welt der Bücher zuhause zu fühlen. Ein besonderes Faible hat sie für historische Romane, Fantasy aller Art und Krimis.

Durch die dunkelsten Täler Hels

Irgendwo auf der Nordsee, 24. Dezember im Jahr 1012 n. Chr.

Der peitschende Winterwind pfiff ihm um die Ohren und die stürmische See warf die *Sjødrake* wild hin und her. Aufgrund des eisigen Regens spürte Hákon seine Finger nicht mehr und auch die verbissene Miene in seinem Gesicht musste eingefroren sein.

Schlag! Vor und zurück.

Trotzdem brannten seine Muskeln, als würde er in den Feuern von Thórs Schmiede baden.

Schlag! Vor und zurück.

Das dumpfe Pochen der Trommeln ersetzte seinen Herzschlag und raubte ihm jegliches Zeitgefühl, doch aufgeben kam für ihn nicht infrage.

Schlag! Vor und zurück.

In den letzten zwei Tagen hatte er nichts anderes getan, als mit Magnus, seinem besten Freund, und den fünfundzwanzig Männern auf dem Schiff zu rudern. Immer wenn der Wind aus einer unpassenden Richtung wehte. Er fühlte nichts mehr außer beißendem Schmerz, wenn sich seine verkrampften Muskeln im Rhythmus der Trommelschläge spannten und entspannten.

Schlag! Vor und zurück.

Er dachte nichts mehr. Fort waren sämtliche Zweifel, sämtliche Sorgen, die ihn noch zu Beginn ihrer Reise geplagt hatten. Nun fehlte ihm die Kraft dafür. Es gab nur ihn, den Riemen in seinen schwieligen Händen und den stürmischen Wind, der ihm in den Ohren schmerzte.

Aber er beschwerte sich nicht, er hatte es so gewollt. Und als sein Blick Magnus streifte, sah er, dass es ihm genauso ging. Dies war ihre erste Fahrt zu den englischen Landen im Westen und er hatte seit Beginn seiner Ausbildung unter Orm für diesen Platz auf dem Schiff gekämpft.

Schlag! Vor und zurück.

Er ruderte und er würde weiter rudern, bis die kratzige Stimme Valdarrs, ihres Kendtmanns, übers Deck schallte und ihn erlöste.

Bereits am Abend hatten seine Qualen ein Ende. Dachte Hákon zumindest, als er sich erschöpft neben Magnus in den feuchten Sand am Ufer fallen ließ und seine geschundenen Hände ins kalte Meer tauchte.

Das Salz brannte unangenehm in den Wunden, aber immerhin spürte er so seine Finger wieder. Der Regen hatte nachgelassen und der mitternachtsblaue Himmel war sternenklar.

»He da! Auf, ihr Burschen!«, wehte die raue Stimme des Hauptmanns zu ihnen herüber und sofort sprangen sie auf ihre Füße. »Wir werden nicht rasten. Bis zum Tempel der Christen ist es nicht weit und wir müssen die Gunst der Stunde nutzen, wenn sie in dieser Nacht wirklich so abgelenkt sind, wie Valdarr behauptet.«

Sein Atem bildete feine Wölkchen, die sich mattweiß vor dem schwarzen Himmel abzeichneten. Hákon stöhnte leise und warf Magnus einen raschen Blick zu. Doch wenn der Stallbursche ebenso erschöpft war wie er, ließ dieser sich nichts anmerken.

Wortlos schulterte Magnus seinen Schild, fischte seinen spjót, einen langen Holzspeer mit scharfer Spitze, aus dem nassen Sand und stiefelte schwerfällig hinter Orm her, der sich umdrehte und den kleinen Trupp zusammentrommelte.

»Wir sollten uns aufteilen«, meldete sich Valdarr grummelnd zu Wort, der in aller Seelenruhe auf einem Stein saß und sein Schwert schliff.

»Warum das denn?«, blaffte Orm zurück und fuhr wütend zum Kendtmann herum.

Hákon hob überrascht eine Augenbraue. Er hatte Orm für einen gewieften Mann gehalten, der auf einiges an Erfahrung zurückgreifen konnte, doch da hatte er sich offensichtlich getäuscht.

»Um die *Sjødrake* zu bewachen, natürlich«, fuhr Valdarr ruhig fort, stand auf und ließ sein langes Bastardschwert in der Scheide an seinem Gürtel verschwinden.

Orm, der dies offenbar nicht bedacht hatte, knirschte missbilligend mit den Zähnen und musterte seine Männer. Aber noch gab er nicht klein bei. »Keiner der Christen wird es wagen, auch nur einen Fuß in die Nähe des Schiffes zu setzen. Die haben viel zu viel Schiss.«

»Und was ist mit den englischen Soldaten?«, gab nun Vakir, ein stämmiger Krieger mit Glatze und wirrem Bart, zu bedenken.

Zustimmendes Gemurmel von den anderen Männern folgte und Orms Züge verhärteten sich.

»Also schön, damit hast du dich gerade freiwillig gemeldet, Vakir«, sagte er mit einem gehässigen Grinsen. Dann wandte er sich den Jungen zu. »Und die Burschen wirst du auch im Auge behalten. Ich kann bei meinem Angriff keine Kinder gebrauchen.«

»Ganz bestimmt nicht!«, riefen Hákon und Magnus gleichzeitig. Als sich ihre Blicke trafen, grinsten sie breit.

»Wir sind nicht mitgekommen, um jetzt zurückgelassen zu werden!«, begehrte Magnus auf und Hákon nickte heftig.

Kurz schossen ihm Orms Worte durch den Kopf, die er ihnen zu Beginn ihrer Ausbildung eingebläut hatte: »*Die Zurückgefallenen werden zurückgelassen.*« Allerdings hegte er nicht die Absicht, so zu enden. Vielleicht musste er das Orm nur begreiflich machen.

»Bei Oðin, ich habe so lange dafür gekämpft, diese Fahrt mit anzutreten und den verdammten Christen eins auszuwischen. Ich werde mitgehen und du wirst mich nicht aufhalten!«, fluchte Hákon und spuckte ihm, einem spontanen Impuls folgend, vor die Füße.

»Na warte, du Rotzlöffel, dir werde ich Manieren beibringen …«

Sofort riss Orm seine Axt vom Gürtel und wollte sich auf Hákon stürzen, als Valdarr zwischen sie trat.

»Ich verbürge mich für die Jungen«, sagte er mit fester Stimme und ließ seine erhobenen Hände erst sinken, als Orm mit einem kehligen Knurren die Axt zügelte.

»Meinetwegen. Aber du übernimmst die Verantwortung für sie.«

Valdarr nickte grimmig und warf den Jungen, die erleichtert aufgeatmet hatten, einen scharfen Blick zu.

Orm wandte sich wieder an Vakir und gab ihm ein runenverziertes Horn aus Holz. »Du bleibst hier. Der Tempel liegt gleich hinter dieser Anhöhe in einem Tal. Wenn sich Soldaten hier blicken lassen sollten, ruf uns damit.«

Erst sah es so aus, als wolle auch Vakir widersprechen, doch ein drohender Blick aus den dunklen Augen des Hauptmanns ließ ihn nicken und er trottete zurück zum Schiff.

»Los geht's, Leute! Ich will beim ersten Licht des Tages zurück auf dem Meer sein.«

Orm ging voran und die Gruppe folgte. Hákon und Magnus bildeten mit Valdarr das Schlusslicht.

»Valdarr?«, wandte sich Magnus schüchtern an den Kendtmann. »Warum sollen die Christen in dem Tempel heute Nacht abgelenkt sein?«

»Kloster«, brummte Valdarr und richtete seinen Blick auf Magnus. »Sie nennen ihre Tempel Kloster. Und diese Nacht ist besonders für sie, so wie die Samhain oder das Julfest bei uns.«

Magnus überlegte kurz und auch Hákon dachte über die Worte nach. Für ihn war es neu, dass auch die Christen Feste feierten, um ihren Gott zu ehren. Warum sollte man einen erschlagenen Mann ehren?

»Was feiern sie denn?«, stellte Magnus die Frage, die auch Hákon auf den Lippen lag.

»Die Geburt ihres Gottes«, antwortete Valdarr tonlos und erstickte mit einem harschen Nicken nach vorn alle weiteren Fragen.

Orm war stehen geblieben und deutete auf etwas im Tal, das sie nicht sahen.

Im Näherkommen erkannten sie eine Gruppe kleiner, gedrungener Gebäude aus Holz und Stein, die von einer befestigten Mauer eingekreist waren.

»Bisher gibt es kein Anzeichen von Wachen oder Soldaten«, sagte Orm langsam und fuhr geistesabwesend mit dem Daumen über die Schneide seiner Breitaxt.

»Schade eigentlich«, meldete sich Hólmir, ein Krieger in eiserner Brynja, zu Wort. »Ich hätte gern ein paar Engländern die Köpfe abgeschlagen, meine Axt hat zu lange kein Blut mehr gekostet.«

Orm lachte laut und schallend auf und schlug ihm kameradschaftlich auf die Schulter. »Keine Sorge, mein Freund, du wirst deine Chance erhalten. Es dürften genug Christen für uns alle da sein, bei Týr!«, rief er und seine Männer stimmten in das Gelächter mit ein.

Hákon und Magnus tauschten einen unsicheren Blick. Sicher, für sie war das alles neu und aufregend, aber so ganz hatte Hákon das noch nicht verstanden. Würden sich die Männer etwa wüst durch die Reihen der Fremden schlagen, obwohl sie keine Gegenwehr leisteten? Diese Frage zu stellen, traute er sich jedoch nicht, aus Angst, von den Männern ausgelacht und als weinerliches Kind dargestellt zu werden.

Bevor er Magnus danach fragen konnte, hatten sich die Männer in Bewegung gesetzt. Die Schilde vor sich haltend, die Waffen in ihren Halterungen gelockert, schlichen sie geduckt durch das hohe Gras.

»Ihr beide haltet euch besser an mich«, murmelte Valdarr ernst und musterte sie eingehend. »Und ab jetzt keinen Ton mehr«, fügte er hastig hinzu, als Orm das Zeichen zum Halten gab.

Sie standen nur noch wenige Mannslängen von der Mauer entfernt, die bedrohlich hoch über ihnen aufragte, das hölzerne Tor direkt vor ihnen.

Aus der Mitte der Gruppe schoben sich vier bärbeißige Krieger hervor, die einen Eichenstamm mit abgerundeter Spitze auf den Schultern trugen. Ein Rammbock, erkannte Hákon.

Skeptisch betrachtete er das Tor. Besonders stabil sah es nicht aus, wahrscheinlich würden sie es auch ohne das Hilfsmittel aufgestemmt bekommen, aber er hielt sich zurück.

RUMMS!

Genau einmal prallte der Stamm gegen das Tor, das sogleich in der Mitte barst, und die Flügel fielen zu beiden Seiten aus den Angeln.

Kurz hielten sie inne, horchten in die Stille hinein – alles blieb ruhig. Falls wirklich Soldaten im Inneren auf sie warteten, waren sie weit genug entfernt und hatten die Eindringlinge noch nicht bemerkt.

Sie schlichen durch das Tor und fanden sich auf einem kleinen Platz wieder, der eher einem Hof glich. Zu ihrem Vorteil stand der silberne Mond beinahe voll am Himmel und spendete ausreichend Licht, sodass sie auf verräterische Fackeln verzichten konnten.

Hákons Puls schoss jedoch augenblicklich in die Höhe, als er ebenjenen flackernden Feuerschein zwischen zwei Hütten zu ihrer Linken entdeckte. Stumm zupfte er an Valdarrs Ärmel und als dieser sich ihm zuwandte, deutete Hákon schnell auf seine Entdeckung.

Valdarr nickte grimmig und ein selbstgefälliges *Siehst du, ich hatte recht*-Grinsen legte sich auf seine gealterten Züge. Rasch gab er die Botschaft an Orm weiter, der drei Finger in die Höhe hielt und dem Rest der Männer ein Zeichen gab, sich zu verteilen und die umstehenden Hütten nach weiteren Wachen zu durchsuchen.

Plötzlich zuckte Hákon zusammen, als das merkwürdig verstärkte Geräusch einer Flöte, begleitet von vielstimmigem Gesumme, zu ihnen hinüberwehte. Nach einigen Augenblicken erkannte er es als eine Art Musik und Gesang. Er sah sich aufmerksam um und entdeckte das größte Gebäude. Es war ganz aus Stein, mit schmalen hohen Fenstern, hinter denen warmes Licht schimmerte. Die Gesänge kamen aus dem Inneren.

Aber bevor er sich damit beschäftigen konnte, klopfte Valdarr ihm auf die Schulter und signalisierte auch Magnus, mitzukommen. Mit gezogenen Waffen schlichen die drei auf die Ecke zu, hinter der die Fackel munter brannte. Sobald sie näher kamen, hörte Hákon die Soldaten leise flüstern, verstand die fremd klingenden Worte aber nicht.

Es waren fünf Soldaten, wobei drei mit dem Rücken zu ihnen standen – perfekt für einen Überraschungsangriff. Das Blut pochte ungewohnt laut in Hákons Ohren und er merkte, wie seine Hände schwitzten. Er atmete tief ein, sammelte all seine Konzentration.

Die nächsten Augenblicke würden vermutlich über sein Leben entscheiden. Sein Herz schlug so heftig, als wolle es all die Schläge, die es in seinem Leben noch tun wollte, in diesem Moment verbrauchen.

Er öffnete die Augen und nickte Valdarr entschlossen zu, sah aus dem Augenwinkel, wie Magnus seinen Speer fest umklammerte.

Noch bevor der erste Soldat sie bemerkte und zu seiner Waffe greifen konnte, brach er röchelnd zusammen, die Hände um seinen blutenden Hals geschlungen. Valdarr hatte ihm von hinten das Schwert durch die Kehle gestoßen. Entsetzen spiegelte sich auf den Gesichtern seiner Kameraden und sofort gingen sie in Abwehrhaltung, wobei der eine nach dem Signalhorn griff, das an seinem Gürtel baumelte.

Valdarr reagierte blitzschnell. Mit einer eleganten Bewegung ließ er sein Schwert durch die Luft fahren und schlug dem Soldaten die Hand mitsamt dem Horn vom Arm ab. Sein schmerzerfüllter Schrei gellte nur kurz über den Platz, da hatte Valdarr ihm schon mit dem schweren Schild eins übergezogen. Schwerfällig sank der Soldat zu Boden und kam in seinem Blut zu liegen.

So schnell geht ein Leben zu Ende, dachte Hákon von Faszination und Schrecken gleichermaßen beherrscht.

Einer der Soldaten, der sich als Erster aus seiner Schockstarre löste, rief seinen Männern ein paar harsch klingende Worte zu und stürmte dann den Angreifern entgegen.

Valdarr lächelte grimmig und schielte zu Hákon und Magnus hinüber, der noch bleicher aussah, als Hákon sich fühlte. »Na los, Jungs! Ist das nicht die Möglichkeit, um die ihr vorhin so gekämpft habt?«, rief er und drehte sich schwungvoll aus der Reichweite des feindlichen Soldaten.

Überrascht von der Wucht seines in die Leere gehenden Schlages, taumelte der Mann nach vorn. Valdarr holte aus und hieb dem Soldaten mit seinem Schwert in den Rücken, trieb es kraftvoll durch den ungeschützten Körper, bis es mit einem schmatzenden Geräusch durch seine Brust wieder austrat und Hákon das Blut ins Gesicht spritzte.

Er keuchte auf und leckte sich reflexartig über die Lippen, auf denen einige Tropfen gelandet waren. Der metallische Geschmack legte sich schwer auf seine Zunge, jagte ein heftiges Zittern durch seinen Körper und beruhigte ihn gleichzeitig auf eine ungeahnte Weise. Das Gefühl, welches durch seine Adern jagte, kam ihm seltsam vertraut vor. Er wusste, was hier passierte, was er zu tun hatte. Mit einem Mal verstand er, wofür er all die Jahre seines Lebens hart trainiert hatte, woher die ganzen Narben auf seinen Armen kamen.

Töten. Für nichts anderes war er ausgebildet worden, nach nichts anderem sehnte er sich schon die ganze Zeit und nichts anderes würde er nun tun. Noch standen zwei Soldaten, für jeden von ihnen einer. Sein Blick traf den von Magnus und in seinen braunen Augen stand ein ebenso erregtes Glitzern, wie Hákon es in den seinen vermutete.

Er sprang vor, einen kehligen Schrei auf seinen Lippen. Der Soldat, von der Euphorie und dem wahnsinnigen Klang der Stimme vollkommen überrumpelt, hatte nicht den Hauch einer Chance. Hákon holte mit dem Sax aus und schlug ihm den Kopf von den Schultern.

Blut spritzte in einer heftigen Fontäne aus dem Rumpf des Soldaten, als dessen Körper schlaff zu Boden sackte, bevor es darin versickerte.

Hákon wandte sich um, suchte Magnus, der soeben seinen Speer aus dem linken Auge seines Gegenübers zog und beiläufig die Spitze an seiner Hose abwischte.

Ein feiner Streifen Blutsprenkel zog sich quer über sein Gesicht und einige Tropfen verfingen sich in seinem kurzen Kinnbart. Er grinste zufrieden.

Doch just als er dachte, die Gefahr wäre gebannt, sprang ein weiterer Soldat hinter Magnus' Rücken aus einer Tür hervor, das Schwert zum Streich erhoben.

Geistesgegenwärtig riss Hákon den Schild hoch und lenkte den feindlichen Schlag ab, drehte sich mit einer Finte aus der Reichweite seines Feindes und schlitzte ihm den Bauch auf. Der Soldat schrie gequält auf und ging zu Boden. Gnadenlos packte Hákon dessen Kopf und setzte die Klinge an. Mit einem Ruck zog er sie ihm durch den Hals und heißes Blut tränkte seine Kleidung.

Sein Herz setzte einen Schlag aus, als er gewahrte, dass Magnus regungslos am Boden lag, sein Kopf voller Blut.

Verdammte Axt, nein!

Er musste den abgelenkten Schlag voll abbekommen haben.

Hákon ließ sich neben ihn auf den blutgetränkten Boden fallen und drehte seinen Freund mit einem Ruck herum.

Hustend und röchelnd richtete sich Magnus auf, wischte sich mit dem Ärmel über die klaffende Wunde, die seine linke Augenbraue teilte, und grinste. »Das wird eine ziemlich hässliche Narbe geben«, nuschelte er und schlug Hákon fest gegen den Oberarm. »Du hast mir das Leben gerettet«, flüsterte er mit erstickter Stimme, so als würde ihm jetzt erst bewusst werden, wie knapp das gewesen war.

Hákon erwiderte den Griff um Magnus' Schultern und lächelte ihm zu. »Für dich würde ich durch die dunkelsten Täler Hels wandern, mein Freund.«

In der Zwischenzeit hatten die anderen die umstehenden Hütten durchsucht. Der Enttäuschung auf ihren Gesichtern nach zu urteilen, hatten sie weder Soldaten noch irgendwelche wertvollen Schätze gefunden.

»Wo sind die bloß alle?«, fragte Hólmir und kratzte sich mit der Schwertspitze am Kinn.

Magnus deutete mit dem Speer auf das große Gebäude mit den schmalen Fenstern, von wo vorhin der Gesang ausgegangen war. »Ich denke, wir finden die Christen da drinnen.«

Zustimmendes Gemurmel aus der Gruppe folgte und Orm nickte nachdenklich. »Ja, vermutlich, aber dafür, dass sie in dieser Nacht ihren Gott mit einem Fest ehren wollen, ist hier verdammt wenig los … Wenn das nicht eine Falle ist.«

Plötzlich erklang ein lautes helles Lachen und alle fuhren erschrocken zusammen. Hákon stand da, den Kopf in den Nacken geworfen, und lachte aus vollem Hals. »Was soll denn das für ein lächerlicher Gott sein?«, japste er und wischte sich die Tränen aus den Augen. »Wie soll ein bleiches, dünnes Gerippe, das tot am Holz verfault, diesen Männern helfen? Ihr Gott ist schwach!«

Mit Genugtuung gewahrte er das feixende Grinsen auf Orms Gesicht. Endlich erhielt er die Anerkennung, um die er unter dessen harter Hand bedingungslos gekämpft hatte.

»Bei Thór, der Bursche hat recht!«, rief Orm und stürmte sogleich mit Siegesgebrüll auf die hölzerne Pforte zu.

Hákon, den Sax über dem Kopf schwingend, schloss sich ihm an. Er fühlte, wie der Blutrausch allmählich nachließ, wie langsam sich die Müdigkeit in seinen Knochen bemerkbar machte, doch blendete er sie aus. Sie fingen gerade erst an.

In dem Moment, in dem die Wikinger mit lautem Gebrüll der Tür der Kapelle entgegenstürmten, fingen die gusseisernen Glocken im Turm an, zu schlagen, und verkündeten die Geburt Jesu Christi.

Orm und seine Männer ließen sich davon nicht ablenken, der Blutrausch durchströmte jeden Einzelnen von ihnen und in diesem Moment war es egal, dass sie nur der Reichtümer wegen diesen heiligen Ort in dem Blut seiner Gläubiger ertränken würden.

Was sich jedoch vor seinen Augen abspielte, als er die Tür passierte, ließ Hákon innehalten. Für den Bruchteil eines Augenblicks gewahrte er einen in helles Leuchten gehüllten Saal, der eine unheimliche Wärme und Geborgenheit ausstrahlte, wie er sie noch nie gespürt hatte. Ein seltsames Prickeln legte sich über ihn und Hákon zweifelte keinen Moment mehr daran, dass diese Menschen genau jetzt ihrem Gott so nah waren, wie sie es nur sein konnten.

Überall schimmerten Kerzen – richtige Kerzen aus Wachs. Allein das war ein Zeichen des Reichtums, der hinter diesen Mauern schlummerte. Immergrüne Tannenzweige hingen von der hohen Decke herab und verströmten einen bekannten Waldgeruch.

Doch was ihn endgültig innehalten ließ, waren die Menschen selbst. Ausschließlich Männer, in lange braune Kutten aus Sackleinen gehüllt, knieten auf rauen Holzbänken, die Köpfe mit dem kahl rasierten Kreis in der Mitte andächtig zum Gebet gesenkt.

Es war gespenstisch still. Nur das gleichmäßige Schlagen der Glocken drang gedämpft zu ihm durch.

Als sich eine schwere Hand auf seine Schulter legte, erwachte Hákon aus seiner Trance, spürte wieder den Rausch durch seine Adern fließen, hörte das Blut in seinen Ohren pochen, fühlte, wie sein Körper leicht wurde. Und er stürmte los.

Plötzlich, mit schreckgeweiteten Augen, erhoben sich die Betenden und das wüste Gebrüll und Geschrei der Männer, die wie Berserker durch den Mittelgang stürmten, erfüllte die Luft. Orm erreichte als Erster das Kopfende des Saales, wo ein einzelner Mann in ein aus weißem Leinen geschneidertes Gewand gehüllt stand, die Arme noch immer zum Gebet erhoben.

»Wo sind Gold und Silber?«, bellte Orm und seine Stimme hallte vielfach von den steinernen Wänden wider.

Doch natürlich verstand der Priester keins der nordischen Worte und als er nicht antwortete, holte Orm aus und schlug ihm, begleitet von einem animalischen Schrei, den Kopf in einer runden Bewegung von den Schultern. Die Wikinger brachen in Jubel aus und als wäre dies ihr Startsignal gewesen, stürzten sie sich auf die Männer.

Diese schrien auf und viele wandten sich um, ergriffen die Flucht, doch weit kamen sie nicht. Die Wikinger stellten sich ihnen in den Weg und unter lautem Gegröle und Gejohle schlugen sie jeden nieder, der ihnen in den Weg trat.

Hákon drängelte, nach links und rechts Hiebe verteilend, durch den Gang nach vorn, sprang mit einem Satz über die enthauptete Leiche des Priesters hinweg und landete schlitternd vor dem steinernen Tisch. Darauf war eine aus Gold gegossene Skulptur, die den erschlagenen Gott am Kreuz darstellte.

Doch konnte das unmöglich alles sein, was sich an diesem Ort an Reichtümern verbarg.

Rasch sah er sich die Wände der Kapelle an. Ja, da war eine Tür, genau wie vermutet. Bevor er darauf zuhechtete, verschaffte er sich einen Überblick über das Gemetzel in der Halle.

Beinahe alle Bewohner lagen in großen Blutlachen am Boden und die letzten wenigen wurden wie Kinder beim Spiel von ihren Leuten durch die Halle gescheucht.

Erleichterung durchflutete ihn, als er Magnus entdeckte, der von der Seite auf ihn zugeeilt kam, das Gesicht blutverschmiert, die weißen Zähne leuchteten auf, als er ihn angrinste. Hákon gab ihm einen Wink und mit Magnus auf den Fersen bahnte er sich einen Weg zu der kleinen Seitentür. Mit der Schulter stieß er sie auf und erfasste das Innere mit einem Blick.

Ein einzelner Mann in brauner Kutte saß an einem Schreibpult und sah mit bangem Blick zu ihm auf, als er gewahrte, dass keiner seiner Brüder die Kammer betreten hatte. Hinter ihm an der Wand standen mehrere schwere Holztruhen, in denen Hákon die Schätze vermutete.

Sofort stürzte er mit einem kehligen Knurren vor, den Sax zum Schlag erhoben. Er würde dem Mann einen schnellen Tod schenken, aber sterben musste er.

Der metallische Geruch des Blutes, der von seinem Körper ausging, legte sich wie ein Nebelschleier um seinen Geist, stieß ihn in einen dunklen Tunnel aus Erregung und Triumph, wenn er nur erst seinen Sax im Schädel des Mannes versenken würde …

… doch er kam nicht dazu. Im letzten Moment lenkte etwas seinen Schlag ab und anstatt in den Kopf des Mannes schlug die Klinge dumpf in das hölzerne Pult. Magnus schob sich mit zur Abwehr erhobenem Speer in sein Blickfeld.

»Was bei Oðins Bart tust du da, Magnus?«, stieß er gepresst hervor und holte erneut zum Schlag aus, doch wieder parierte sein Freund, kam ihm entgegen und griff beherzt nach seinem Arm.

»Hákon, nicht!«, keuchte Magnus unter der Anstrengung, die es ihn kostete, den Arm seines Freundes festzuhalten. »Hör auf, verdammt!«

Mit der freien Hand verpasste Magnus ihm eine schallende Ohrfeige. Hákon schüttelte den Kopf und sein langer Zopf verteilte Blutstropfen quer durch den Raum.

Magnus holte erneut aus, aber Hákon packte nun seinerseits die Hand des Stallburschen und drückte sie gewaltvoll von sich. Langsam klärte sich sein Blick und anstelle des in sich zusammengesunkenen, vor Angst wimmernden Mannes vor ihm fokussierte er Magnus, der sich ihm todesmutig in den Weg stellte.

»Tu das nicht«, wiederholte er nun ruhiger und der Blick aus seinen dunkelbraunen Augen ging Hákon bis ins Mark. So jung, so unschuldig.

Nein, Letzteres stimmte nicht.

Nicht mehr.

Und er war daran schuld.

Hákon war derjenige gewesen, der unbedingt mit auf diese Fahrt hatte gehen wollen, aber sich nicht getraut hatte, sie allein anzutreten. Tagelang hatte er Magnus überredet, hatte ihn regelrecht erpresst, und Magnus, als guter Freund, der er war, hatte schließlich zugestimmt. Obwohl er nicht müde wurde, zu versichern, dass es ihm fernläge, Christen zu töten, nur weil sie an einen anderen Gott glaubten. Aber um seines Freundes willen – um Hákons willen – hatte er zugestimmt.

Langsam ließ er den Sax sinken. Magnus ließ seinen Arm los und trat einen respektvollen Schritt zurück.

»Er hat es nicht verdient«, murmelte er leise und Hákon gewahrte, dass nichts mehr von der Aufregung, der Euphorie oder dem Rausch in Magnus' Blick lag. Der Berserker war verschwunden und vor ihm stand nur noch ein junger, blutverschmierter Stallbursche mit einer nahezu nutzlosen Waffe in der Hand.

Hákon keuchte. Nur langsam ließ der Rausch nach, aber er hatte sich wieder im Griff. Er steckte den Sax weg und schob das zur Hälfte gespaltene Pult zur Seite.

Mit zwei großen Schritten war er vor den Truhen und schlug die Deckel auf. Darin fand er die Schätze, für die sie hergekommen waren. Seine schwieligen Hände langten nach den eisernen Griffen der einen Truhe und mit einem Ächzen wuchtete er sie hoch.

Als er sich zum Gehen wandte, warf er einen letzten missbilligenden Blick auf den weinenden Mann am Boden. »Danke deinem Gott, dass wir dich heute verschont haben. Anscheinend hat er deine Gebete erhört.«

Bei dem Wort Gott rotzte er ihm demonstrativ vor die Füße und verließ ohne einen Blick zurück die Kammer.

Magnus folgte ihm zögerlich.

Orm kam auf ihn zu und warf einen Blick in die Kammer. Als er die zweite Truhe entdeckte, gab er Hólmir und Ragni ein Zeichen.

»Warum habt ihr den Abschaum nicht zu seinem Gott geschickt?«, wollte Orm mit nörgelnder Stimme wissen. »Verdient hätte er es allemal.«

»Wer soll denn von uns berichten und ihnen von den wahren Göttern und ihren Männern erzählen?«, konterte Hákon herausfordernd und stapfte aus der Kapelle.

Magnus folgte ihm breit grinsend und zusammen schlugen sie den Weg zurück zum Strand ein, ihre Herzen immer noch wild schlagend. Und sie waren sich sicher, dass dieses Abenteuer sie für den Rest ihres Lebens zusammenschweißen würde.

DAS BUCH ZUR KURZGESCHICHTE

Die Wikinger von Vinland

Als Taschenbuch & E-Book, 3-teilige Reihe
Historische Fantasy

Die Freiheit ruht tief in dir, du musst ihr nur die Tür öffnen.

Als Linea ein Gespräch zwischen ihrem Ziehvater und dem Jarl von Skogbyen belauscht, erfährt sie, dass ihr bisheriges Leben im Wikingerdorf eine einzige Lüge war und sie dem grausamen Anführer versprochen werden soll. Linea will frei sein, selbst über ihr Leben bestimmen und sich nichts vorschreiben lassen, doch es ist nicht leicht, als Frau unter Wikingern zu bestehen. Sie braucht die Hilfe ihrer Freunde, denn die Intrigen, die sich um sie spinnen, sind gewaltiger, als sie jemals geglaubt hat. Wird es ihr gelingen, ihre Freiheit zu erkämpfen? Und wieso hat der Jarl überhaupt ein solches Interesse an ihr?

STEFANIE KARAU

Informationen zur Kurzgeschichte:

In der Stadt Brayken wird ein Winterfest gefeiert. Das ruft natürlich auch den Gildenanführer Lichtfels und seine Kampfgefährten auf den Plan. Allerdings haben sie noch eine Aufgabe zu erfüllen, ehe sie ihre Krüge mit Met und ihre Mägen mit gebratenem Fleisch füllen dürfen. Denn die Gefährten erhalten ihren allerersten Auftrag. Unabhängig von der im Frühjahr 2021 erscheinenden High-Fantasy-Trilogie ›Die Allianz der Sonne‹ lesbar, da die Kurzgeschichte vor Band 1 spielt.

Über die Autorin:

Stefanie Karau, geboren im April 1990 in Torgau, lebt mit ihrem Mann und zwei Katzen in der Literatur- und Buchstadt Leipzig.

Während sie sich hauptberuflich mit Zahlen beschäftigt, ist sie in ihrer Freizeit von Büchern und fantastischen Geschichten umgeben. So betreibt sie einen Bücherblog, besucht gerne Buchmessen oder trifft sich mit anderen Autoren.

Schreiben ist ihre Leidenschaft, ihre Fantasie kennt keine Grenzen, daher möchte sie jeden einladen, auch in ihre magischen Welten einzutauchen. Wenn sie nicht gerade schreibt, ist sie häufig im Kino anzutreffen, verwandelt sich in Online-Rollenspielen in eine Heldin oder unternimmt etwas mit Familie und Freunden.

Im Auge der Weißen Vipera

»Ho«, murmelte Lichtfels beruhigend zu seinem Pferd, wodurch das Tier zum Stehen kam.

Während die Schneeflocken vom Himmel fielen und das Gebiet um die Stadt Brayken in ein weißes Meer verwandelten, wartete der Faustkämpfer auf seine zwei Gefährten. Er zog den ledernen Handschuh ab, fasste unter seinen Umhang in die Tasche seiner Fellweste und holte ein Stück Pergament heraus, das er auseinanderfaltete.

> Auftrag für die Schwarze
> Allianz.
> Erneuter Angriff auf
> Schafsherde in Tanndorf bei
> Brayken.
> Meldung vom Schäfer.

Nervös steckte Lichtfels die Nachricht wieder weg.

Nur ein paar Stunden war es her, seit er am Morgen den ersten Auftrag für seine Kämpfergilde entgegengenommen hatte. Er wusste, dass er mit seinen zweiundzwanzig Jahren zu den jüngsten Anführern gehörte und noch nicht viel Erfahrung hatte sammeln können, aber er glaubte an seine Stärke und an seinen Mut.

Einige zweifelten an ihm, so auch sein größter Konkurrent Diamantenseele, der kaum älter als er war und ebenfalls den Rang eines Faustkämpfers und Gildenanführers bekleidete.

Doch selbst wenn die Schwarze Allianz sich nicht gegen andere Gilden behaupten konnte, falls er als Anführer versagte, hätte er immer noch die Möglichkeit, mit seinen Freunden einer anderen beizutreten. Daran wollte er aber noch nicht denken.

Lichtfels blickte zurück und kniff seine braunen Augen zusammen. Boden und Himmel verschwammen ineinander und es war schwer, die zwei Pferde auszumachen, die sich ihm näherten.

»Warum so eilig, Lichtfels?«, fragte Lara, seine Freundin und Heilerin, die neben ihm zum Stehen kam. Ihre Wangen und Stupsnase leuchteten rot von der Kälte.

»Wartet jemand in Brayken auf dich? Oder gibt es etwas zu gewinnen?«, hakte Jacki nach, der zu ihr aufschloss. Schneeflocken hatten sich in seinem kinnlangen blonden Haar verfangen, die er herauszustreichen versuchte, aber es brachte nichts, da gleich weitere vom Himmel fielen.

Lichtfels schüttelte den Kopf. »Nein, ich muss heute Abend zur Eröffnung des Winterfestes zurück sein. Alle Gildenanführer sollen zum Zeichen des Friedens und der Freundschaft erscheinen.«

»Oh, dann sollten wir keine Zeit verlieren.« Lara ließ ihren Blick über die verschneite Ebene schweifen. »Ist das Tanndorf, dort hinten?«

Sie zeigte auf einen nicht weit entfernten Hügel, an dem sich mehrere Hütten aneinanderreihten, aus deren Schornsteinen Rauch aufstieg. Dahinter erstreckte sich ein Tannenwald, der hervorstach wie ein dunkler Fleck auf weißem Stoff.

»Ja, das ist es«, bestätigte Lichtfels.

»So dann!« Nachdem sie mit der Zunge geschnalzt und den Rücken durchgedrückt hatte, ritt sie los. »Wer zuletzt dort ist, muss heute Abend eine Runde Met spendieren!«

Lichtfels und Jacki lachten, während die Heilerin davongaloppierte und die beiden nur noch ihre langen blonden Locken sowie den Hintern des Pferdes ausmachen konnten.

Doch Lichtfels' Freude wich sogleich aus seinem Gesicht. Es war das erste Winterfest, das er als Gildenanführer besuchte und nicht als Kämpfer.

»Du wirkst heute so ernst«, murmelte Jacki. Lässig legte er seinen mannshohen Zauberstab auf der Schulter ab.

»Mich beschäftigt viel.« Lichtfels zog sich den Handschuh wieder an und nahm die Zügel in beide Hände, da sein Pferd auf der Stelle tänzelte. Wölkchen bildeten sich vor dessen Nüstern.

Jacki sah ihn schief an. »Ist es wegen Diamantenseele?« Nachdem Lichtfels genickt hatte, beugte sich der Magier zu ihm. »Lass ihn reden. Die Schwarze Allianz wird sich einen Namen machen.«

Seit ein paar Wochen belächelte Diamantenseele die neue Gilde. Erst heute Morgen hatte er gesagt, dass sie viel zu unreif sei und dass sie nicht einmal ein Wappen besäße, denn nur damit würde sie anerkannt werden. Es sei wie ein Siegel – ohne ein solches würde das Bestehen der Gilde angezweifelt werden.

Lichtfels gab ihm insgeheim recht. Die Allianz brauchte ein Erkennungszeichen, ein Symbol, das den Menschen in Dekar in Erinnerung bleiben sollte. Genau das beschäftigte ihn, obwohl er sich bereits mit einer Schneiderin getroffen hatte. Aber noch fehlte der letzte Funken, den er brauchte, um sich für das richtige Wappen zu entscheiden.

»Dieser Auftrag ist eine gute Gelegenheit, zu zeigen, wer wir sind.« Jacki grinste ihn wie ein Fuchs an.

»Wahre Worte, mein Freund«, murmelte Lichtfels, bevor er seinem Pferd die Sporen gab. »Los, bevor Lara uns noch mehr Gold aus den Taschen zieht.«

»Jawohl«, rief sein Kämpferfreund ihm hinterher.

Der Schnee peitschte in Lichtfels' Gesicht, trieb ihm Tränen in die Augen und ließ ihn frösteln. Auch wenn er sich warm angezogen hatte, drang die eisige Kälte in seinen muskulösen Körper vor.

Stück für Stück holte er die Heilerin ein, bis er an ihrer Seite ritt und sie schließlich das Dorf erreichten.

»Das ist dann wohl eindeutig unser Sieg«, sagte Lara mit ihrer melodischen Stimme.

Lichtfels klopfte seinem Pferd auf die Schulter. »So sieht es aus.«

An einer Holzhütte nahe der Wiese, über deren Tür ein Wappen mit einem Schaf hing, machte er halt und stieg ab. Er zog die Handschuhe aus, wischte sich das wellige braune Haar aus dem Gesicht und rückte Umhang sowie Weste zurecht.

Unser erster Auftrag. Möge er gelingen.

Währenddessen hatte auch Jacki sie erreicht, der an mehreren dick eingepackten Dorfbewohnern vorbeiritt. »Beim nächsten Mal friere ich euch ein«, brummte der Magier zu seinen zwei Freunden.

Lichtfels zog sich seine Stahlhandschuhe über die Hände. Waffen, die jeden Faustkämpfer auszeichneten. Er näherte sich der Hütte und wollte anklopfen, als die Tür abrupt geöffnet wurde und ein dürrer Mann heraustrat, einen Kopf kleiner als er, dessen schütteres graues Haar das faltige Gesicht umspielte.

»Seid Ihr die dekarischen Kämpfer, die ich habe rufen lassen?«, fragte der Alte.

»Seid gegrüßt, Herr Schäfer. Das sind wir«, sagte Lichtfels freundlich.

»Gibt es in Brayken keine Kämpfer mehr, oder warum schickt man mir eine Jugendbande?« Der Ärger schwang in seiner Stimme mit wie ein drohender Sturm.

»Verzeihung?« Laras Mund blieb vor Erstaunen offen stehen. Wie Lichtfels hatte auch sie nicht mit dieser Frage gerechnet.

Der Faustkämpfer atmete tief ein und aus, bevor er weitersprach. »Wir sind die Schwarze Allianz und stehen zu Euren Diensten.«

Der Schäfer beäugte ihn mit verengten Augen von oben bis unten. »Habt Ihr kein Wappen? Ich sehe es weder auf Eurer Rüstung noch auf Euren Umhängen.«

Die Frage ließ Lichtfels zusammenzucken. »Bald«, antwortete er knapp. »Wir haben nicht damit gerechnet, so schnell einen Auftrag zu erhalten.«

»Doch eine Jugendbande«, grummelte der Mann. »Ihr seid spät dran. Folgt mir.«

Der Schäfer lief voraus, dicht gefolgt von Lichtfels und seinen zwei Kameraden.

Mit gehobenen Augenbrauen bedachte Jacki seinen Anführer. »Das wird ein Spaß«, flüsterte er.

Der Schnee knirschte unter ihren Füßen, in den sie mehrere Finger breit einsanken.

»Was genau ist geschehen?«, fragte Lichtfels, während sie zu einem Gatter stapften, hinter dem eine Herde Schafe stand und Heu aus einem Trog fraß.

»Vor fünf Tagen büxte ein Schaf hinten am Waldrand aus.« Der Schäfer zeigte zu den Tannen, die genau an sein Grundstück grenzten. »Das kommt öfter vor, da sich hin und wieder Wölfe hier herumtreiben. Doch seitdem schrumpft meine Herde täglich.«

»Möglicherweise ein ganzes Wolfsrudel?« Nachdenklich strich Lichtfels sich über den Dreitagebart.

»Nein.« Der Schäfer lachte trocken, öffnete knarrend eine Holzkiste neben seiner Hütte und zog etwas Helles heraus, das mit einzelnen Schuppen versehen war. Es war halb so lang und dünn wie Jackis Zauberstab und schimmerte golden im Licht. »Das hing an meinem Zaun.«

»Das sieht aus wie Schlangenhaut«, stellte Lara fest.

»Das dachte ich zuerst auch.« Der Schäfer fasste an das Ende des Stückes, wo sich Fell befand, das wie eine Pinselspitze geformt war. »Doch im Winter ruhen Schlangen für gewöhnlich.«

Lichtfels biss die Kiefer zusammen, bevor er das aussprach, was drohend über ihnen schwebte. »Eine Löwenvipera.«

»Gut, dass Ihr uns gerufen habt«, sagte Jacki. »Sie greifen Menschen an, wenn ihnen das Futter ausgeht.«

Der Schäfer schluckte. »Könnt Ihr sie niederstrecken?«

Lichtfels stemmte die Hände in die Hüfte, nickte und ließ den Blick über seine beiden Freunde schweifen, die ihm zustimmten. »Das werden wir. Die Vipera kann nicht weit sein, wenn sie täglich ein Tier reißt. Wir machen uns sofort auf den Weg.«

»Ihre Spur ist nicht zu verfehlen. Folgt dem Blut im Schnee.« Der alte Mann öffnete das Gatter. »Ich warte hier auf Euch.«

Lichtfels stimmte ihm zu und trat durch das Tor, bereit, den ersten Auftrag als Schwarze Allianz zu erfüllen.

Die drei Kämpfer stapften durch den Schnee, stiegen über den Zaun, den der Schäfer notdürftig repariert hatte, und betraten den Tannenwald, der dunkel vor ihnen aufragte.

»Eine Löwenvipera so nah bei den Menschen ist ungewöhnlich, normalerweise trauen sie sich nicht an Siedlungen heran.« Lara zog ihre Waffe, eine Peitsche, vom Gürtel ab.

»Ich kann sie verstehen. Wer würde auf die Jagd gehen, wenn das Essen auf dem Präsentierteller serviert wird?«, bemerkte Jacki, der seinen Zauberstab als Gehstock benutzte. Er erinnerte an einen Wanderer, wären da nicht die Lederkluft und das Kettenhemd, die sich unter seinem dunklen Umhang verbargen.

»Die Biester sind schnell und passen sich der Umgebung an, wir müssen achtgeben«, erklärte Lichtfels. Auch wenn er sie nur aus den Büchern der Kämpferakademie kannte, reichten die Geschichten aus, um ihm Respekt einzuflößen. Er wandte sich an Lara, ehe er weiter den Blutspuren im Schnee folgte. »Hast du schon den Schutzzauber errichtet?«

Sich ohne die magischen Schilde dem Tier zu nähern, wäre zu gefährlich.

»Natürlich.« In der Hand hielt sie ihre Peitsche wie eine aufgerollte Schlange fest.

Der Faustkämpfer drückte Tannenzweige beiseite, die den Weg versperrten, und ließ seinen beiden Freunden den Vortritt. Schnee türmte sich zu mehreren Hügeln im Wald auf und Eiszapfen hingen von den Ästen herab wie spitze Zähne.

Als die Blutspuren größer wurden und die ersten Knochen auftauchten, hielt die Allianz inne. Ein modriger Geruch lag in der Luft, der sie ihre Nasen rümpfen ließ. Sofort suchten die Gefährten Deckung hinter einem Stamm.

Lichtfels schloss für einen Moment die Augen und lauschte den Geräuschen des Waldes, bis er ein Schmatzen wahrnahm.

Die Löwenvipera war ganz in der Nähe.

Er legte den Zeigefinger an die Lippen und bedeutete seinen Freunden, ihm zu folgen. Langsam ging der Faustkämpfer voraus und näherte sich einem mannshohen schneebedeckten Hügel. Tannennadeln, Knochensplitter und Fellreste lagen auf dem Boden verteilt.

Das Schmatzen wurde lauter und eindringlicher, hinterließ eine Gänsehaut auf seinen Armen. Er warf einen Blick zurück und sah, wie Jacki seinen Stab und Lara ihre Peitsche zum Angriff erhoben.

Nachdem Lichtfels versucht hatte, mit zwei tiefen Atemzügen seinen Herzschlag unter Kontrolle zu bringen, bewegte er seine Fäuste an die Brust und presste sie zusammen, spürte die Magie, die sich in seinen Händen sammelte.

Schritt für Schritt wagte er sich nach vorn, schaute vorsichtig um den Hügel, bis er die Löwenvipera zwischen dem Unterholz und den Tierkadavern erblickte.

Ihr katzenartiges Maul war von Blut besudelt, die Krallen an den zwei vorderen Pranken hatte sie tief in das Fleisch ihres Opfers gebohrt. Die weiße Mähne und der von Schuppen übersäte Körper, so breit und so groß wie der eines Löwen, schimmerten weißgolden und verbargen die zwei hinteren Pranken unter sich. Der lange Schlangenschwanz bewegte sich und zeichnete Kreise in die Luft. Sein spitzes Ende war nackt, da das Fell, das sie am Zaun des Schäfers verloren hatte, noch nicht nachgewachsen war.

Lichtfels lehnte sich ein Stück zurück und wies Jacki an, von der anderen Seite anzugreifen. Der Magier nickte und schlich davon. Währenddessen bewegte Lara ihre schmalen Hände zuerst auseinander, dann wieder zusammen und sah den Anführer fragend an.

Wie groß? Die Vipera ist größer als erwartet, dachte er.

Nachdem Lichtfels ihr gezeigt hatte, dass das Tier ihm bis zur Brust reichte, schluckte Lara und biss sich auf ihre Unterlippe.

Wir schaffen das, formte er die Worte mit seinem Mund.

Als er sich wieder umdrehte, stockte ihm der Atem. Die Vipera war verschwunden.

Verflucht.

In diesem Moment tauchte ein dunkler Schatten über ihnen auf und brüllte sie an. Es waren nicht nur die spitzen Zähne, die Lichtfels zurückweichen ließen, sondern auch der faulige Gestank aus dem Löwenmaul der Vipera. Ihre goldenen Schlangenaugen verfolgten zuerst ihn, dann Lara.

Er schlug seine Stahlhandschuhe aneinander, sodass sie glühten. »Komm her, Bestie.«

Das Tier knurrte, stieß heißen Atem aus und sprang auf ihn zu. Noch im Flug verschwand es und wurde eins mit dem Tannenwald.

Was zum …

Das also meinten die Lehrbücher mit ›an die Umgebung anpassen‹, was Lichtfels gern vorher gewusst hätte.

Als die Vipera wieder sichtbar wurde, gegen ihn stieß und ihn umwarf, war nur noch der magische Schutzschild zwischen ihnen, den Lara errichtet hatte. Die Krallen kratzten an der Oberfläche wie Kreide an einer Tafel und die gespaltene Zunge kam zum Vorschein.

Sogleich wickelte sich eine Peitschenschnur um ihren Hals und riss sie zurück. Während die Vipera brüllte und dagegen ankämpfte, rollte sich Lichtfels zur Seite und rappelte sich wieder auf.

»Braucht ihr Hilfe?«, rief Jacki vom Hügel. Feuer züngelte an seiner Zauberstabspitze.

»Mach schon!« Lara fluchte und hatte Mühe, sich auf den Beinen zu halten. »Ich kann sie nicht mehr lange halten.«

Jacki zielte mit seinem Stab auf die Bestie und schoss eine leuchtend rote Flamme in ihre Richtung. Der Schnee schmolz augenblicklich, der Boden knisterte und die Vipera brüllte vor Schmerzen. Ihre Mähne brannte, ehe sie erneut unsichtbar wurde. Die Peitschenschnur bewegte sich und riss Lara zu Boden.

»Lass deine Waffe los!« Lichtfels schrie seiner Kämpferin hinterher, während sie durch den Schnee und das Unterholz gezogen wurde. Sie schrammte noch an einem Stamm entlang, bevor sie ihre Hände endlich von der Peitsche löste.

Die beiden Männer rannten zu ihr und halfen ihr auf die Beine.

»Schürfwunden zum Winterfest, prima«, grummelte sie und wischte sich den Schmutz aus ihrem Gesicht.

Lichtfels atmete erleichtert auf, wandte sich aber sogleich wieder von ihr ab. Holz knackte, Schnee fiel von den Tannenzweigen und ein tiefes Knurren erklang.

Sie stellten sich Rücken an Rücken und beobachteten jede Richtung.

»Ich habe eine Idee.« Jacki reckte seinen Stab in die Luft und drehte ihn, sodass Wind sich erhob, der Schnee, Nadeln und Zweige aufwirbeln ließ.

Eine Böe brauste um die drei herum, wirbelte Haar und Umhang auf, zog immer größere Bahnen, bis sie auf einer Lichtung gegen etwas Unsichtbares stieß.

»Dort, ich lähme sie!« Lara wirkte den Zauber sofort.

Die Vipera kam zum Vorschein und noch in ihrer Bewegung erstarrte sie.

»Sie wehrt sich dagegen, beeil dich!«, sagte die Kämpferin an ihren Anführer gewandt.

Lichtfels nickte, denn sein Zeitpunkt war gekommen. Er löste sich aus der Reihe und eilte auf die Bestie zu, die wild knurrte, zu mehr war sie nicht mehr imstande. Blut klebte immer noch an ihrem Maul und die Schlangenaugen – ein schwarzer Streifen umrandet von Gold – starrten ihn finster an.

Als er ausholte, glühte sein Stahlhandschuh wie flüssige Lava. Er spiegelte sich einen Atemzug lang in ihren Augen, die wie Feuer loderten. In ihnen brannte der gleiche Wille, der auch Lichtfels nicht verzagen ließ.

Hitze durchströmte ihn, die Magie sammelte sich bis in seine Fingerspitzen und wollte endlich freigelassen werden.

Mit der Kraft der Faust.

In dem Moment befreite sich die Vipera aus der Starre und wollte zubeißen, doch Lichtfels war schneller. Mit geballter Kraft schlug er gegen ihren Kopf. Sein Arm vibrierte und weiße Funken stoben von seiner Waffe weg.

Ein letztes Mal brüllte das Tier und fletschte die Zähne, bis der Faustkämpfer es mit einem weiteren Schlag zurückstieß. Es donnerte gegen einen Baumstamm und stürzte zu Boden.

Nur einen Herzschlag später rutschte Schnee von den Tannenzweigen und legte sich wie ein Schleier auf die Bestie, die leblos liegen blieb.

Lichtfels sog zischend Luft ein, während er seine Faust öffnete und die Hand lockerte.

Geschafft.

»Besser hätte ich es nicht hinbekommen.« Jacki klopfte ihm auf die Schulter.

Lichtfels betrachtete seinen Kämpferfreund ernst, ehe sich seine Mundwinkel hoben. »Sicher. Aber danke, ihr wart auch großartig.«

Lara lief an den beiden vorbei und hockte sich zu dem Tier. Sie legte ihre Hand auf das weiße Fell und ließ eine blaue Flamme entstehen, die den Körper der Vipera umschloss und ihn verbrannte, ohne Rauch und Asche zu hinterlassen. Dabei murmelte sie sanft: »Erschaffen von Natur, von Magie geprägt, befreit von der Schwere, vereint mit der Welt.«

Lichtfels rieb sich bei den magischen Worten über die Arme und beobachtete die blauen Flocken, die in den Himmel stiegen und sich auflösten. Von der Vipera war nichts mehr übrig geblieben, nur die Erinnerung an den Kampf und ihre Augen, die Lichtfels fasziniert hatten.

Ein schwarzer Streifen, umrandet von Gold, mit einem Leuchten in der Mitte.

»Ich glaube, ich habe eine Idee, wie unser Wappen aussehen könnte«, murmelte er.

»Das kannst du uns auf dem Heimweg erzählen«, schlug Lara vor, während sie ihre Waffe aufhob und wieder am Gürtel befestigte. »Wir wollen doch nicht zu spät zum Winterfest erscheinen. Außerdem möchte ich meine Schürfwunden so schnell wie möglich behandeln.«

»Die sehe doch eh nur ich.« Jacki grinste über das gesamte Gesicht, was Lara erröten ließ.

Lichtfels lachte. »Dann los, ihr zwei Turteltauben.«

Zurück in Brayken, meldete sich die Schwarze Allianz bei den Ältesten der Stadt, um die Antwort des Schäfers zu überreichen und den Erfolg ihres Auftrags zu bestätigen. Lichtfels erhielt den Gildenlohn und kehrte mit seinen zwei Freunden zur Kämpferakademie zurück. Dort legte er seine Rüstung ab, wusch sich und wählte für das Winterfest seinen besten Waffenrock aus. Doch bevor er sich wieder mit ihnen traf, hatte er noch etwas zu erledigen.

Als Stunden später die Wintersonne untergegangen war, suchte der Anführer der Schwarzen Allianz den Großen Platz von Brayken auf, wo das Fest bereits stattfand, obwohl es noch nicht offiziell eröffnet worden war. Überall waren Fackeln aufgestellt, Musik spielte an jeder Ecke, an den Ständen wurden Met, Kräutertee und Glühwein ausgeschenkt und der Duft von frisch gebackenem Brot sowie gebratenem Fleisch lag in der Luft.

»Du bist spät dran«, ermahnte Lara ihn. Sie hatte Lederkluft und Umhang gegen ein schlichtes dunkelrotes Kleid und einen Mantel mit Fellkragen getauscht.

Jacki trug eine Tunika in derselben Farbe und hatte die Haare locker zurückgekämmt.

»Verzeiht mir.« Lichtfels schloss seinen Umhang am Hals. »Nun bin ich da, kommt.«

Sie nickten und folgten ihm zum Platz vor der Bühne, auf dem sich bereits die Gildenanführer und Kämpfer sammelten. Lichtfels begrüßte bekannte Gesichter mit einem Kopfnicken.

»Hört, hört!«, begann einer der Ältesten der Stadt, auf der Bühne zu rufen. Die Musik verstummte und sowohl Kämpfer als auch Stadtbewohner lauschten ihm. »Einst sprachen unsere Gründer: Wenn draußen die Kälte herrscht, erblüht in uns das Feuer. Deswegen feiern wir heute den Frieden unseres Landes. Genießt das Winterfest und vergesst nie, dass dies nur möglich ist, wenn wir ihn bewahren.«

Die Menge jubelte und sogleich erklang neue Musik, die zum Tanzen einlud.

Lichtfels klatschte in die Hände und bemerkte, dass sich ihm jemand von der Seite näherte.

»Soso, die Schwarze Allianz.« Auch wenn Lichtfels Diamantenseele nicht anschaute, erkannte er ihn an der kühlen, schneidenden Stimme. »Das war nur Glück heute. Was war es, ein Wolf im Schafspelz?«

Lichtfels' Mundwinkel hoben sich und er sah seinem Konkurrenten in die Augen. »Eine Löwenvipera.«

»Ach?« Diamantenseeles dunkle Brauen schossen in die Höhe. »Doch so gefährlich. Gut, dass ihr es *überlebt* habt.«

»Ja, zum Glück«, erwiderte Lichtfels tonlos.

»Zum Zeichen des Friedens«, begann Lara zu sprechen, »solltest du zu deiner Gilde zurückkehren und unsere in Ruhe lassen.« Sie verschränkte die Arme vor der Brust.

Diamantenseele lachte. »Eure Gilde? Um eine richtige Gilde zu sein, braucht ihr erst einmal ein Wappen, aber ...«, er betrachtete jeden von ihnen von oben bis unten, »ihr habt immer noch keines.«

Lara und Jacki sahen sich Hilfe suchend an, ehe Lichtfels etwas aus seiner Tasche holte. »Doch, das haben wir.«

Als er das Stück Stoff auseinandergewickelt hatte, staunten seine beiden Freunde.

Das Wappen stellte ein schwarzes Viereck dar, umrandet von einer feinen goldenen Linie und mit einer schlichten Sonne in der Mitte.

Auf Laras Gesicht zeichnete sich ein Lächeln ab, während Jacki schluckte.

»Es ist perfekt«, murmelte der Magier.

Augenblicklich verfinsterte sich Diamantenseeles Blick. »Ich bin gespannt, wie weit du es noch bringen wirst, und ich freue mich auf den Tag, an dem wir uns in einem Wettkampf gegenüberstehen.«

Lichtfels hatte genug davon. Niemand sollte ihn mehr unterschätzen, auch nicht dieser Mann, der vor ein paar Jahren noch ein Freund gewesen war. »Möge der Bessere gewinnen.«

Diamantenseele hob das Kinn, lächelte herablassend und verschwand in der Menge, während Lichtfels tief Luft holte und versuchte, sich zu entspannen.

Die Worte seines Konkurrenten klangen in seinem Kopf nach wie ein dunkler Vorbote und hinterließen einen bitteren Beigeschmack. Doch ehe er noch länger darüber nachdenken konnte, boxte Lara ihm in den Oberarm, was sie schnell bereute, denn sofort schüttelte sie ihre Hand aus.

»Lichtfels«, sagte sie halb fluchend, halb lachend, »du bist ...«

»Großartig«, ergänzte Jacki.

»Ich hoffe, es gefällt euch.« Lichtfels betrachtete das Wappen eine Weile, das die Schwarze Allianz in seinen Augen real werden ließ. »Ich finde, die Schneiderin konnte die Idee gut umsetzen.«

»Die Schwarze Allianz«, flüsterte Lara verheißungsvoll. »Es ist wundervoll.«

»Darauf sollten wir anstoßen, meint ihr nicht?« Jacki ging zu einem Stand und kehrte mit drei Bechern Met zurück. »Ich muss eh noch meine Schuld begleichen.«

»Ein frohes Winterfest, meine Freunde«, sagte Lichtfels mit erhobenem Becher. »Auf eine wunderbare Gildenzeit und alle Abenteuer, die noch kommen werden.«

»Auf die Allianz!« Jacki grinste und stieß mit ihm an. Freudentränen sammelten sich in Laras Augen, bevor auch sie in den Trinkspruch einstimmte. »Und auf unsere Freundschaft, möge sie ewig halten.«

DAS BUCH ZUR KURZGESCHICHTE

Band 1 erscheint im Frühjahr 2021

im Sternensand Verlag.

Die Allianz der Sonne

Als Taschenbuch & E-Book, 3-teilige Reihe
High-Fantasy

»Ich diene nicht mehr mir selbst, sondern dem Land und allen, die in ihm leben. Ein Leben für viele. Für alle Zeiten.«

So lautet der Eid der Beschützer von Dekar. Auch die Kämpfergilde Schwarze Allianz hat sich dies zur Aufgabe gemacht – bis zu dem Tag, als ihr Anführer Lichtfels in einer Nacht-und-Nebel-Aktion seine Gefährten verlässt, um im Alleingang eine geheime Mission zu erfüllen.

Als Lichtfels fünf Jahre später nach Dekar zurückkehrt, ist nichts mehr so, wie es war. Seine Gildenmitglieder sind in alle Himmelsrichtungen verstreut und auf dem Thron sitzt ein König, der das Volk tyrannisiert. Jegliche Prinzipien und Werte, für die einst die Schwarze Allianz stand, wurden zerschlagen.

Der ehemalige Gildenanführer versucht seine Kampfgefährten wieder zu vereinen, um den Machenschaften des Tyrannen Einhalt zu gebieten und dem Volk von Dekar zu zeigen, dass seine Gilde es immer noch beschützt. Ziele, die schier unerreichbar erscheinen, denn ihm läuft nicht nur die Zeit davon, sondern er deckt auch noch ein Geheimnis um den König auf, das niemals hätte ans Licht kommen dürfen.

STEFANIE SCHEURICH

Informationen zur Kurzgeschichte:

Internatsschülerin Greta und Hexenlehrling Boru sind die Protagonisten des Fantasy-Jugendromans ›Streuner‹. Doch ehe Boru in Form einer Katze die Menschenwelt erkundet und dort auf Greta trifft, feierten sie in ihren eigenen Welten Weihnachten. Wie ihr Fest war? Verdammt weihnachtlich. Aber lest selbst – und das komplett spoilerfrei, da die Kurzgeschichte vor dem Roman spielt.

Über die Autorin:

Stefanie Scheurich wurde 1997 in Esslingen am Neckar geboren. Durch Reihen wie ›Harry Potter‹ und ›Gregor‹ entdeckte sie ihre Leidenschaft für Bücher und schon bald mussten eigene Geschichten auf Papier gebannt werden. Erst nach dem Abitur begann sie allerdings, sich aktiv dem Schreiben von Romanen zu widmen, und veröffentlichte 2016 ihre ersten Geschichten.

Sie lebt zusammen mit ihrer Familie in einem kleinen Stadtteil von Esslingen, besucht regelmäßig den Ballettunterricht und widmet sich nebenbei ihrem Studium.

VERDAMMT WEIHNACHTLICH

Greta

»Das Zeug ist widerlich.«

»Du hast es ja noch nicht mal probiert!«

Meine Cousine schnaubte getroffen und zog die Platte mit dem Früchtebrot, das sie selbst gebacken hatte, wieder ein Stück auf ihre Seite des Tisches.

Wir saßen uns im Haus ihrer Eltern gegenüber und warteten darauf, dass endlich der Nachtisch serviert wurde. Der *richtige* Nachtisch, nicht das Zeug, das Cassie mir aufschwatzen wollte.

Es war Heiligabend und ich hätte tausend Orte aufzählen können, an denen ich lieber gewesen wäre. In meinem eigenen Zuhause zum Beispiel. Aber meine Mutter hielt es nicht für nötig, die Feiertage mit ihrer Tochter zu verbringen. Wer würde das auch, wenn man dafür Strand, Meer und den hundertsten Freund haben konnte, der einem die Ferien finanzierte?

Sie hatte nicht einmal gefragt, ob ich mitkommen wollte.

»So, da sind wir auch schon wieder«, flötete in diesem Moment Cassies Mutter Claudia und trug eine Torte verziert mit allerlei Früchten ins Zimmer.

Ihr Mann folgte auf dem Fuße, bewaffnet mit Kuchentellern und Gabeln. »Wer möchte das erste Stück der Spezialtorte?«

Sein fröhliches Grinsen verdarb mir den Appetit. Doch ausgerechnet mein Gesichtsausdruck schien ihn dazu zu verleiten, mir den Vortritt zu gewähren.

»Greta? Wie sieht es aus? Bist du bereit für ein himmlisches Stück Torte?«

Nein. »Ich denke, ich verzichte.«

»Ach komm, Kuchen hat noch niemanden umgebracht.«

Und ohne noch mal zu fragen, wuchtete er eine riesige Portion auf einen der Teller und reichte ihn mir.

Seufzend nahm ich auch die Gabel entgegen und fing an, die Früchte auf einen Haufen zu schaufeln.

Cassie beobachtete mein Treiben. »Was soll denn das?«, echauffierte sie sich. »Meine Mutter hat stundenlang in der Küche gestanden, damit du was zu essen kriegst!«

»Cassandra«, ermahnte Claudia ihre Tochter. »Wenn Greta keine Früchte mag, muss sie sie auch nicht essen.«

»Aber …«

»Es ist doch Heiligabend, da wollen wir nicht streiten.«

»Aber …«

Cassies Mund klappte mehrmals auf und zu, bevor sie dazu überging, mit den Zähnen zu knirschen. Sie warf mir einen bitterbösen Blick zu, der mich sicherlich amüsiert hätte, wenn meine eigene Laune nicht im Keller gewesen wäre.

Von uns beiden würde wohl niemand das bekommen, was er sich insgeheim wünschte. Cassie würde mich nicht loswerden, ehe mein Wunsch in Erfüllung gegangen war, eine Mutter zu haben, bei der ich an erster Stelle stand. Und ehrlich gesagt glaubte ich schon lange nicht mehr daran, dass das jemals der Fall sein würde. Von daher würden wir beide mit unserem unfreiwilligen Zusammensein leben müssen.

Als jeder einen Teller mit Torte vor sich stehen hatte, wurden wieder Hände gereicht. Das machte man so in dieser Familie. Vor jeder Mahlzeit, sogar vor jedem Gang, wurde gebetet. Ich wusste nicht, wozu das gut sein sollte, also senkte ich wie bereits vorhin lediglich den Kopf, starrte meine schwarze Jeanshose an und wartete.

Claudia sah nach mir als Erste auf. Sie lächelte. »So, dann lasst es euch schmecken, ihr Lieben.«

»Guten Appetit«, stimmte Cassies Vater fröhlich mit ein, während meine Cousine nur ein halbherziges »Ja, einen guten« über die Lippen brachte.

Nach kurzer Zeit entfachte ein Gespräch zwischen den dreien. Ich blieb jedoch still. Zwei Bissen würgte ich hinunter, dann stocherte ich nur noch in meinem Tortenstück herum, bis mein Teller einem Schlachtfeld glich. Ich hasste Kuchen, ich hasste die aufgesetzte Fröhlichkeit von Cassies Familie und ich hasste Weihnachten.

Irgendwann fing meine Cousine vom nächsten Sommerurlaub an und wohin die Reise gehen sollte, da platzte mir der Kragen. Energisch warf ich die Gabel auf den Tisch und stand auf. »Darf ich gehen?«

Die Erwachsenen musterten mich verblüfft.

Doch Claudia hatte offenbar Mitleid, denn nachdem sie ihren letzten Bissen hinuntergeschluckt hatte, sagte sie: »Ja, Greta. Du kannst nach oben gehen, wenn du willst.«

Immerhin. Ich wirbelte herum, zeigte meiner vor sich hin grummelnden Cousine die kalte Schulter und stiefelte die Treppe in den ersten Stock hoch.

Cassies Zimmer war riesig. Und mit dem unnötigsten Kram vollgestopft, den man sich vorstellen konnte.

Sie hatte eine Art Zeltvorhang über ihrem Bett, einen Tisch, auf dem sich Schminkpinsel und Lidschattenpaletten stapelten, zwei Regale, die vor Büchern überquollen, und einen Schreibtisch, der mindestens drei Sets an Buntstiften, Füllern, Briefpapierbögen und Postits beherbergte. Von dem überdimensionalen Kleiderschrank wollte ich gar nicht erst anfangen.

Sogar einen eigenen Computer besaß sie.

Ich ließ mich auf die Matratze an der Wand fallen, die noch für die nächsten neun Tage mir gehören würde, und bemühte mich, nicht eifersüchtig oder neidisch zu sein.

Der ganze Plunder konnte schließlich keine nervigen Charakterzüge kaschieren. Und davon hatte die verwöhnte, hochnäsige, eingebildete, klugscheißende und selbstgefällige Cassie mehr als genug. Meine Cousine kriegte alles, was sie wollte. Und wahrscheinlich noch mehr.

Wenn sie mir im Internat nicht immer hinterherspionieren und so tun würde, als interessierte sie sich für mein Wohlergehen, könnte ich ihr manches vielleicht eher gönnen.

Aber wir wussten beide, dass ich ihr egal war. Sie verhielt sich nur, wie ihre Eltern es von ihr verlangten. Und *das* tat manchmal tatsächlich weh. Ich brauchte kein falsches Mitgefühl.

Für eine Weile lag ich auf dem Rücken und glotzte die dämlichen Sterne an der Decke an. Ab und zu vernahm ich Stimmen aus dem Erdgeschoss, aber ich konnte nicht verstehen, worüber gesprochen wurde.

Wahrscheinlich versuchte meine Cousine gerade, ihre Eltern davon zu überzeugen, mich nach Hause zu schicken. Dass ich unerwünscht war, brauchte sie mir nicht ins Gesicht zu sagen. Ein paar Tage in einer verlassenen Wohnung wären mir auch lieber, als hier meine Zeit abzusitzen, aber auf eine Verkürzung meiner Haft spekulierte ich nicht. Dafür waren Claudia und ihr Mann viel zu … sorgend. Oder eher von Mitleid geplagt. Hoffnung auf vorzeitige Freilassung wäre daher unrealistisch und naiv gewesen.

Eine halbe Stunde später tauchte Cassie auf. »Wir wollen Bescherung machen«, teilte sie mir mit. »Du sollst runterkommen.«

Ich drehte mich demonstrativ auf die Seite und murmelte: »Macht das ruhig ohne mich.«

»Du sollst runterkommen«, wiederholte sie schlicht.

Als wäre ich schwerhörig!

»Ich hab gesagt, ich hab keinen Bock«, motzte ich also und setzte mich auf. »Außerdem wäre es dir doch auch lieber, wenn ich mich in Luft auflösen würde. Also, das ist mein Weihnachtsgeschenk an dich: Ich bin nicht da.«

Cassie biss sich auf die Unterlippe, ihr Gesicht nahm eine ungesunde rote Farbe an. »Sie bestehen darauf«, blieb sie hartnäckig und positionierte sich kerzengerade im Türrahmen.

Wie ein Gefängniswärter, der mich zu meiner Anhörung eskortieren will, schoss es mir durch den Kopf. Cassie war kurz vorm Explodieren. Auf dieses Drama hatte selbst ich keine Lust.

Widerwillig rappelte ich mich auf, drückte mich an ihr vorbei und ging nach unten, wo Claudia und Bernd im Wohnzimmer vor einem großen Haufen Geschenke saßen.

»Frohe Weihnachten«, flöteten sie im Chor, sobald ich eintrat.

»Frohe Weihnachten«, nuschelte ich und verzog mich schnurstracks auf das am weitesten von ihnen entfernte Ende der Couch.

Cassie folgte mir kurz darauf und gesellte sich zu ihren Eltern, allerdings nicht, ohne mir vorher einen vernichtenden Blick zu schenken.

Ich verdrehte nur die Augen.

»So, wer will anfangen?« Cassies Vater klatschte freudig in die Hände. Er sah in die Runde und beschloss letztendlich, dass er diese Entscheidung übernahm. »Du zuerst, mein Schatz.« Feierlich zog er eines der kitschig verpackten Pakete aus dem Berg und überreichte es seiner Tochter.

Cassie vergaß ihren Ärger auf mich und strahlte. »Danke.« Das Papier flog förmlich durch die Gegend, als sie es aufriss und eine Klamotte zum Vorschein kam. »Oh mein Gott«, quietschte sie, »genau die habe ich mir gewünscht.« Sie sprang auf und hüpfte herum wie ein Flummi. »Die ist perfekt«, lachte sie.

Als sie das Teil anprobierte, erkannte ich endlich, was genau es war. Eine Jeansjacke mit kleinen rosa Steinchen an den Schultern und vorn über der Brusttasche. Mir kam beinahe die Früchtetorte wieder hoch.

»Jetzt Greta«, verhinderte Claudia eine Sauerei und war schneller mit einem kleinen Geschenk bei mir, als ich »Kotzdesaster« hätte sagen können.

Leicht verunsichert sah ich das Päckchen an.

»Na los«, ermunterte Cassies Mutter mich.

Auch die anderen beiden blickten mittlerweile zu uns herüber, doch ich zögerte. Auf ein Geschenk war ich nicht vorbereitet. Warum sollten sie mir auch etwas zu Weihnachten kaufen, ich war schließlich nicht ihre Tochter. Nur die Nichte. Und Cassies nervige Cousine. Was auf Gegenseitigkeit beruhte.

Claudia streckte mir geduldig das Päckchen entgegen und wartete.

Es erschien mir falsch, es anzunehmen. Schließlich hatte ich mich den ganzen Abend danebenbenommen und schlechte Stimmung verbreitet.

»Nun nimm schon, Greta, meine Arme werden langsam schwer«, scherzte Claudia.

Also gut.

Kurz entschlossen griff ich nach meinem überraschenden Weihnachtsgeschenk und legte es mir in den Schoß. »Danke«, brachte ich mit einem gezwungenen Lächeln hervor und hoffte, dass es damit gut wäre.

Pustekuchen.

»Du musst es aufmachen«, drängte Claudia erwartungsvoll. Ihre Augen waren so groß wie zwei Tennisbälle. Sie wünschte sich offensichtlich, dass ich mich über den Inhalt freuen würde, doch ein ungutes Gefühl in der Magengegend verriet mir, dass die Wahrscheinlichkeit dafür gegen null ging.

Mir fiel nicht eine Sache ein, über die ich mich ehrlich freuen würde. Zumindest keine materielle.

Keine Ahnung, warum ich Cassie Hilfe suchend ansah. Sie nickte nur auffordernd, wenn auch nicht halb so enthusiastisch wie ihre Mutter.

Zum Teufel, dann würde ich es eben öffnen und so tun, als wäre ich begeistert.

Vorsichtig entfernte ich die Klebestreifen, faltete das Papier langsam auseinander und betrachtete den Karton, der zum Vorschein kam.

Aus dem Augenwinkel sah ich, dass Claudia die Finger unter dem Kinn verschränkt hatte und meiner Reaktion entgegenfieberte.

Blöderweise hatte es mir die Sprache verschlagen.

Mehrere Sekunden war es still im Zimmer, dann meldete sich Cassies Vater zu Wort. »Gefällt es dir nicht?«

Ich wusste nicht, was ich sagen sollte.

Claudia rang nervös die Finger. »Es ist nicht das superaktuellste, aber es erfüllt seinen Zweck außerordentlich gut. Cassandra hat dasselbe Modell. Wir dachten, du würdest dich vielleicht freuen.«

So fühlte es sich also an, wenn man eine positive Überraschung vor den Latz geknallt bekam. Bisher hatte ich immer nur Bekanntschaft mit den negativen gemacht.

»Ich …«

Zu mehr war ich nicht fähig, denn urplötzlich war da ein komisches Brennen in meinen Augen.

War das etwa …

Würde ich gleich weinen?

Niemals!

Wie von der Tarantel gestochen sprang ich auf und rannte aus dem Zimmer. Mein Geschenk hielt ich dabei umklammert, als wäre es ein Rettungsanker und kein Smartphone.

Cassies Eltern hatten mir ein Handy geschenkt. Ein funkelnagelneues Handy.

Unschlüssig, wohin ich gehen sollte, fand ich mich in der Küche wieder.

Und erneut schickten sie mir Cassie hinterher.

»Was soll das denn?«, regte sie sich auf, als sie mich am Küchentisch sitzen sah, auf den Karton, mein Geschenk, starrend. »Du bist echt unmöglich. Wir wollen dir eine Freude machen und das Erste, was dir einfällt, ist …« Sie brach abrupt ab. »Weinst du etwa?«

Mit einer Hand wischte ich mir über die Augen. »Nein, da ist nur ein Staubkorn.«

Meine nervtötende Cousine stieß ein Lachen aus. »Das ist kaum zu glauben. Du weinst doch?«

Wütend riss ich den Kopf nach oben und blaffte sie an: »Jaja, dann heul ich eben, na und? Mir egal, was du denkst, mir egal, dass ihr mir eine Freude machen wollt. Ich brauch das Ding nicht.«

Demonstrativ stellte ich den Karton auf den Küchentisch und schob ihn von mir wie vorhin Cassies Früchtebrot. Ich war nicht käuflich.

Cassies Lachen erlosch so schnell, wie es aufgeflammt war. Ihre Miene wurde ernst, sogar einen Funken Betrübnis glaubte ich, in ihren Augen zu erkennen. Sie zupfte am Saum ihrer neuen Jeansjacke und presste ihre Lippen aufeinander.

Wir fochten ein Blickduell aus, bis ich meine innere Stärke zurückerlangte und die Tränen versiegt waren. »Du kannst es ja als Ersatz benutzen«, schlug ich provokativ vor, doch Cassie ging nicht darauf ein.

Stattdessen sagte sie: »Das war meine Idee.«

»Was?«

»Das Handy.« Sie zeigte darauf, als wüsste ich nicht, wovon sie sprach. »Meine Eltern haben überlegt, was sie dir schenken sollen, da hatte ich die Idee, dass sie dir ein eigenes Smartphone kaufen könnten. Ich wusste, dass du keins hast.«

Ich schluckte.

»Aber wenn du es nicht willst, ist das deine Entscheidung.«

Mein Blick zuckte zu dem Karton.

Doch Cassie war noch nicht fertig. »Weißt du, was ich dir wünsche?«

»Nein. Was?«, erwiderte ich patzig, vermied es jedoch, sie direkt anzusehen.

»Dass du eines Tages jemanden findest, der dich dazu bringt, zuzugeben, dass dir in Wirklichkeit nicht alles egal ist.«

Boru

Ich stand in der Eingangshalle vor dem großen Kalender und wusste, dass heute ein besonderer Tag war. Irgendein Ereignis fand in der Welt der Normalos statt, ich konnte mich nur nicht erinnern, welches.

Der 24. Dezember leuchtete grün an der Wand und wurde von kleinen Lichtsprenkeln umkreist, damit ein Blick genügte, um das aktuelle Datum zu erfahren. Leider verriet der Kalender nicht, ob es sich um einen Feiertag handelte. Erst recht nicht, ob es um einen besonderen Tag in der Welt der Normalos ging.

So etwas lenkt nur vom Lernen ab, war Mutter derselben Ansicht wie unser Schulleiter.

Man sollte seine Tage hier mit dem Studium der Zauberei verbringen und nicht damit, sie zu zählen, bis man selbiges hinter sich gebracht hatte.

Das hielt mich jedoch nicht davon ab, genau das zu tun.

Seufzend wandte ich mich vom magischen Kalender ab und machte mich auf den Weg in mein Zimmer.

»Welcher Glücksfresser ist dir denn über die Leber gelaufen?«, fragte Gregorian wenig später. Er lag auf seinem Bett, eine Hand unter dem Kopf, während er in der anderen seinen Zauberstab schwang. In unregelmäßigen Abständen beschwor er damit Miniaturwirbelstürme herauf.

»Pass bloß auf«, warnte ich meinen Zimmergenossen und Kumpel mit einem Kopfnicken. »Letztes Mal hast du mit deiner Windtrickserei unsere halbe Einrichtung auseinandergenommen.«

Seine Frage ignorierte ich schlicht.

Gregorian schnaubte abfällig. »Nicht meine Schuld, wenn du deine Sachen offen rumliegen lässt.« Ein herausforderndes Grinsen erschien auf seinem Gesicht. »Abgesehen davon bin ich mittlerweile echt gut. Warte«, drohte er eine Katastrophe an, die unweigerlich folgen würde.

Ich wollte in Deckung gehen, doch Gregorian war schneller. Flink wie ein Wiesel sprang er auf die Beine, ließ seinen Zauberstab durch die Luft sausen und sagte: »Wind singt, Hose hinkt. Durch das Zimmer.«

Anschließend wurde es für eine Sekunde unheimlich still. Dann wirkte der Zauber.

Skeptisch sah ich dabei zu, wie sich eine von Gregorians Jeans, die verstreut auf dem Boden lagen, von einem Windstoß getragen erhob und drei wackelige Schritte durch den Raum wankte, ehe sie wieder leblos in sich zusammenfiel.

Gregorian breitete stolz die Arme aus. »Und? Cool, oder?«

Ich war noch dabei, angespannt die Luft anzuhalten – mein bester Freund mochte keine bösen Absichten hegen, doch er war für sein Pech bekannt –, als sich erneut eine Windhose bildete und ärgerlicherweise, aber nicht allzu überraschend meine Schulbücher vom Schreibtisch fegte.

Mit vor dem Oberkörper verschränkten Armen drehte ich mich zu Gregorian um. »Ich vermute mal, dass das nicht geplant war.«

»Ups«, war seine zerknirschte Erwiderung. »Kann sein, dass ich zu sehr daran gedacht habe, den Zauber NICHT zu vermasseln.«

»Denk dabei nächstes Mal vielleicht an deine Sachen, okay?«

Seufzend machte ich mich daran, meine Unterlagen aufzusammeln.

Nachdem wieder einigermaßen Ordnung in unserem Zimmer herrschte, lümmelten wir gelangweilt auf unseren Betten herum.

»Wie spät ist es?«, wollte Gregorian irgendwann wissen.

»Kurz vor neun«, antwortete ich.

»Sollen wir uns ins Labor schleichen und ein paar Zutaten vertauschen?«, schlug er gähnend vor. »Das gibt in der nächsten Stunde bestimmt ein paar lustige Überraschungen.«

Ich brummte nachdenklich, entschied jedoch: »Nee, lieber nicht.«

Tatsächlich wollte ich viel lieber das Gelände der Zauberschule verlassen, in den nächsten Ort der Normalos schleichen – irgendwo im Umkreis des Waldes musste es immerhin einen geben – und herausfinden, warum mir diese blöde 24 keine Ruhe ließ.

Hatte sie was mit einem Fest zu tun? Einer Art Familienfeier? Oder war es so ein Glaubensding? Die Normalos glaubten an vieles, an teilweise Fantastisches, an Schönes und an nicht so Schönes. Das wusste ich von meinem Vater, der es sich zur Aufgabe gemacht hatte, durch die Weltgeschichte zu reisen.

Darum beneidete und hasste ich ihn ein bisschen. In erster Linie war ich jedoch froh, dass nur ein Elternteil, nämlich Mutter, Interesse an einer strengen Erziehung hegte. Was meiner Schwester nichts auszumachen schien, kostete mich in letzter Zeit viel zu viele Nerven.

»Uh«, stieß Gregorian plötzlich begeistert aus und riss mich aus meinen Gedanken. »Wie wäre es, wenn wir alle Flugbesen in der Kammer bunt anmalen?«

»Hast du auch Vorschläge, die keine Strafe nach sich ziehen?«

Gregorian schürzte gespielt nachdenklich die Lippen, starrte angestrengt ins Leere und schüttelte schließlich den Kopf. »Nein.«

Letztendlich gaben wir uns damit zufrieden, bis zur Sperrstunde gelangweilt auf unseren Betten zu liegen.

Am nächsten Morgen wurde ich von Zischlauten geweckt, die ihren Ursprung bei Gregorian hatten. Er rüttelte an meiner Schulter und flüsterte nur unweit von meinem Ohr: »Boru. Boru, Alter, wach auf.«

Ich brummte unwillig und versuchte, seine Hand wegzuschlagen, doch er ließ nicht locker.

»Steh auf, du Schnarchnase, deine Schwester wartet vor der Tür.«

»Was?!« Sofort war ich hellwach. Bessie war hier? Was wollte sie? »Warum?«

Gregorian zuckte mit den Schultern. »Weiß ich doch nicht, aber wenn du nicht bald deinen Hintern aus dem Bett bewegst, wird sie garantiert ungemütlich.«

Ich verstand mich blendend mit meiner älteren Schwester. Vorausgesetzt, sie machte sich rar.

Das Problem war nämlich: Wenn Bessie auftauchte, war sie meistens von Mutter geschickt worden. Und DAS … bedeutete niemals etwas Gutes.

In Windeseile schälte ich mich aus der Decke, schlüpfte in meine Klamotten, steckte mir den Zauberstab in die hintere Hosentasche (Man konnte ja nie wissen!) und öffnete erhobenen Hauptes die Tür zu unserem Zimmer.

Da stand sie. Scheinbar schlecht gelaunt, bereits den nächsten tiefen Seufzer auf den Lippen und in ihrer furchtbaren, mit Totenköpfen bedeckten Hose. Den Kleidungsstil meiner Schwester angemessen zu beschreiben, war ein Ding der Unmöglichkeit.

»Na endlich«, begrüßte sie mich und drehte sich im selben Atemzug um.

»Dir auch einen guten Morgen«, schnappte ich genervt und dachte gar nicht daran, ihr wie ein Hündchen hinterherzulaufen. »Würdest du mir erklären, warum du hier bist?«

Bessie blieb stehen und stieß den erwähnten Seufzer aus. »Mutter will, dass wir nach Hause kommen.«

»Ich hab Unterricht«, sagte ich.

»Es ist Sonntag«, konterte sie.

Oh.

»Also los, ich will keine weiteren Wurzeln schlagen.«

Gezwungenermaßen verabschiedete ich mich von Gregorian und folgte ihr.

Das Haus meiner Eltern, in dem zurzeit hauptsächlich Mutter lebte, weil mein Vater dauerhaft auf Weltreise war, stand an einer Klippe am Arsch der Welt. Wohlgefühlt hatte ich mich hier nie so richtig, was einerseits an der kalten Einrichtung und andererseits an der Hexe lag, die mich großgezogen hatte.

Als ich aus Bessies Portal trat, durchlief beim Anblick des Anwesens aus Schieferstein ein Schauer meinen Körper. Wie zu erwarten, sträubte sich jede Faser in mir, weiterzugehen.

Warum zitierte Mutter uns auch außerhalb der Ferien hierher?

»Los jetzt«, befahl Bessie, doch sie schien ebenfalls verunsichert zu sein. Das Zittern in ihrer Stimme konnte sie nicht vor mir verstecken.

Gemeinsam schritten wir auf die imposante Eingangstür zu. Kurz bevor wir die Veranda erreichten, schwang die Tür von allein auf. Zum Vorschein kam …

»Emma?«

Mit einem breiten Grinsen im Gesicht lief uns meine Lieblingstante entgegen. »Überraschung«, rief sie und breitete einladend ihre Arme aus.

Ich war als Erster bei ihr und wurde fest gedrückt. Meine Brust weitete sich vor Erleichterung bei dem Gedanken, dass womöglich Emma der Grund für unseren spontanen Heimaturlaub war.

Nachdem sie auch Bessie begrüßt hatte, nahm sie uns wie früher bei der Hand und wir gingen zu dritt ins Haus, wo doch noch Mutter unsere Ankunft erwartete.

Nach einer unterkühlten Begrüßung, oberflächlicher Konversation und vielen durchdringenden Blicken stellte sich endlich heraus, dass Tante Emma tatsächlich der einzige Grund war, weshalb wir heute nach Hause kommen sollten.

»Ich finde, es war an der Zeit, dass wir mal wieder alle beisammen sind«, meinte sie fröhlich und machte sich daran, den Tisch im Garten zu decken.

Ich nahm ihr einen Stapel Teller ab und fragte aufgeregt: »Kommt Papa etwa auch?«

Emma verzog entschuldigend das Gesicht. »Okay, nicht *alle*.«

Man sollte meinen, ich hätte mich an seine Abwesenheit gewöhnt und würde aufhören, immer wieder auf seine Rückkehr zu hoffen, aber er war nun mal der angenehmere Elternteil.

Wobei ich mittlerweile rätselte, was besser war: ein desinteressierter Vater oder eine viel zu strenge Mutter.

Beides hatte wohl Vor- und Nachteile. Hoffte ich zumindest.

Als der Frühstückstisch gedeckt war und wir wie eine – von außen betrachtet – normale Familie aussahen, ging die Fragerei nach unseren Fortschritten mit der Zauberei los.

Bessie glänzte selbstverständlich mit ihren Noten und dem Ehrgeiz, wohingegen ich … Na ja. Wenn man nicht für die Zauberei geboren war, wie sollte man dann gut darin werden?

Tante Emma verteidigte mich, wie sie es immer tat, doch am Ende war die Stimmung so mies, dass wir die Runde auflösten. Mutter verschwand mit Bessie, um ein paar Vorführungen ihrer Zauberkunst zu begutachten, und Emma nahm mich mit nach drinnen, um mir etwas zu geben.

»Das habe ich auf einem Flohmarkt bei den Normalos erstanden«, erzählte sie zwinkernd und winkte mich die Wendeltreppe nach oben in den ersten Stock, wo sie sich im Gästezimmer eingerichtet hatte. Sie kramte eine ganze Weile in ihrem Gepäck – »Wo habe ich es nur hingetan?« – und wurde schließlich fündig. »Hier.«

Stolz überreichte sie mir einen ...

»Was ist das?«

Emma grinste verschmitzt, wie nur sie das konnte, und wickelte die Schnur von dem kleinen Kasten, an deren Enden zwei runde Köpfe baumelten. »Das ist ein MP3-Player. Damit hören die Normalos Musik. Und ich habe dir sogar ... Moment ...« Sie nahm das Gerät wieder an sich, drückte ein paar Knöpfe und hielt es mir dann vor die Nase. »... eine ganze Menge Songs draufgespielt.«

Meine Hände zitterten, so aufgeregt war ich plötzlich. Das Ding war ein Teil aus der Welt der Normalos? Und es spielte Musik?

Ungläubig steckte ich mir die Köpfe, die man laut Emma tatsächlich *Kopfhörer* nannte, in die Ohren und lauschte. Es war wie Magie. Nur besser.

»Das ist der Wahnsinn«, rief ich aus und grinste so breit, dass meine Kiefer schmerzten. »Ich weiß gar nicht, was ich sagen soll. Danke.«

Wurde ich gerade sentimental?

Emma überspielte diesen Augenblick der Rührseligkeit mit einem lässigen Abwinken und freute sich einfach. »Weißt du, Boru, auch wenn es sich für dich nicht so anfühlt: Eines Tages wirst du deine Bestimmung finden und glücklich werden. Ob es etwas mit Zauberei zu tun haben wird oder nicht, spielt absolut keine Rolle. Auch wenn deine Mutter etwas anderes behauptet.«

Jetzt hätte ich wirklich gern geweint. »Danke, Emma.«

Sie verwuschelte mir die Haare. »Gern geschehen. Fröhliche Weihnachten, Boru.«

Etwas irritiert sah ich sie an. »Weih – was?«

Emma zwinkerte nur geheimnisvoll und meinte: »Ach nichts.«

DAS BUCH ZUR KURZGESCHICHTE

Streuner: Verflucht liebenswert

Als Taschenbuch & E-Book, Einzelband
Urban Fantasy

Boru hat die Schnauze gestrichen voll von seiner Ausbildung zum Hexenmeister. Während er lieber Sänger werden würde, besteht seine Mutter darauf, dass er sein Studium an der Zauberschule vollendet. Er beschließt kurzerhand, abzuhauen und seinem Traum zu folgen. Womit er allerdings nicht gerechnet hat, ist der Fluch seiner Mutter, der ihn in eine Katze verwandelt, sobald er die Welt der Normalos betritt. Aber von seinem neuen Körper lässt Boru sich nicht aufhalten. Er begegnet Greta, einer Internatsschülerin, die den streunenden Kater bei sich aufnimmt. Seine Mutter hat allerdings noch einige Tricks auf Lager, um ihren Sohn zur Vernunft zu bringen. Bald schon ist Boru hin- und hergerissen zwischen der Pflicht, Greta nicht in die Probleme seiner Welt hineinzuziehen, und dem Wunsch, bei ihr zu bleiben. Denn auch ein Kater kann sein Herz an ein Mädchen verlieren.

Auf den Geschmack von Kurzgeschichten gekommen?
Dann gefällt dir womöglich auch:

Winterstern

Als Taschenbuch & E-Book, Einzelband
Anthologie

Was ist ein Winterstern?
Ein magisches Artefakt? Ein verwunschener Ort? Eine verzauberte Person? Oder etwas, das gar nicht greifbar ist?
Lasst euch in fremde Welten entführen, lernt fantastische Legenden kennen, kämpft für die Gerechtigkeit, Liebe oder Freiheit, erlangt Ruhm und Ehre, erfahrt, was wirklich zählt im Leben.
Dies ist eine Fantasy-Anthologie, die euch zum Lachen, Lieben, Gruseln, Träumen, Hoffen und Bangen einlädt.

DANK

An erster Stelle möchten wir allen Sternensand-Autoren danken, die eine Geschichte für diese Anthologie beigesteuert haben, und sie dadurch so vielfältig erstrahlen ließen.

Dann danken wir Alexander Kopainski, der ein wunderschönes Cover für unsere Anthologie entworfen hat. Es passt perfekt zu diesen magischen Weihnachts- und Winter-Geschichten.

Auch ein großes Dankeschön an unsere Lektorin Martina König sowie unsere Korrektorin Jennifer Papendick.

Und selbstverständlich gebührt auch euch Lesern ein ganz herzliches DANKE, denn durch euch und eure Fantasie werden die Geschichten erst zum Leben erweckt. Ihr habt düstere, magische, humorvolle, grausame und weihnachtliche Momente erlebt. Wir hoffen, ihr wurdet gut unterhalten.

Alles Liebe und bis bald im Sternenhimmel

Corinne & das Sternensand-Team

Besucht uns im Netz:

www.sternensand-verlag.ch

www.facebook.com/sternensandverlag